[日]
江户川乱步
えどがわ らんぽ
——著——

李雨萍 曲默怡 译

人
间
椅
子

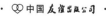中国友谊出版公司

图书在版编目（CIP）数据

人间椅子 /（日）江户川乱步著 ; 李雨萍，曲默怡
译 . — 北京 : 中国友谊出版公司，2025. 6. — ISBN
978-7-5057-6116-2

Ⅰ. I313.45

中国国家版本馆 CIP 数据核字第 2025GQ9606 号

书名	人间椅子
作者	[日]江户川乱步
译者	李雨萍　曲默怡
出版	中国友谊出版公司
发行	中国友谊出版公司
经销	新华书店
印刷	天宇万达印刷有限公司
规格	880 毫米×1230 毫米　32 开
	9 印张　199 千字
版次	2025 年 6 月第 1 版
印次	2025 年 6 月第 1 次印刷
书号	ISBN 978-7-5057-6116-2
定价	45.00 元
地址	北京市朝阳区西坝河南里 17 号楼
邮编	100028
电话	（010）64678009

目录

人间椅子

每天早上十点多，目送丈夫去官署上班后，佳子才终于拥有属于自己的时间。她总是待在与丈夫共用的书房里，今天她正准备为K杂志的夏日特别刊创作一部长篇。

佳子是一名貌美的女作家，最近声名鹊起，风头甚至盖过了她在外务省担任书记官的丈夫。她几乎每天都会收到好几封陌生仰慕者的来信。

她在书桌前坐下，开始工作前，必定先浏览一遍那些陌生人的来信，今天早上也是如此。

虽然来信内容千篇一律，都是一些陈词滥调，但是出于女人的温柔体贴之心，无论是什么样的信件，只要是寄给自己的，她都会浏览一遍。

她先从简短的信件看起。看过两封来信和一张明信片后，只剩下一个疑似装着稿件的厚信封。这种不事先知会便忽然寄来稿件的情况，过去也时常发生，其中大多是些冗长的无聊之作，但她想着只看看标题也好，便拆开信封，取出里面的信纸。

果不其然，信封里是一沓装订好的稿纸。但是不知何故，上面既无标题也无署名，而是以"夫人"这一称呼作为开场白。"怪了，难道真的是一封信吗？"佳子想着，不经意往下扫了两三行，忽然觉得内容有些异样，内心生出一种恐怖的预感。但是，天生的好奇心还是驱使她读了下去。

夫人：

我与夫人素未谋面，贸然致信，望您海涵。

我接下来要说的这番话，想必会让夫人惊诧不已，但我一定要向您坦白自己犯下的离奇荒诞的罪行。

最近这几个月，我彻底从人世间销声匿迹，过着恶魔一般的生活。当然，这偌大的世间，没有一个人知晓我的所作所为。如果没有意外，或许我永远也不会再返回人世。

然而，最近我的心境发生了不可思议的变化，无论如何，我必须为我的罪行忏悔。我只是这样说，您一定满腹疑团，但是请您务必读完这封信。如此一来，您就能明白我为何会产生这样的心情，又为何一定要请夫人您聆听我的忏悔了。

那么，我该从哪里写起呢？这件事实在过于离奇荒诞，用写信这种人间通行的方式讲述，着实让人难为情，所以在写信的过程中，我常常不知该如何下笔。但是纠结也无济于事，总之，我就按照顺序从头写起吧！

我天生奇丑无比，请您务必牢记这一点。否则，倘若您答应了我冒昧的见面请求，就会在毫无心理准备的情况下，见到我本就丑陋，又因为长年累月的病态生活变得更加令人不忍直视的脸，那是我绝对无法忍受的。

我的身世何其不幸啊！我虽相貌丑陋，心中却燃烧着不为人知的炽烈感情。我忘记了自己是个丑八怪，也忘记了自己只是一介贫穷工匠的现实，不自量力地憧憬着种种甜美而奢侈的"梦"。

若我生在更加殷实的家庭，或许可以借金钱之力游戏人间，以排遣这丑陋的相貌带来的悲哀；若我有更多艺术方面的天分，也可以通过优美的诗歌来忘却这世间的乏味。然而不幸的是，我没有受到命运的任何眷顾，只是一个悲哀的家具工匠的儿子，靠着父母传下来的手艺维持生计。

我擅长做各式各样的椅子。我做的椅子，无论多么吹毛求疵的客户都无从挑剔，因此商会的老板格外器重我，总是把高档椅子的订单交给我。那些订单的客户要么对靠背或扶手上的雕刻有各种复杂的要求，要么对坐垫的弹性和各部分的尺寸有微妙的偏好，工匠所要付出的苦心，是外行人难以想象的。但是付出的心血越多，椅子完成时的喜悦越是无与伦比。这样说或许有些狂妄，但我觉得那一刻的心情与艺术家完成杰作时的成就感也差不多。

每做好一把椅子，我都会自己先试坐一下，那是枯燥乏味的工匠生活中，唯一令我感到心满意足的时刻。不知日后坐在这把椅子上的会是多高贵的绅士，或是多美丽的淑女。既然是定做如此奢华椅子的宅邸，家中肯定有配得上这把椅子的豪华房间吧。墙上想必挂着名家的油画，天花板上悬挂着宝石般璀璨的水晶灯，地上铺着名贵的地毯，与这把椅子配套的桌上，想必也绽放着绚丽夺目、香气馥郁的西洋花草吧。我沉浸在这样的幻想中，觉得自己仿佛变成了这个豪华房间的主人。尽管只有一瞬间，但那种愉悦实在难以描摹。

我虚幻的妄念无休无止地膨胀下去。我这个贫穷、丑陋的卑微工匠，在幻想的世界中化身为优雅的贵公子，坐在我亲自打造的豪华椅子上。总是出现在我梦中的美丽恋人就坐在我身旁，带着娇羞的笑容聆听我说话。不仅如此，我们还握着彼此的手，甜蜜地互诉柔肠。

但是，无论何时，这种美梦总是被邻居大婶刺耳的说话声，或是隔壁病童歇斯底里的哭闹声打断，丑陋的现实又在我面前袒露出它灰色的骸骨。回到现实中，我的样子还是那般可悲与丑陋，与梦中的贵公子没有半分相似之处，刚才对我微笑的美人儿也无处寻觅……刚刚的一切都到哪儿去了呢？就连附近陪孩子玩得灰头土脸的小保姆，都懒得看我一眼。只有我制作的椅子，犹如美梦的残骸，孤零零地留在原地。可是就连这把椅子，终究也会被搬到与我生活的地方截然不同的另一个世界，不是吗？

就这样，每完成一把椅子，一股难以名状的空虚就会袭上我的心头。那种无法形容、令人厌烦的心情日积月累，逐渐发展到让我难以忍受的程度。

"与其继续过这种蛆虫般的生活，倒不如一死了之！"我开始认真地思考起这件事来。在工厂埋头敲着凿子、钉着钉子或是搅拌气味刺鼻的涂料时，我也在执拗地思考着这件事。"可是，且慢，既然能下定决心一死了之，难道就没有别的办法了吗？比如……"我的想法渐渐向可怕的方向发展。

恰在此时，我接到一批从未做过的大号皮革扶手椅的委托。这批椅子要交付给同在 Y 市的一家外国人经营的酒店，这家酒店一向从本国订购椅子，但是雇佣我的商会向酒店卖力推销，表示日本也有手艺好的工匠，能够做出不逊于舶来品的椅子，这才抢到了这个订单。这个机会实在难得，我废寝忘食地投入到制作当中，当真是苦心孤诣、浑然忘我。

望着完工后的椅子，我感到前所未有的满足，这些椅子是如此完美，连我自己都看得如痴如醉。按照惯例，我将四把一组的椅子搬出一把，放到采光好的木地板房间，悠闲地坐了下来。这椅子坐起来多么舒服啊！蓬蓬松松、软硬适中的坐垫，特意不染色、维持原色贴上去的灰色皮革，倾斜角度适中、轻轻托着后背的充盈靠背，线条优美、饱满鼓起的两侧扶手，所有部件都维持着奇妙的和谐，完全是"安乐"这个词的具体化身。

我的身体深深地坐进椅子里，双手爱抚着浑圆的扶手，陶醉其中。而后，我的老毛病又犯了，无穷无尽的幻想带着彩虹般炫目的色彩不断涌现出来。这些是幻觉吗？由于我的所思所想无比清晰地浮现在眼前，我甚至开始担心自己是不是疯了。

就在这时，我的脑海中突然冒出一个绝妙的念头。所谓的恶魔的低语，大概就是这种情况吧。那是一个像白日梦般荒诞无稽、令人毛骨悚然的念头，可它却带着难以抗拒的魅力蛊惑着我。

起初，我的心愿无比简单，只是不想与倾注了我心血的美丽椅子分开，倘若可以，我愿意跟它去天涯海角。在我恍恍惚惚地张开梦想的翅膀时，这个心愿竟然在不知不觉间和平日在头脑中发酵的某个恐怖念头结合在一起。啊，我大概是疯了吧，居然想要把那奇怪至极的妄想付诸实践。

我匆忙将四把椅子中最完美的一把拆开，将其改造成合适的样子，以便实施我那个奇妙的计划。

那是非常大的扶手椅，椅座整体包裹着皮革，靠背和扶手也非常厚实，座椅内部结构连通，即使藏进去一个人，从外面也绝对无法发现。当然，椅子内部装有结实的木框和许多弹簧，但我对它们进行了适当的改造，留出了足够多的空间，可以把腿放进座位下方，把头和身体放进靠背里。也就是说，只要按照椅子的形状坐进去，就能够藏在里面。

这种手艺是我的拿手绝活，所以我三两下就将椅子改造得无比方便。例如，为了在里面呼吸和听到外面的声音，我在皮革一角留出一条外面察觉不到的缝隙，并在靠背里面头部所在位置的旁边，搭了一个可以储物的小搁板，将水壶和压缩饼干塞进去。还准备了一个大橡胶袋，以备不时之需。除此以外，我还做了许多设计，只要有食物，即使连续待在里面两三天，也不会感到任何不便。也就是说，我将这把椅子打造成了一个单人房间。

我脱得只剩一件衬衫，打开底部出入口的盖子，整个人钻进椅子里。那实在是一种奇异的感觉。简直像是钻进了漆黑、窒息的坟墓中，令人感到不可思议。仔细想想，那里其实跟坟墓中并无不同。因为我在钻进椅子中的同时，就像披上了隐身衣，从人类世界消失了。

没多久，商会派来的脚夫就推着大板车来取这四把扶手椅。我的徒弟（我和他住在一起）一无所知地接待了他们。装车时，一名脚夫怒气冲冲地说："这玩意儿怎么这么重！"椅子中的我不禁吓了一跳，但是因为扶手椅本来就非常重，所以对方也没有过多怀疑。不一会儿，板车"喀啦喀啦"的震动声就化为一种异样的触感，传到我的身上。

我一路上都提心吊胆，结果当天下午，我藏身的这把扶手椅就被平安无事地搬到酒店的某个房间。我事后才知道，那不是私人房间，而是类似休息室的地方，供客人等待、阅读报纸、抽烟时使用，各种各样的人进出频繁。

您或许早就意识到了，我的这一奇怪行为的首要目的，就是趁四下无人之机，从椅子中溜出来，在酒店里转悠行窃。谁能想到椅子里居然会藏着个大活人呢？我可以像影子一样，自由自在地进出各个房间，进行盗窃，引起骚乱后，只要躲回椅子中，屏息欣赏丢东西的人瞎找即可。不知您是否知道海岸边有一种名叫"寄居蟹"的螃蟹。它们的外形像大蜘蛛，四下无人时会在附近横行霸道，可是只要一听到脚步声，就会以惊人的速度缩回贝壳中，只露出一点恶心的毛茸茸的前腿，窥视敌人的动静。我就好比是一只寄居蟹，只不过我的藏身之处不是贝壳，而是椅子，我不是在海岸上，而是在酒店里肆意横行。

我这古怪的计划因为过于异想天开，居然大获成功。到达酒店的第三天，我就干了一票大的。盗窃时恐惧又享受的心情，得手时难以言说的喜悦，还有静静地看着人们在我眼前嚷嚷"他往那边去了""他往这边跑了"的滑稽模样，实在是有趣极了。这一切都带着神奇的魅力，让我乐在其中。

遗憾的是我无暇为您详细描述，后来我在那里发现了比盗窃愉快十倍、二十倍的新奇娱乐。而我写这封信的真正目的，正是向您坦白这件事。

一切都要从我的椅子被摆在酒店休息室时讲起。

椅子送到后，酒店的老板轮流过来试坐，之后就静悄悄的，没有任何声响了。我估计房间里没有人了，但是初来乍到，我实在不敢贸然从椅子里出来。很长一段时间（或许只是我的感觉吧），我都将全部神经集中到耳朵上，凝神倾听周围的动静，生怕错过任何声响。

过了一会儿，我听到走廊上传来一阵沉重的脚步声，走到距离这把椅子两三间①的地方时，由于房间里铺着地毯，脚步声变得微不可闻。但是很快，我便听到一阵男人粗重的鼻息，正在惊讶，一个似乎是洋人的庞大躯体已一屁股落到我膝上，还轻轻弹了两三下。隔着一层薄薄的皮革，我的大腿和那名男子壮硕的臀部紧贴在一起，我甚至能够感觉到他的体温。他宽

---

① 间：日本传统计量法尺贯法的长度单位，一间约为 1.8 米。——译者注。后文若无特殊说明，皆为译者注

阔的肩膀正好靠在我的胸前，浑厚的双掌隔着皮革与我的双手交叠。他似乎在抽雪茄，一股浓烈的男性气息从皮革的缝隙飘了进来。

夫人，请您站在我的立场想象一下，那是何等诡异的场景啊！由于实在过于惊骇，我在漆黑的椅子中僵硬地蜷缩着身子，腋下冷汗直流，脑中一片空白，完全丧失了思考能力。

从这个男人开始，那一整天不断有各种人轮番坐在我的腿上，却没有一个人发现我的存在。他们都以为自己坐的是一块柔软的坐垫，没有意识到那其实是我这个人类活生生的大腿。

身体无法动弹的皮革中的黑暗天地，是多么诡异又充满魅力的世界啊！在那里，你会感觉人类与平日看到的完全不同，好似是一种奇妙的生物。他们只不过是声音、鼻息、脚步声、衣服的摩擦声以及几团富于弹力的肉块而已。我可以不靠容貌，只靠触觉区分每一个人。有的人臃肿肥胖，宛如馊掉的鱼肉；与之相反，有的人瘦骨嶙峋，宛若骸骨。此外，综合脊柱弯曲度、肩胛骨间距、手臂长短、大腿粗细或者尾椎骨长短来看，就算是身材无比相似的人，也必定有一些不同之处。人类这种生物，除了借助容貌和指纹，通过触摸全身的方式也完全可以识别。

关于异性也是如此。一般情况下，人们主要通过容貌的美丑来评价异性，但在这个椅子的世界里，美丑根本不是问题，那里只有赤裸的肉体、嗓音以及气味。

夫人，请原谅我过于露骨的讲述。我在椅子中对一位女性的肉体（她是第一位坐在我这把椅子上的女性）产生了强烈的爱意。

从嗓音可以想象，那是一位年纪轻轻的异国少女。当时房间里恰好没人，她似乎是有什么高兴的事儿，轻轻哼唱着奇妙的歌曲，踩着雀跃的舞步走进来。她走到我藏身的扶手椅前，忽然将那丰满而柔软的肉体投到我的身上。而且不知道为什么，她突然哈哈大笑，手舞足蹈，像是网中的鱼似的活蹦乱跳。

之后差不多有半个小时的时间，她在我的膝上时而唱歌，时而随着歌曲的节拍扭动沉甸甸的身体。

对于我而言，这实在是一件始料未及的惊天动地的大事。我一直觉得女人是神圣的，不，应该说是可怕的，我甚至不敢正眼看她们。如今，我竟然和一名陌生的异国少女同处一室、同坐一椅，不仅如此，我们的皮肤还隔着一层薄薄的皮革亲密接触，我甚至能感受到她肌肤的温度。尽管如此，她却没有丝毫不安，将全身的重量都托付给我，在无人注视的松弛感下表现得无比自由奔放。我甚至可以在椅子中拥抱她，或隔着皮革亲吻她丰腴的脖颈，随心所欲地做任何事情。

自从有了这个惊人的发现，盗窃的初衷就退居第二，我的全部身心都沉溺在这奇妙的触感世界里。我心想，也许这个椅中世界才是上天赐给我的真正归宿。像我这种丑陋又懦弱的男人，在光明的世界里，只能永远怀着自卑过着不堪而悲惨的生活。可是只要换个世界，忍耐一下这椅子中的狭小空间，我就能亲近在光明的世界里说不上话，甚至没资格靠近的美丽佳人，聆听她们的声音，触碰她们的肌肤。

啊，这种椅中之恋是多么奇妙，又是多么令人陶醉，没有真正爬进椅子中体验过的人是不会明白的！那是只有触觉、听觉以及微弱嗅觉的爱恋，是黑暗世界的爱恋，是绝不属于这个人世的爱恋！难道这就是恶魔之国的爱欲？仔细想想，在这个世界无人注意的角落里，究竟发生着何种畸形、恐怖的事，真是超乎人的想象。

当然，按照我最初的计划，只要达成行窃目的就立刻逃离酒店，然而我沉迷在这举世无双的快乐中无法自拔，非但没有逃走，甚至还打算在椅子中安家，永远这样生活下去。

每晚外出时我都万分谨慎，避免发出一丁点儿声音，神不知鬼不觉地出来活动，自然没有遇上任何危险。话虽如此，我居然在椅子中生活了好几个月，并且这么长时间都没有被人发现，连我自己都觉得吃惊。

由于终日蜷缩在椅中的狭窄空间里，弯着手臂，屈着膝盖，我浑身麻痹，无法完全直立，以至于只能像瘫子一样爬着往返于厨房和卫生间。我这个人是何等疯狂啊！宁愿忍受这样的痛苦，也不愿意舍弃这个奇妙的触感世界。

虽然也有客人把酒店当成家，一住便是一两个月，但这里毕竟是酒店，宾客自然常常更换。因此，我的奇妙恋情也只能随着时间的流逝不停地更换对象。而对于这无数位不可思议的恋人，我记住的并非她们的容貌，而是她们的身形体态。

她们有的像小马驹一样精悍，身材苗条而紧致；有的像蛇一般妖艳，身段灵活而柔软；有的像皮球一样圆润，富于脂肪和弹性；还有的宛如希腊雕塑般结实强壮，肌肉发达。此外，每个女人的肉体都各有不同的特征与魅力。

就这样，我的爱恋从一个女人转移到另一个女人身上。在此过程中，我也尝到了别样的奇妙滋味。

有一次，欧洲某强国大使（我是从日本服务生的闲谈中得知）的伟大身躯坐到我的腿上。他不光是一位政治家，更是一位享誉世界的诗人，能够与这位伟人亲密接触令我无比骄傲，内心雀跃不已。他在我身上与两三名同胞交谈了大约十分钟就离开了。当然，我完全听不懂他在说些什么，但是每当他做手势，那比常人体温更高的肉体就会跟着动来动去，瘙痒般的触感带给我一种难以名状的刺激。

当时，我突然冒出了这样的念头：如果我在皮革后用锋利的匕首猛地刺入他的心脏，将会引发何种后果呢？那肯定会对他造成致命伤。别说是他的国家，日本的政界也会掀起滔天巨浪吧？报纸上不知道会刊登出多么激昂的报道。他的死不光会对日本和他的国家的邦交造成重大影响，从艺术角度来看，无疑也是世界的一大损失。如此重大的事件，我一抬手就能轻而易举地办到。想到这里，我莫名得意起来。

还有一次，某国的著名舞蹈家访问日本，刚好下榻这家酒店。尽管只有一次，但她曾经坐过我这把椅子。那时，她也让我产生了与大使接触那次相似的感受，更给我带来了从未体验过的理想肉体美的触感。面对那极致的美，我来不及产生下流的念头，只能怀着面对艺术品的虔诚去赞美她。

除此以外，我还有过许多稀奇古怪或者令人毛骨悚然的经历，不过细述这些经历并非我写这封信的目的，而且我已经铺陈得够多了，还是尽快进入正题吧。

　　来到酒店几个月后，我的命运发生了变化。简单说来，酒店老板因为某种原因决定回国，酒店原封不动地转让给某日本公司。接手的日本公司一改原本高档的经营方针，准备将酒店改造成大众化的旅馆，以追求更大的利润，一些不需要的家具便委托给某家大型家具行进行拍卖，而我这把椅子也在其中。

　　得知这个消息，我顿觉灰心丧气，甚至想过以此为契机重返俗世，开始新生活。当时，我已经靠行窃存下了一笔可观的财富，就算回到现实中，也不必再像从前那样悲惨度日了。可我转念一想，尽管离开外国人的酒店令人失望，但这也意味着一个新希望。之所以这样说，是因为这几个月来，我虽然爱上过无数异性，但她们都是外国人，无论她们拥有多么完美的肉体，我总觉得自己在精神上得不到满足。大概日本人只能对日本人萌生真正的爱情吧，我渐渐地产生了这样的想法。恰在此时，我的椅子被送去拍卖，说不定这次会被日本人买下，这就是我的新希望。总之，我决定继续在椅子中生活一段时日。

　　在家具行的那几天我过得十分煎熬。不过幸运的是，拍卖开始后，我的椅子立刻就找到了买主。大概是因为这把椅子虽然旧了些，却仍不失为一把引人注目的精美椅子吧。

　　买主是一位住在离丫市不远的大城市的政府官员。在从家具行到对方宅邸的好几里路上，卡车无比颠簸，我在椅子中简直痛不欲生，但比起如愿以偿被日本人买走的喜悦，这点痛苦又算得了什么。

官员的宅邸是一栋气派的小洋房，我藏身的椅子被摆放在宽敞的书房里。最令我满意的是，比起男主人，年轻貌美的夫人更常使用书房。其后的一个月间，我常常与夫人共处一室。除了用餐和就寝的时间，夫人柔软的身体总是坐在我身上，因为那段时间，夫人一直在书房里埋头写作。

我究竟有多爱她，用不着在信里一一赘述。她是我接触到的第一个日本女人，且拥有完美无瑕的肉体。从她身上我第一次感受到了真正的爱情。相比之下，之前在酒店里的那些经历根本称不上爱情。证据就是，唯独对这位夫人，我不满足于只享受秘密的爱抚，还煞费苦心、千方百计地想要让她察觉到我的存在，这种感受在此之前是从未有过的。

如果可以，我希望夫人也能意识到椅子中的我，甚至一厢情愿地期盼她能够爱上我。可是，我该怎么暗示她呢？如果我直接告诉她椅子中藏着个大活人，她一定会大惊失色，将此事告诉男主人和仆人。这样不光一切前功尽弃，我也会背上可怕的罪名，接受法律的制裁。

所以，我竭力让夫人在这把椅子上感到舒适，让她对这把椅子产生依恋。身为艺术家，夫人的感觉一定比常人更敏锐。如果她能够从我这把椅子上感觉到生命，不只把这把椅子当成一件物品，而是当成一个活物来依恋的话，我就心满意足了。

当她将身体投向我时，我总是尽量轻柔地接住。当她疲倦的时候，我会悄悄地挪动膝盖，调整她的姿势。当她开始打盹时，我便极轻微地晃动大腿，充当她的摇篮。

不知是我的用心有了回报，又或者仅仅是我的错觉，我觉得最近夫人似乎很喜欢我这把椅子。她会像婴儿躺在母亲怀中，或者少女回应恋人的拥抱那般，带着柔情蜜意窝在椅子里。就连她在我腿上扭动身体的模样，似乎都带着深深的眷恋。

就这样，我的热情一天比一天炽烈。啊，夫人，终有一天，我产生了一个不知天高地厚、胆大包天的愿望。只要能够看一眼我的心上人，与她说说话，我死而无憾！

夫人，想必您早就明白了吧。请原谅我的冒犯，我所说的心上人，其实就是您。自从您先生从Y市的家具行将我的椅子买回来，我这个悲哀的男人就不自量力地爱上了您。

夫人，这是我这辈子唯一的请求，您能不能见我一面？只言片语也好，请您施舍我这个悲哀的丑八怪些许安慰吧！我绝对不会有更多痴心妄想，因为丑陋肮脏的我实在不配有更多奢求。求您答应我这个不幸男人的悲哀请求吧！

为了写这封信，昨夜我已离开贵府，因为当面向您提出这样的请求太过危险，我也没有那个胆量。

此时此刻，在您阅读这封信的时候，我正紧张得脸色苍白，在贵府周围徘徊。

如果您肯答应我这冒昧至极的请求，请将手帕放在您书房窗户的石竹盆栽上，看到这个信号，我会装作一名普通访客登门拜访。

随后，这封诡异的来信便以一句热烈的祝福语做结。

读到一半时，佳子已被恐怖的预感吓得花容失色。

她不由自主地站起来，逃出摆放着那把恶心扶手椅的书房，跑进日式起居室里。她本想直接将信撕毁了事，但又实在无法放心，便放在起居室的小桌子上把后半段读完。

她的预感果然没错。

啊，这是多么骇人听闻的事啊！她每天坐着的那把扶手椅中，居然藏着个陌生男人！

"啊，太可怕了！"

她仿佛被人兜头浇了盆冷水，浑身直打寒战。而且这没来由的寒战怎么都停不下来。

这件事过于惊世骇俗，令她茫然无措，完全不知该如何是好。检查一下椅子？太可怕了，她怎么可能做得到。就算里面已经没人了，也定然残留着食物和他的秽物。

"夫人，有您的信。"

她吓了一跳，回头一看，原来是女佣拿过来一封刚刚送达的信件。

佳子无意识地接到手中，正要拆开时，突然看到信封上的字，不禁大惊失色，险些把信掉在地上。因为信封上她名字的字迹，与刚刚那封可怕信件上的字迹分毫不差。

佳子纠结良久，不知该不该打开信封。最后她下决心撕开，战战兢兢地读了起来。信上只有短短几句，但古怪的内容却再次让她大吃一惊。

唐突致信，望您海涵。我平日很喜欢您的作品，之前寄去的稿件是我拙劣的习作，您过目之后，若能不吝赐教，实属我的荣幸。出于某种原因，原稿在我写这封信之前已经寄出，想必您已经阅览完毕了。不知您感觉如何？倘若拙作能够让您有几分触动，我将不胜欣喜。

　　稿件上省略了标题，是我刻意为之，我想为其取名《人间椅子》。

　　让您见笑了，请您多多赐教！草草搁笔，不尽欲言。

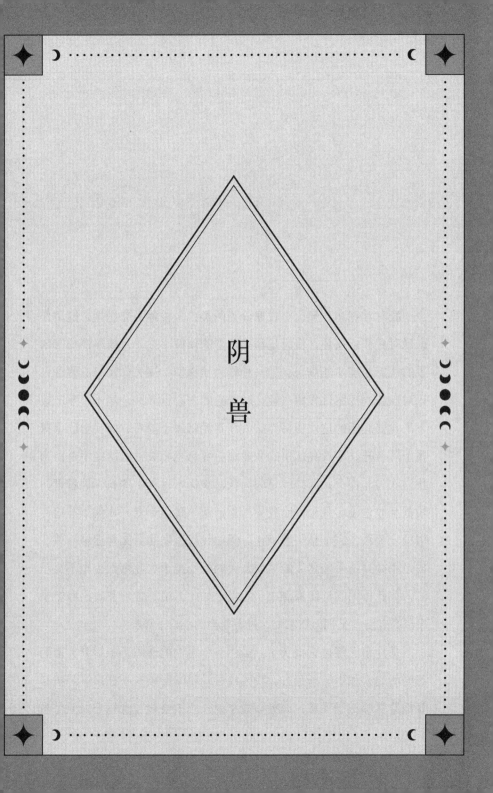

阴

兽

一

　　我时常在想，侦探小说家分为两类：一种称为罪犯型，这类作家只对犯罪感兴趣，就算是写推理型的侦探小说，也要尽情描写凶手的残虐心理才能满足；另一种称为侦探型，这类作家身心健康，只对理智的探案过程感兴趣，对罪犯的内心世界则全然不在乎。接下来我要介绍的这位侦探作家大江春泥就属于前者，而我自己大概属于后者吧。尽管我从事的职业跟犯罪息息相关，但这绝不是因为我喜欢为非作歹，而纯粹是因为我喜欢探案过程中的科学性推理，我甚至敢说没有几个人比我更看重道德。我这个老好人偶然与这件事扯上关系，完全是阴差阳错。假如我对道德的感知再迟钝一些，或是稍微具备一些恶人的素质，大约就不至于如此悔恨，也不至于陷入如此可怕的谜团深渊中了。岂止如此，说不定现在我已经娶了个漂亮老婆，坐拥万贯家财，过着美美的小日子呢！

　　那件事已经过去很久了。虽然有个可怕的谜团仍未解开，但随着鲜活的人和事渐渐远去，我已经可以稍微回顾一下往事了。我打算把这件事记录下来，如果写成小说，应该会很有意思吧。但是虽说是写完了，我却没有立刻发表的勇气。因为构成这篇记录的重要部分——小山田离奇死亡事件仍然残留在世人的记忆中。无论我用什么样的化名，如何对故事内容进行修饰，想必都不会有人相信这只是虚构的小说。所以，在这偌大的世间，难保不会有人因为这篇小说受到伤害。倘若真的伤害到了别人，我自己也会感到难堪和不快。说实话，这些都不是真实的理由，其实是因为我害怕。不只是这件事的真相像白日梦一样扑朔迷离，恐怖至极，就连我对这件事的猜想也无比可怕，连我自己都为之不快。直到现在，一想到这些，我头顶的晴空就会忽然阴云密布，耳边传来击鼓般的隆隆巨响，眼前瞬间一片漆黑，世界也仿佛变得诡异起来。

所以，我无意现在就发表这些记录，但是希望有朝一日能够以此为素材，写一部我最擅长的侦探小说。说白了这只是一篇关于这件事的笔记，一份较为详细的备忘录。所以我拿出只写到正月就搁置的旧日记本，怀着写一篇长日记的心情，将这件事记录下来。

在切入正题之前，我想先详细介绍一下这起事件的主人公——侦探作家大江春泥的为人、作品风格以及他异于常人的生活方式。但是事实上，尽管我在这起事件发生之前，已经通过他的作品知道他这个人，甚至曾经在杂志上与他交锋，但是我与他并无私交，对他的生活并不十分清楚，详细点的资料还是在事件发生后通过我的朋友本田获得的。因此，关于春泥的情况，我打算等我写到从本田那里打探到的事实时再进行介绍，现在则按照事件的顺序，从我被卷入这一离奇事件中的最初契机写起，我想这样应该是最顺理成章的。

那是去年秋天十月中旬的事。我突然想看古代的佛像，于是来到上野的帝室博物馆，蹑手蹑脚地逛着昏暗空旷的展览室。展览室很宽敞，没有什么人气，稍有响动就会产生可怕的回音，所以我觉得不仅是脚步声，连咳嗽都需要顾忌。展览室内一个人影也没有，真想不通博物馆这地方为什么如此受人冷落。展览柜的巨大玻璃闪着寒光，铺着亚麻油毡的地板上没有一丝灰尘。这座天花板像佛寺正殿一样高的建筑物，宛若沉在水底一般静悄悄的。

　　正当我站在某个展览室的展览柜前，入神地欣赏古朴的木雕菩萨像梦幻的风情时，身后忽然传来轻微的脚步声和窸窸窣窣的丝绸摩擦声，似乎是有人朝我走来了。我莫名打了个寒战，看向映在前方玻璃上的人影。只见一名身穿黄八丈①花纹和服夹衣、梳着高雅圆髻的女人站在我身后，她的影子与我眼前的菩萨像重叠在一起。终于，她在我身侧停下脚步，与我并肩而立，静静地注视着我也在看的那尊佛像。

　　说来惭愧，当时我虽然佯装欣赏佛像，眼睛却时不时地偷瞄这个女人。她是那样令人着迷。她的面色有些苍白，却是我平生从未见过的惹人怜爱的白。这世上如果真的有美人鱼，那它一定拥有和这个女人一样娇嫩的肌肤吧！她有着古典的瓜子脸，眉毛、鼻子、嘴巴、脖颈、肩膀，所有的线条都是那样柔美纤细，就像古代小说家笔下的美人，有种仿佛轻轻一碰就会消失的风情。我至今都难以忘记她那纤长睫毛下梦幻般的目光。

---

① 黄八丈：日本传统织物，用八丈岛的草木染色而成的绢织品。

很奇怪，当时是谁先开口的，我居然想不起来了，应该是我主动创造的机会吧。针对陈列的展品，我和她交谈了两三句，并借此机会和她在博物馆里逛了一圈，接着又和她一同从上野的山内走到山下。在这不短的时间里，我们有一搭没一搭地聊了很多。

　　像这样聊过天之后，她的美更具风情了。尤其是她笑的时候，那含羞带怯、楚楚动人的模样，令我情不自禁地产生一种别样的感觉，仿佛自己正在欣赏古典油画上的圣母像，也禁不住联想到蒙娜丽莎的神秘微笑。她的虎牙又白又大，笑起来时唇角碰到虎牙上，形成一道谜一样的弧线。右侧脸颊白皙的皮肤上有一颗大黑痣，与那道弧线相互呼应，呈现出一种无以名状的温柔亲切的神情。

　　但是，如果当时没有发现她脖颈上那个奇怪的东西，她在我心中或许就只是一位高雅、柔弱、一碰就会消失的美人，而不会那般强烈地吸引我了吧。尽管她巧妙地调整衣领，不着痕迹地遮住了那个东西，可是在上野山内行走途中，我还是偶然间瞥见了它。她的脖颈上有一条又深又长的红色肿痕，估计一直延伸到背部，看起来既像天生的胎记，又像新添的伤疤。在她白皙柔滑、纤细修长的脖颈上，盘踞着一条仿佛深红色毛线的肿痕，那种残酷的情状居然令我觉得无比性感。看见它，刚才她那梦幻般的美丽顷刻间真真切切地向我袭来。

　　闲聊中得知她是合资公司碌碌商会的董事、实业家小山田六郎的夫人小山田静子。说来也巧，她是一名侦探小说爱好者，而且尤其爱读我的作品（我至今忘不了听说此事时欣欣雀跃的心情），作家与书迷这层关系让我们自然而然地亲近起来，也让我不必失落于从此再也见不到这位美人。自那以后，我们发展为时常通信的好友关系。

年纪轻轻的女子竟会喜欢往冷冷清清的博物馆跑，静子这高雅脱俗的兴趣令我心生好感。同时，她还喜欢读素有"最理智侦探小说"之评的我的作品，这个爱好也令我感到无比亲切。我彻底为她神魂颠倒，常常写一些毫无意义的信给她，她总是带着女性特有的温柔细腻，郑重其事地逐一予以回复。对于我这个寂寞的单身汉而言，能够结识一位如此温柔高雅的女性朋友，当真是喜不自胜。

二

我和小山田静子的信件往来持续了好几个月。不可否认，在通信期间，我战战兢兢地将自己的某种心思暗藏在了信中。大概是我的错觉吧，静子的回信虽然仍然极尽谦恭，但是除了客套话以外，也开始多了一些热络之意。说来惭愧，我费尽心机地套出了静子的丈夫小山田六郎的底细，得知他不光比静子年长许多，模样还很显老，脑袋也已经光秃秃了。

到了今年二月，静子的信中开始出现一些奇怪的言辞，我总觉得她似乎非常惶恐不安。

近日有件事令我非常担忧，经常半夜惊醒。

她在信中如此写道。尽管只是寥寥数语，可是字里行间却清晰地浮现出她因为恐惧而战栗的身影。

老师，不知您和另一位侦探作家大江春泥先生认不认识？
如果您知道他的住址，能否告诉我？

她在某封信中这样问我。大江春泥的作品我当然熟悉，但是春泥这个人非常厌恶与人交往，也从未出席过作家的聚会，因此我与他并无私交。而且，听说他去年下半年突然封笔，还搬家了，连新家的地址都没人知道。我如此答复了静子，但是一想到她当时的恐惧可能跟那个大江春泥有关，我就因为后面提到的理由，心里非常不舒服。

没多久，我就收到静子寄来的明信片，上面写道："我有件事想跟老师商量，不知您是否同意我登门拜访？"当时我已经隐约猜到了她要跟我"商量"什么，却没想到事情居然那么可怕。我还傻乎乎地暗自窃喜，幻想着与她再次相见时的种种愉快场景。在收到我"恭候光临"的回复后，静子当天就过来了。可是，当我到玄关处迎接她时，她的状态却萎靡得令我感到有些失望。而她要跟我"商量"的那件事情更是非比寻常，彻底将我之前的美好幻想一扫而空。

"我实在是想不出别的办法才来拜访您的。我觉得如果是老师的话，应该愿意听我倾诉……不过，我与老师才刚认识，和您说我的私事是不是太失礼了呢……"

静子轻轻地抬眼看向我，露出柔弱的笑容，那颗虎牙和黑痣愈发醒目。寒冷的冬日，我在办公桌旁边放了一个长方形的紫檀火盆，她面对火盆端正地坐着，双手放在火盆的边缘。她的手指就像她全身的象征，柔软、纤细、羸弱，但绝不消瘦；肤色虽然苍白，但绝非病态；柔弱得仿佛一握就会消失，却又具有非常微妙的弹性。不仅是手指，她整个人都给我这种感觉。

看到她孤注一掷的神情，我也不禁认真起来，对她说："只要我能帮得上忙……"她回答："真的是一件很可怕的事……"讲完这句开场白，她便穿插着她幼时的经历，向我讲述了接下来这件诡异的事情。

简单概括一下静子当时所说的身世，情况是这样的：她的故乡在静冈，直到快要从女校毕业为止，她的生活都非常幸福安稳。唯一称得上不幸的事，是在女校上四年级时，她经不住一位名叫平田一郎的青年花言巧语的诱惑，与他短暂地相恋过。为什么说是不幸呢？因为她只是出于十八岁少女的一时兴起，想要尝尝恋爱的滋味而已，绝不是真的喜欢上了青年平田。她只是逢场作戏，对方却动了真心。她拼命想要甩掉死缠烂打的平田一郎，可是她越躲避，青年就越穷追不舍。发展到最后，一到深夜就会有个黑影在她家院墙外徘徊，信箱里也开始有可怕的恐吓信投进来。十八岁的少女因为自己一时兴起招致的可怕报复吓得瑟瑟发抖，父母注意到女儿的反常模样也十分心疼。

恰在此时，静子一家遭遇了一场重大变故，但对于静子而言，这场变故却可以说是不幸中的万幸。当时，经济剧烈动荡，她的父亲欠下无法偿还的巨额债务，不得已抛下手头的生意，趁夜潜逃至彦根，在一位有点交情的朋友的帮助下躲了起来。因为这场预期之外的变故，静子不得不从女校退学，可是另一方面，这次突如其来的搬家却让她逃离了平田一郎可怕的纠缠，反而感到如释重负。

静子的父亲因为这场变故一病不起，很快就去世了。之后，静子与母亲相依为命，度过了一段凄惨的日子。不过，这段不幸的日子并没有持续很久，出身于她们隐居村庄的实业家小山田就出现在她们面前，并伸出援手。小山田只见过静子一次，便深深地爱上了她，并托媒人上门提亲。静子对小山田也并不反感。尽管两人年纪相差十岁以上，但是小山田潇洒的绅士风度，令她产生了仰慕之情。婚事进行得很顺利。小山田和岳母陪同新娘静子回到东京的宅邸。七年的岁月匆匆流逝。在他们结婚后的第三年，静子母亲病故，之后不久，小山田带着公司业务去海外旅居了两年左右（前年年底回国，那两年间，静子每天都去上茶艺、花艺和音乐课以排遣独居的寂寞）。除此以外，一家人的日子风平浪静，夫妇两人琴瑟和鸣，过得非常幸福。丈夫小山田非常勤奋强干，七年间积累了雄厚的资产，如今已经在业界占据无可撼动的地位。

"说来实在惭愧，我在结婚时对小山田说了谎，隐瞒了和平田一郎的往事。"

由于羞愧与悲伤，静子垂下纤长的睫毛，双眸噙满泪水，用细弱的声音说道。

"小山田不知从哪里听说了平田一郎的名字，开始对我有所怀疑，但我一口咬定除了小山田，从来没有接触过别的男人，坚决隐瞒自己与平田的关系。这个谎言一直持续到现在。小山田越是怀疑，我就越是得瞒着他。谁也不知道人的不幸在哪儿藏着，实在是太可怕了。七年前的那句谎言绝非出自恶意，可谁能想到居然埋下了祸根，现在以这般可怕的形式折磨我呢。说实话，我已经把平田这个人忘得一干二净了，没想到他会突然给我寄来这种信，看到平田一郎这个寄件人姓名的时候，我甚至没有立刻想起他是谁，我早已完完全全忘记了这个人。"

静子说完，将平田寄来的几封信拿给我看。后来，这些信也交由我保管，至今还留在我手上。其中第一封信有助于我解释事情的来龙去脉，我就把它附在这里吧。

静子小姐，我终于找到你了。你应该没有注意到我，但我从遇到你的那个地方开始就在跟踪你，并借此弄清楚了你的住址，也知道你现在姓小山田了。你应该不会忘了平田一郎吧？你应该还记得我是个多么惹人讨厌的家伙吧？你这个薄情寡义之人，不可能明白我被你抛弃后是何等苦闷！我痛苦难耐，多少次深夜在你家附近徘徊。然而，我的感情越是炽烈，你的态度就越是冷淡。你躲我，怕我，以致恨我。你岂能明白被恋人憎恨的男人的心情？我的苦闷化为悲叹，悲叹变成怨恨，怨恨凝结成复仇的念头，这难道不是理所当然的吗？你趁着家中遭遇变故，连声招呼都不打，便逃也似的从我面前消失。我好几天不吃不喝，就那么枯坐在书房里。我发誓要报复你。那时我还年轻，不知道怎样才能找到你。你的父亲债台高筑，没有将行踪告诉任何人就失踪了。我不知道何时才能再见到你。但是人生漫漫，我不信这辈子再也见不到你。

我家境贫寒，为了混口饭吃必须工作，这也是我四处寻找你的一大阻碍。一年，两年，日月如梭，我总是要跟贫困战斗。工作的劳累使我不知不觉忘记了对你的仇恨。我所有的精力都耗费在了糊口上。但是，大概三年前，意想不到的好运降临在我头上。在我所有的工作都以失败告终，处于失望的谷底时，写了一篇小说聊以泄愤。不料以此为契机，我竟成了靠笔杆子吃饭的人。你现在仍然喜欢看小说，想必知道大江春泥这个侦探小说作家吧。虽说他已经有一年左右没有作品了，但是世人应该还没有忘记他的名字。这个大江春泥就是我本人。你觉得我会沉溺在小说家的虚名之中，忘记对你的仇恨吗？不，不，我之所以能够写出那些血腥的小说，正是因为我的心底藏着对你的深仇大恨。其中的猜疑心、执着和残忍全都源自我不屈不挠的复仇之心，倘若我的读者知晓，想必会为充斥于字里行间的妖气战栗吧！

静子小姐，我的生活已经稳定下来，只要金钱和时间允许，我就会努力寻找你。当然，我并没有挽回你的爱这种不切实际的奢望。我已有妻子，为了解决生活不便而娶的形式上的妻子。但是，对于我而言，恋人和妻子完全是两码事。也就是说，娶妻并不意味着我忘记了对恋人的怨恨。

静子小姐，我终于找到你了。我高兴得浑身发抖，实现我夙愿的时机到来了。我花了很长时间，怀着构思小说剧情同样的喜悦心情，构思着对你的复仇计划。我处心积虑，思考着最能让你痛苦、让你恐惧的方法。执行这个计划的时刻终于到来了。你应该能够感受到我的欣喜吧?

你别妄想通过求助警方或其他人的保护妨碍我的计划。我已经做好万全的准备。这一年来,报社记者、杂志记者都在谣传我下落不明。我可不是为了向你复仇故意躲起来的,只是因为我讨厌与人交往,更喜欢韬光养晦罢了,没想到这反倒派上了用场,使我能够更加滴水不漏地隐藏行踪,步步为营地推进对你的复仇计划。

你一定很想知道我的计划吧?但我还不能全部透露。因为恐怖还是逐步逼近效果才更好。不过,如果你想听,我倒也并不吝啬将我的复仇大业向你透露一二。例如,我可以准确地说出三天前,也就是一月三十一日晚上发生在你家中和你身边的一切琐事。

晚上七点到七点半之间,你靠在你们卧室的小桌边看小说。看的是广津柳浪的短篇集《变目传》,只看完了其中的《变目传》一篇。七点半到七点四十分之间,你吩咐女佣端来茶点,吃了两个风月红豆饼,喝了三杯茶。七点四十分去了趟厕所,约五分钟后返回卧室。大约九点十分之前,你一边织毛线一边沉思。九点十分,你丈夫回来了。九点二十分许到十点多,你陪你丈夫小酌聊天。你在你丈夫的劝说下,喝了半杯葡萄酒。那瓶葡萄酒是新开的,倒入杯中时掉了一块软木塞的碎屑进去,你用手指把它捏了出来。小酌结束后,你立刻吩咐女佣替你们铺床,你们如厕后就上床就寝了。直到十一点前,你们两人都没有睡着。待你重新躺到床上时，你家走得稍慢的座钟刚刚敲响十一点。

看到这如列车时刻表般精准的记录，你能忍住不害怕吗？

致 夺走我终生之爱的女人

二月三日深夜

复仇者

"很早以前我就知道大江春泥这个名字，但我一点儿也不知道这竟然是平田一郎的笔名。"静子面带不快向我解释道。

事实上，我们作家同行也很少有人知道大江春泥的本名。就算是我，若不翻看他作品的版权页，若不是从常来找我的本田口中听说过他的本名，恐怕永远也不会知道平田这个名字。他就是这样一个讨厌与人来往、不爱抛头露面的男人。

平田的恐吓信还有三封，内容都大同小异（邮戳都属于不同的邮局）。一律是在复仇的诅咒话语后面，详细记述静子某天晚上的一举一动和准确的时间段。尤其是她卧室里的秘密，无论是什么样的隐私，都描写得细致露骨。就连某些令人脸红心跳的举止和语言，都冷酷地照写不误。

我能体会到将这种信件拿给外人看，对于静子而言是何等耻辱与痛苦。但她宁愿忍受这些羞耻与痛苦，也要来找我商量对策，可见她已经走投无路了。这一方面说明她很害怕丈夫六郎知道自己过去的秘密，也就是她婚前已经不是处女的事实，另一方面也说明她对我的信赖是何等深厚。

"除了我丈夫那边的亲戚，我没有一个亲人，也没有亲密到可以商量这种事的朋友。尽管知道这样做实在冒昧，但我总觉得如果求助您，您肯定能为我指点迷津……"

听到她这样说，我激动极了，没想到这位貌美的女子居然如此信赖我！她之所以选择找我商量，想必是因为我和大江春泥都是侦探作家，至少在小说方面，我是相当出色的推理能手。不过，若不是对我有相当程度的信赖和好感，她是不会来找我商量这种事的。

我自然立刻答应了静子的请求，承诺尽力帮忙。大江春泥能够对静子的行动了如指掌，要么是收买了小山田家的仆人，要么就是自己潜入宅邸，躲在静子身边，再不然就是采取了与此类似的卑鄙做法。从春泥的作品风格来看，他倒也不是没可能做出此类奇怪的行径。关于上述猜测，我询问静子有没有头绪，她竟说自己丝毫没有察觉到这些不寻常的迹象，这就怪了。仆人都是知根知底、常年住在家中的人。丈夫对大门、围墙的安保也比寻常人更加注重，修筑得格外高大。纵使他真的潜入了家中，但是想要避开仆人们的耳目，进入位于宅邸深处的静子房间，也几乎是不可能的。

不过说实话，我当时低估了大江春泥的行动力。我不屑一顾地想，他充其量是个侦探小说家，能有多大本事？顶多也就是靠他擅长的文章吓唬吓唬静子罢了，哪里干得出更大的坏事。他为什么能够摸清静子的行动，这一点确实令我困惑不解，估计也是用他那惯用的伎俩，没费多少工夫从别人口中打听到的吧。于是，我说出自己的这些猜想，安慰静子，并极力向她保证，我有办法找到大江春泥的下落，如果有可能，我会劝他停止这种荒唐透顶的恶作剧。就这样，我把静子劝了回去。我觉得与其仔细推敲大江春泥的恐吓信，还不如尽量好言安慰静子。当然了，这是因为后者令我更加愉快。静子离开时，我对她说："这件事你最好先别告诉你先生。这不是什么大不了的事，你没必要牺牲自己的秘密。"愚蠢的我只想长久地与她单独商谈连她丈夫都不知晓的秘密。

但是，关于寻找大江春泥的下落这件事，我倒也确实打算去做。一直以来，我都很厌恶与我风格截然相反的春泥。每当看到他用婆婆妈妈的车轱辘话博得变态读者喝彩，并为此扬扬自得时，我都非常反感。所以，我甚至觉得可以借此机会揭发他的恶劣行径，给他点颜色瞧瞧。我万万没有料到，想要找到大江春泥的下落，居然如此困难。

三

如信中所说，大江春泥是大约四年前在文坛异军突起的侦探小说家。他的处女作一经发表，就在当时几乎没有原创侦探小说的日本文坛获得极大赞誉。夸张地说，他当时一跃成为文坛的宠儿。春泥的作品不多，不过他倒是懂得利用各种报章杂志发表新作。每一篇都充满血腥，阴险邪恶，读来让人浑身起鸡皮疙瘩，既可怕又令人作呕。但这种风格反而成为吸引读者的魅力，以至于他的人气一直居高不下。

我大约也是在同时期由青少年小说家转型成为侦探小说家的，在人数不多的侦探小说界也算小有名气。但是，我和大江春泥的风格可以说截然相反。他的风格黑暗病态、絮叨冗长，我的作品则开朗明快、符合常识。于是，我们两人在创作上自然而然地展开了角逐，甚至互相贬低对方的作品。但让人恼火的是，开口贬低对方的人通常是我，春泥虽然偶尔也会反驳我的观点，但大多数时候都超然地保持沉默，持续不断发表内容恐怖的作品。可是贬低归贬低，我也常常被弥漫在他作品中的妖气迷住。他的作品中有一种飘忽的鬼火般的激情（倘若这源自他信中所说的对于静子刻骨铭心的怨恨，倒也稍微可以理解）。那种令人捉摸不透的魅力抓住了读者的心。说实话，每当他的作品赢得喝彩时，我就会情不自禁地产生一股难以言喻的嫉妒，甚至怀有一种孩子气的敌意。无论如何都要打败这小子的念头，不断在我心中的某个角落里翻腾。但是大概一年前，他突然不再写小说了，从此销声匿迹。并非他的人气下滑，就连杂志记者也在到处寻找他的下落，但是不知何故，他就像人间蒸发了一样。虽说我不欣赏他，可他就这么失踪了，我反而觉得有点寂寞。说句孩子气的话，失去了这个劲敌令我有些失落。没想到我会从小山田静子口中听说大江春泥的近况，而且如此离奇。说来让人见笑，想到能够在这般诡异的情况下，与昔日的竞争对手重逢，我的心居然不由得有些雀跃。

　　但是仔细想想，大江春泥会将构思侦探故事时的空想转而付诸实践，或许也是理所当然的。有人说过，他是一个"空想型犯罪生活者"，这一点所有人想必都知道。就跟杀人狂杀人一样，他也怀着同样的兴致和激情，在稿纸上过着他血腥的犯罪生活。他的读者想必都记得弥漫在他小说中的那种阴森鬼气，记得充斥在他作品中的非同一般的猜疑心、隐秘癖和嗜虐性。他甚至在某篇小说中吐露过下面这些令人毛骨悚然的话：

"无法仅靠小说获得满足的时刻终究还是来临了。他厌倦了这个世界的乏味与平庸，至少要享受将怪诞的空想宣泄在纸上的乐趣，这就是他写小说的最初动机。可是，如今他连写小说都厌倦了。接下来，他该去哪里寻求更多刺激呢？犯罪，啊，只剩下犯罪！在尝尽人间百味的他面前，只剩下那甜美至极的犯罪的战栗！"

在身为作家的日常生活中，他也是一个相当古怪的人。他的厌人症和隐秘癖在作家同行和杂志记者中广为人知。来访者很少能进入他的书房。不管是多么资深的前辈，他都能毫不客气地给人家吃闭门羹。而且，他还经常搬家，一年四季称病，从不出席作家聚会。听说他无论白天黑夜，常年躺在床上，吃饭也好，写作也好，一切都在床上进行。大白天他也会拉下防雨窗，特意只开一盏五瓦的电灯，在昏暗的房间里构思他独具特色的恐怖情节。

听说他不再写小说、下落不明的时候，我也曾偷偷想象过，他该不会像他经常在小说中写的那样，偷偷蜗居在浅草一带垃圾遍地的小胡同里，将他的幻想付诸实践了吧？岂料我果然没有猜错，不到半年，他就真的以一名幻想执行者的身份，出现在我的面前。

我认为想要找到春泥的下落，最快的途径应该是去询问报社文艺部或杂志社的外勤记者。但春泥平日就行事古怪，很少见来访者，杂志社也基本上找过他一遍了，若想找到他，还需找到和他关系相当亲近的记者才行。幸亏在我熟识的杂志记者当中，刚好有个这样的人选。对方名叫本田，是博文馆的一名外勤记者，他在寻人方面可以说神通广大。有一段时间他几乎成了春泥的负责人，专门负责向他约稿，再加上他又是外勤记者，侦探方面的本领不容小觑。

于是，我打电话请本田过来，首先向他打听我较为陌生的春泥的生活情况。结果，本田的语气像是提起一位酒肉朋友："春泥吗？那家伙很不像话！"

他像大黑天①一样的脸上嬉笑着，痛痛快快地回答了我的问题。

据本田所言，春泥刚开始写小说的时候，住在郊外池袋的小出租屋里，后来随着名气和收入上涨，逐步更换了更大的房子（不过大都是大杂院）。牛込的喜久井町、根岸、谷中初音町、日暮里金杉等等。本田列举出春泥这两年间居住过的七个地址。自从搬到根岸以后，春泥终于成了当红作家，杂志记者趋之若鹜。他的孤僻当时就已显露端倪，家里总是大门紧闭，夫人等人都是从后门进出。就算有人特意登门拜访，他也不肯见面，而是谎称不在家，等人回去之后再寄信致歉："我讨厌见人，有事烦请来函告知。"大部分记者都铩羽而归，见到春泥并与他说上话的人屈指可数。就连对小说家的怪癖司空见惯的杂志记者，面对春泥的孤僻也束手无策。

不过，好在春泥的夫人相当贤惠，本田大多通过这位夫人向春泥约稿或催稿。但是，想见夫人一面也相当麻烦，家里不光大门紧锁，偶尔还会挂上"病中谢绝会客""旅行中""诸位杂志记者，烦请

---

① 大黑天：日本七福神之一，同惠比寿一样均为财神。

来信约稿，谢绝会面"等不留情面的字牌。饶是本田也束手无策，不止一次白跑一趟。春泥行事作风便是如此，就算搬家也不会一一致信通知，所有记者都必须凭借信函上的线索寻找他的新地址。

"杂志记者虽多，但跟春泥聊过天、跟他夫人开过玩笑的人恐怕就只有我吧。"本田炫耀道。

"春泥这人，看照片是个相当英俊的美男子，他本人当真如此吗？"我越发好奇，忍不住问了这个问题。

"不，那张照片应该是假的吧。他自己说那是他年轻时的照片，但怎么看都很可疑。春泥哪里是那样的美男子！他胖得出奇，估计是不运动的关系，毕竟他总是躺着。明明那么胖，脸上的皮肤却很松弛，面无表情，眼珠浑浊，如果让我形容一下的话，感觉跟土佐卫门①差不多。而且他非常不善言辞，也不爱说话，让人怀疑这样的男人是怎么写出那么精彩的小说的。宇野浩二不是有篇小说叫《癫痫人》吗？春泥就是那副德行，躺下就不起来，都能睡出褥疮了。我只见过他两三面，每次他都是躺着跟我说话。传闻他吃饭的时候也躺着，看那情形估计是真的。

"不过，说来也怪，这么一个不爱见人、总是躺着的男人，听说经常乔装打扮，在浅草一带溜达，而且都是在深更半夜，简直就跟小偷或者蝙蝠似的。我猜，那小子估计极其腼腆。也就是说，他不想让别人看到自己肥胖的身体和脸，名气越高，就越以自己不堪的身体为耻，所以才既不交友，也不见客，而是夜里悄悄去人潮拥

---

① 土佐卫门：日本江户时代的相扑力士。生年不详，卒于延享五年（1748年），根据山东京传《近世奇迹考》记载，此人皮肤白皙，身体肥大，就像淹死后的尸体一样。

挤的街巷中溜达。根据春泥的脾性和他夫人的口风，难免让人有此猜想。"

本田绘声绘色地勾勒出春泥的形象，最后又向我提到一件怪事：

"对了，寒川先生，就在这段时间，我见到了那个失踪的大江春泥。他的模样太奇怪了，所以我没有跟他打招呼，但我肯定他就是春泥。"

"在哪儿？在哪儿？"

我不由得问了两次。

"在浅草公园。那天我喝到一大早才回家，当时可能酒劲儿还没过去吧。"本田嘻嘻笑着挠了挠头，"那边不是有家叫作来来轩的中国饭馆吗？就在那个拐角，大清早路上还没什么行人，有个头戴红色尖顶帽、身穿小丑服的胖子孤零零地站在那里，正在发传单。听起来有点儿像做梦，但我确定那个人就是大江春泥。我惊讶地停下脚步，正在纠结要不要上去打声招呼时，对方应该也注意到我了。但是，他却面无表情地转过身，急匆匆地钻进了对面的小巷子里。我本想追上去，但是考虑到他的打扮，跑过去打招呼反而更奇怪，于是就打消主意，直接回家了。"

听着本田描述大江春泥的怪异生活状态，我仿佛做了场噩梦，心情非常不快。听到他头戴尖顶帽、身穿小丑服站在浅草公园时，也不知是为什么，我突然感到毛骨悚然。

他的小丑打扮和寄给静子的恐吓信之间有着怎样的因果关系，我并不清楚（本田在浅草遇到春泥时，静子好像恰好收到第一封恐吓信），但总觉得不能坐视不管。

我也没有忘记从静子寄放在我这里的恐吓信中，尽量挑出意思最模糊的一封给本田看，让他确认究竟是不是春泥的笔迹。结果，他不光一眼断定这就是春泥的笔迹，还说连形容词和假名的用法，都是唯有春泥才有的习惯，别人写不出这种文章。本田曾模仿春泥的文风写过小说，所以非常清楚他的笔法。

　　"这种拖泥带水的笔法，我根本模仿不来！"

　　我也赞成他的观点。那几封信我完整地看过，比本田更能从中感觉到春泥的气息。

　　随后，我随便编了个理由，拜托本田帮我寻找春泥的下落。

　　"当然可以，包在我身上！"本田一口答应。

　　可我还是放不下心，决定亲自去一趟本田所说的春泥最后住过的上野樱木町三十二番地，向邻居打听情况。

四

　　第二天，我放下刚写完开头的小说，前往樱木町，向附近的女佣或商贩打听春泥家的情况，但是只证实了本田说的绝非虚言，关于春泥后来的去向则一无所获。那一带住的大多是中产阶级，邻里之间不会像大杂院那样闲话家常，只知道春泥一家不辞而别。他家门口当然不会挂上"大江春泥"的门牌，所以也没人知道他是位知名小说家。就连为他搬家的是哪家搬家公司也不清楚，我只能无功而返。

我也没有别的办法，只能利用赶稿的空当，每天给本田打电话，询问他搜寻的进度。但他似乎毫无线索，一晃五六天过去了。就在我们进行这些徒劳的努力时，春泥却在有条不紊地推进着他蓄谋已久的复仇计划。

　　一天，小山田静子给我来电，说是发生了一件十分令人担忧的事情，请我过去一趟，还对我说她丈夫不在家，信不过的仆人也被她打发到很远的地方办事了，她会在家里等着我。她没有用自己家的电话，而是特意用公共电话打来的。说的话虽然不多，但是因为她犹犹豫豫的，中途到了三分钟时限，电话还断过一次。

　　她趁丈夫不在家，把仆人打发出门，偷偷摸摸地邀我过去。这种充满诱惑的邀约，让我的心里有种异样的情绪。我一口应承下来——当然，我并没有旁的心思——前往她位于浅草山之宿町的住宅。小山田家位于两排商店之间道路的纵深处，是一栋古色古香的建筑，像是旧时的别墅。房屋正面看不出来，但是屋后好像有一条大河。不过，有两点倒是与别墅的外观不相称，一是房屋外围新建的一堵俗不可耐的水泥围墙（围墙上方甚至插有防盗的玻璃碎片），二是耸立在主屋后面的两层小洋房。二者实在与传统的日本建筑不搭调，给人一种金钱至上的庸俗感。

　　递上名片后，一个乡下模样的小女佣将我带到小洋房的客厅，静子正在那里等着我，面色十分凝重。她为冒昧把我请来再三道歉，之后不知何故压低声音："请您先看看这个。"说着，递给我一封信，然后像是害怕什么似的，往身后看了一眼，朝我凑过来。那封信仍然是大江春泥寄来的，但是内容与之前的信略有不同，故将全文抄录在此：

　　静子，你痛苦的样子仿佛历历在目。我也非常清楚你正瞒着你丈夫千方百计地打探我的行踪。但是，那只是白费工夫，劝你还是死心吧。就算你有勇气把我的恐吓告诉你丈夫，最终惊动警察，也不可能找到我的下落。从我过去的作品你也应该看得出，我这人做事多么滴水不漏。

　　好了，我的牛刀小试也该告一段落，复仇大业可以进入第二个阶段了。在此之前，我必须向你透露一点儿信息。你夜间的行动我是怎么精确掌握的呢？想必你也大概猜到了。具体说来，从我发现你的那天起，就如影随形地跟在你身边。你绝对无法发现我，却无时无刻不在我的视线之中，无论你在家，还是外出。我已经彻底变成了你的影子。说不定此时此刻，你战战兢兢地阅读这封信时，我这个影子也正躲在某个角落，眯着眼睛静静地注视着你！

　　你也知道，我每晚都在监视你的一举一动，你们夫妻间的亲密举动自然也尽收眼底。当然，我难以抑制地产生了强烈的妒意。这是我当初制订复仇计划时没有考虑到的事情，可是这点小事丝毫妨碍不到我的计划，反而火上浇油，使我的仇恨烧得更旺，并让我意识到，稍微变更一下我的原计划，更有利于达成我的目标。变更其实并不大，我原本打算不断地折磨、恐吓你，再慢慢夺去你的性命。可是，在看到你们恩爱的夫妻关系后，我觉得先当着你的面杀死你心爱的丈夫，让你充分体验到悲痛欲绝后再杀掉你，这样岂不更加解恨？于是，我决定说干就干。但你也无须惊慌，我做事从来不急。在你看完这封信，还未饱尝痛苦之时就进入下一个阶段，未免太便宜你了。

致 静子女士
三月十六日深夜
复仇者

看完这段极度残忍刻薄的文字，我止不住打了个寒噤，对大江春泥这个畜生的厌恶也成倍增加。可是，要是连我都怕了的话，又有谁能安慰惊恐失措的静子呢？我只能故作镇静，反复劝导她这封恐吓信不过是小说家的妄想。

"老师，请您声音小一点！"

静子的注意力似乎在旁的地方，根本不听我的苦心劝导。她不时死死盯着某个地方，侧耳倾听，并且像是害怕有人偷听一样压低声音。她的嘴唇失去血色，几乎与苍白的脸色难以区分。

"老师，我的脑子是不是出了问题？可是，他说的那些是真的吗？"

静子嘀咕着一些莫名其妙的话语，仿佛真的精神错乱了。

"发生什么事了？"我也受其影响，不由得压低了嗓音。

"平田就在这个屋子里。"

"在哪里？"我理解不了她的意思，一脸茫然。

这时，静子毅然起身，脸色铁青地招手叫我跟上她。看到这个动作，我心里莫名雀跃，忙跟了上去。走到一半，她注意到我的手表，不知何故要我摘下，放回客厅的桌上。接着，我们轻手轻脚地穿过短短的走廊，走向日式房子那边，来到静子的起居室前。打开房间纸门时，静子面露惊恐，仿佛有歹徒藏在门后一样。

"好奇怪啊。大白天的，他怎么可能溜进来呢? 会不会是你多虑了?"

我刚开口，她就一脸惊恐地打手势制止我，拉住我的手走到房间一角，眼睛看向头顶的天花板，示意我"不要说话，仔细听"。

我们在原地站了约莫十分钟，注视着彼此，聚精会神地倾听。虽是大白天，但由于房间位于偌大府邸的深处，所以什么动静也没有，安静得仿佛能听到血液在耳底流动的声音。

"您没听到钟表的嘀嗒嘀嗒声吗?"过了一会儿，静子用几乎低不可闻的声音询问我。

"没有，你说的表在哪里?"

听到我的询问，静子又安静地听了一会儿，最后像是终于放下心来，说道："已经听不到了。"接着，她再次带我回到洋房刚才的那个房间，以急促的语气向我讲述起下面这桩怪事。

当时，她正在起居室里做针线活儿，女佣突然拿着上面抄录的那封信走进来。这段时间，她只消看一眼信封，就知道是春泥寄来的。接过来的时候，心里有种说不上来的抵触情绪。可是倘若不打开看看，她会更加心神不宁，于是战战兢兢地拆开信封。

得知丈夫被牵连进来时，她再也按捺不住了，不由自主地站起来，走到房间的角落。当她在衣柜前停下脚步时，感觉头顶好像传来了类似虫鸣的微弱声响。

"我一开始以为是耳鸣，但是耐着性子仔细听了一会儿后，我确定那是一种'咔嚓、咔嚓'的金属摩擦声。"

肯定有人藏在天花板上，那声音就是他身上的怀表发出来的。或许是她的耳朵碰巧离天花板很近，房间又非常安静，才使得最近精神十分紧绷的她听到天花板上若有若无的金属摩擦声吧。会不会是放在其他地方的钟表的响声，由于跟光线反射差不多的原理，听起来像是从天花板上传来的呢？于是，她将房间的边边角角都检查了一遍，但是并没有发现钟表。

她突然想起信中的话："说不定此时此刻，你战战兢兢地阅读这封信时，我这个影子也正躲在某个角落，眯着眼睛静静地注视着你！"这时，她又恰好注意到天花板上有块板子略微翘起，露出一条缝隙。在那条漆黑的缝隙中，春泥仿佛正半眯着眼睛盯着她。

"平田先生，是你吧？"当时，静子忽然产生一股异常激动的情绪。她奋不顾身地冲出去，泪流满面地对着天花板上的人大喊。

"我怎么样都无所谓。只要能让你消气，随便你怎么处置。就算是死在你手上，我也绝无怨言。但求你放过我的丈夫。我本就骗了他，要是他还因我而死，我实在于心难安……求你放过他吧……求你放过他吧。"她用微弱但情真意切的声音苦苦哀求。然而，天花板上全无回应。突如其来的激动退去后，她像泄了气的皮球，在原地伫立良久。然而，天花板上只有微弱的钟表声，此外再无别的动静。阴兽蛰伏在黑暗中，屏息凝神，犹如哑巴般不发一语。这异样的寂静，令她突然感到无比惊恐。她当即逃也似的冲出起居室，连家里也不敢待下去了，失魂落魄地跑出家门。随后，她突然想起了我，立刻跑到附近的公共电话亭，给我打电话。

听着静子的讲述，我不禁想起大江春泥的恐怖小说《天花板上的散步者》。如果静子听到的钟表声不是错觉，春泥当真藏在那儿的话，说明他已将那篇小说的设想原封不动地付诸实践，这的确像他做得出来的事情。正因为我读过《天花板上的散步者》，才更加不能对静子那番乍一听很荒唐的话语一笑置之。不仅如此，连我自己都不禁感受到强烈的恐惧，仿佛看到肥胖的大江春泥头戴鲜红尖顶帽，身穿小丑服，正在黑暗的天花板上狞笑的幻影。

五

和静子商量了半天，最终我决定效仿《天花板上的散步者》中的业余侦探，爬上静子起居室的天花板，看看那里是否有人进去过。若有，则确认对方究竟是从哪儿进出的。静子再三劝阻："怎么能让您做那种事？太可怕了。"可我执意要上去。我按照春泥小说中的描述，拆下壁橱上方的天花板，像电工一样钻进洞中。刚巧，宅中除了刚刚迎客的少女外并无他人，而她似乎也正在厨房忙活，所以不必担心被人撞见。

天花板上绝对不像春泥小说中描述的那样美好。虽然是老房子，但是去年年底的大扫除时，曾经请清洁工拆掉天花板彻底清洗过一遍，所以并不是特别脏。但是毕竟积了三个月的灰，还结了蜘蛛网。最重要的是里面一片漆黑，什么也看不清，我只好向静子借了家里的手电筒，艰难地沿着房梁爬向声音传来的地方。这里有条缝隙，大概是因为清洗过，导致木板翘了起来，底下有微弱的光照进来，所以非常显眼。但是爬了不到半间距离，我就有了个惊人的发现。说实话，尽管爬了上来，但我并不相信会有这种事情，不料静子的想象完全没错。房梁和天花板上，的确残留着最近有人出入的痕迹。我打了个寒噤。我只读过大江春泥的小说，却从来没有见过他，想到毒蜘蛛一样的他像我一样在天花板上爬来爬去，一股无可名状的战栗朝我袭来。我浑身僵硬，循着残留在房梁上的手脚印向前追踪。果不其然，钟表声传来的那个位置，灰尘上的痕迹凌乱不堪，可见有人曾在此处逗留过很长时间。

我浑然忘我地追踪起疑似春泥的人留下的踪迹。看样子他几乎走遍了整栋房子的天花板，梁上到处都残留着他的痕迹。静子的起居室和夫妻卧室的天花板上有一条缝隙，那儿的灰尘更是格外凌乱。

我模仿天花板上的散步者，窥探下面的房间，发现春泥沉迷于这样的游戏不无道理。因为，透过天花板的缝隙所看到的"下界"光景，简直不可思议得超乎我的想象。尤其是当我望着在我眼下垂头丧气的静子时，我震惊地发现在不同的视角下，人类这种生物居然如此奇怪。我们平时总是被人侧视，无论是多么在意自己仪表的人，也想象不到别人从头顶看到的自己是何种形象。所以这个视角有很大的漏洞可以利用。在这个视角下，人类会暴露出自己毫无修饰、不甚光鲜的本来面目。静子的圆髻乌黑发亮（从正上方看到的发髻，就形状而言已略显奇怪），刘海儿和发髻之间的凹陷处积着一层薄薄的灰尘，与其他光鲜的部位相比，显得异常肮脏。在连接发髻的脖颈下方，和服衣领与背部形成一个深谷，在这个视角下，甚至能瞧见脊背上的凹窝。而且，在那滑腻青白的皮肤上，那条触目惊心的红色肿痕一直延伸到目光不可及的深处。从上面见到的静子似乎有失高雅，但她身上的一种不可思议的性感气息却愈发浓烈地朝我袭来。

我暂且收回心神，用手电筒照着房梁和天花板，四处寻找大江春泥来过的证据。但是，手印和脚印都很模糊，当然也没有留下指纹。春泥肯定像《天花板上的散步者》中描写的那样，不会忘记准备鞋套和手套。唯一的收获就是，在静子起居室上方的房梁上，支撑房梁的撑木底端一个不起眼的地方，掉落了一颗小小的圆形灰色物体。那是一个亚光金属质地的圆纽扣，上面有几个浮雕字母：R.K.BROS.CO.。捡起它时，我立刻想起《天花板上的散步者》中出现的衬衫纽扣，但是这玩意儿说是纽扣又有点奇怪。我猜可能是帽子上的装饰品之类的，但是不能确定。下去后拿给静子看，她也一头雾水。

当然，关于春泥是从哪里钻入天花板的，我也仔细地调查了一番。我循着灰尘凌乱的痕迹追踪，发现痕迹在玄关旁边的储物间上方消失了。储物间的天花板很简陋，轻轻一掀就打开了。我踩着堆在那里的破椅子下来，从内侧打开储物间的门。门没有锁，轻而易举就打开了。紧挨着门，有一道比人略高的水泥围墙。大江春泥八成是趁四下无人之机，翻越围墙（我前面说过，墙上植有玻璃碎片，但是对于有预谋的入侵者而言根本不是问题），从这间没有上锁的储物间偷偷爬上了天花板。

彻底破解谜题之后，我顿时觉得索然无味。这种小伎俩不就跟不良少年的儿戏一样吗？我嗤之以鼻地想。之前那种莫名其妙的恐惧消失了，取而代之的是实实在在的不快（后来我才明白，如此蔑视对方是一个致命的错误）。静子特别害怕。丈夫的生命无可替代，她甚至想要牺牲自己的隐私去报警。而我已经开始蔑视对手，劝阻她说，春泥不可能像《天花板上的散步者》中写的那样，做出从天花板上往下滴毒药这种荒唐的行径。就算他潜入过天花板，也不可能杀人。这种恐吓手段，完全符合大江春泥一贯的幼稚作风，虚张声势不正是他的惯用伎俩吗？他只不过是一名小说家，不可能有更大的能耐——我这样安慰静子。见她如此害怕，为了让她宽心，我保证会委托一个热衷此道的朋友，每晚在储物间墙外巡逻。静子说，幸好洋房二层有间客房，她最近可以找个借口，暂时将夫妻卧室搬到那里。若是洋房的话，就没办法从天花板的缝隙往下窥视了。

这两个防范措施第二天就开始执行了。然而，这些小伎俩却没能阻挡阴兽大江春泥恐怖的魔爪。两天之后，也就是三月十九日深夜，大江春泥严格按照他的预告，杀害了第一名牺牲者，小山田六郎就此绝命。

六

春泥在信上预告要杀害六郎时，还写道："但你也无须惊慌，我做事从来不急。"可他后来为何如此匆忙，只隔了两天就行凶呢？那封信或许是故意写的，先让静子放松警惕，再出其不意地下手。但我忽然怀疑还有别的原因。静子听见钟表声，以为春泥藏在天花板上，流着泪恳求他放六郎一马。听静子说起这件事时，我就担心会发生这种事。春泥知道静子对丈夫的痴情后，一定产生了更加激烈的妒意，同时也意识到自己身处险境。所以他才会改变主意，心想："好，既然你这么爱你丈夫，我就不必久等了，现在就把他干掉！"总之，小山田六郎离奇死亡事件是在极其诡异的状态下被发现的。

接到静子的通知后，我当天傍晚赶到小山田家，第一次听说了完整的案情。六郎死亡的前一天并无异状。他比平时稍早一些从公司回到家，喝了点小酒后，说要去河对岸的朋友家下围棋。那是一个温暖的晚上，所以他只披了一件大岛绸①的和服夹衣和盐濑②短外褂，连外套也没穿，就信步出门了。那是晚间七点左右。朋友家不是很远，他像往常一样，溜达着绕过吾妻桥，沿着向岛的河堤向前走去。他在小梅町的朋友家待到晚上十二点左右，同样是步行离开。到此为止，他的行动都十分清楚，但是此后的行踪却成了谜。

静子等了一整晚，丈夫也没回家，想到大江春泥那可怕的预告，

---

① 大岛绸：日本传统织物，先用古代染色技法将经线和纬线分别染色，再经过30多道工序编织而成，细十字花样为其特色。

② 盐濑：一种较厚的绢织物。

她心急如焚。没等到天亮，她就挨个给丈夫可能会去的地方打电话，或者遣人上门打听，但是都没有结果。她自然也打给了我，但我前一晚碰巧不在家，第二天傍晚才回来，所以对于这场骚乱一无所知。不久，上班时间到了，六郎却没去公司。公司同样想尽一切办法寻找他，但怎么都找不到他的下落。直到快到中午的时候，象潟的警方打来电话，通知静子六郎已经离奇死亡。

从吾妻桥西头、雷门电车站往北走不远，下了河堤的地方，有个往返于吾妻桥和千住大桥之间的公共汽船码头。这里从"一钱蒸汽"①时代起就是隅田川的名胜，我闲来无事也时常乘坐汽船往返于言问或者白须等地。汽船商人会将绘本或玩具带进船舱内，伴随着螺旋桨的声音，用无声电影解说员一样的沙哑嗓音介绍商品。我非常喜欢那种乡土、古朴的感觉。汽船码头像一艘漂浮在隅田川上的四方船，无论是候船室的座椅，还是客用厕所，都设置在晃晃荡荡的船上。我上过这里的厕所，所以知道里面的情形。说是厕所，其实就跟一个妇人用的箱子一样，木地板上开着一个长方形的孔，下方约莫一尺的地方就是哗哗流动的河水。跟火车或者船上的厕所一样，不会囤积秽物。说干净倒也干净，但是如果透过那个长方形的洞口死死盯着下面看，就会看见深不见底、浑浊不堪的蓝黑色河水，还不时有垃圾像显微镜下的微生物般，从洞口的一端出现，缓缓地消失在另一端，那种感觉格外恐怖。

三月二十日早上八点左右，浅草商店街某商店的年轻老板娘要

---

① 一钱蒸汽：在东京隅田川上定期航行的小型客船，因为一站的乘船费只需一钱，故称"一钱蒸汽"。

去千住办事，来到吾妻桥的汽船码头。候船期间，她上了趟厕所。刚走进去，她就尖叫着跑了出来。检票的大叔上前询问情况，她说在厕所长方形洞口的正下方看见一张男人的脸，那个男人正在蓝色的河水里盯着她。检票的大叔起初以为是船夫在闹着玩儿（这种水中色鬼事件偶尔也是有的），走进厕所一看，洞口下方一尺左右的地方果真漂着一张人脸，有半张脸随着水波的晃动时隐时现，简直像是上了发条的玩具一样。大叔事后表示，他从未见过如此骇人的场面。

看清那是尸体后，大叔惊慌失措，大声呼叫码头上的年轻人过来帮忙。当时候船的乘客中有鱼铺伙计等年轻力壮的人，几位年轻人合力想要将尸体拉上来，但从厕所实在不容易打捞，于是便从外侧用竹竿将尸体推到开阔的水面。奇怪的是，尸体浑身上下只穿了一条裤衩，近乎赤裸。年纪约莫四十岁，相貌堂堂。这个季节应该不会有人跑来隅田川游泳，众人觉得蹊跷，于是更加仔细地检查了一番，结果发现他背上有一处刀伤。就溺死者而言，好像没有呛水的迹象。明白这不是单纯的溺水案，而是凶杀案后，码头上愈发躁动起来。到了打捞尸体的阶段，大家又发现了一件怪事。

接到报警后，花川户派出所的巡警赶到现场，指挥码头上的年轻人揪住尸体乱糟糟的头发往上拉，结果头发瞬间就从头皮上剥落了。那场面实在过于恶心，年轻人尖叫一声，松开了手。尸体应该没有在水里泡太久，头发竟然这么容易就脱落了，当真奇怪。再仔细一观察，原来那是一顶假发，本人的脑袋已经秃了。

这就是静子的丈夫、碌碌商会董事小山田六郎悲惨的死状。也就是说，他是被人扒光衣服，戴上浓密的假发，抛尸于吾妻桥下的。尸体虽然是在水中被发现的，却没有呛水的迹象。致命伤位于后背左肺部，系利器刺伤。除致命伤外，背部还有数处较浅的刺伤。由此可见，凶手肯定刺了他数下都未能得逞。经法医鉴定，他遭受致命伤的时间是前一天凌晨一点左右。但是由于死者身上没穿衣服，也没有任何随身物品，所以难以确定身份，警方也一筹莫展，好在中午出现了一个认识小山田的人，于是马上给小山田家和碌碌商会打去电话。

傍晚，我拜访小山田家的时候，家里挤满了六郎的亲朋好友和碌碌商会的员工，乱作一团。静子刚从警署回来，被前来吊唁的客人团团围住，一脸呆滞。六郎的尸体要酌情进行解剖，所以还没有被警方送还。佛坛前盖着白布的台子上摆放着临时赶制的牌位，还庄重地供奉着香和鲜花。

此时，我才从静子和公司的人口中听说了尸体被发现的经过。两三天前我还轻视春泥，阻止静子报警呢，不料如今却发生这般不幸的事件。一想到这里，我就羞悔难当，无地自容。我觉得凶手只可能是大江春泥。春泥肯定是在六郎离开小梅町的棋友家，途经吾妻桥时，将他带到汽船码头的暗处杀害，然后抛尸河中的。时间上完全吻合，本田也曾看见春泥在浅草一带游荡，从这两点来看凶手无疑就是春泥，何况春泥本人早就预告过要杀害六郎。可是，六郎为什么会赤身裸体呢？又为什么戴着奇怪的假发？如果这些也都是春泥干的，他为什么要做出这些毫无道理的事呢？我实在是百思不得其解。

为了跟静子讨论独属于我们的秘密，我找机会将她叫到另一个房间。静子似乎也在等待这一刻，她跟在座宾客打过招呼，匆匆忙忙地跟着我走了过来。等到四下无人后，她低低唤了声"老师"，突然扑到我怀中，怔怔地盯着我胸前的位置，长长的睫毛上闪烁着泪光，眼睑发肿，眼眶里瞬间溢出豆大的泪珠，顺着白皙的脸颊簌簌流下。她的眼泪像断了线的珠子，怎么都止不住。

　　"我不知道该怎么向你道歉，都怪我疏忽大意。实在没想到那家伙真敢动手。都怪我，都怪我……"

　　我也忍不住伤感了起来，一边用力握紧默默哭泣的静子的手，想要给予她力量，一边反复向她道歉（那是我第一次触碰静子的肉体。尽管是在那种时候，我却清晰地记得那虽然苍白柔弱，却如同燃烧的火焰一般炙热、富有弹力的手指，那种不可思议的触感令我毕生难忘）。

　　"对了，你对警方提起那封恐吓信了吗？"过了很久，等到静子不哭时我问她。

　　"没有，我不知道该怎么办。"

　　"还没说，对吧？"

　　"是的，我想先找您商量一下。"

　　事后回想起来才觉得不妥，但我当时仍然握着静子的手。静子也任由我握着，依偎在我身上。

　　"你也认为是那家伙干的吧？"

　　"是的。而且，昨晚发生了一件怪事。"

　　"什么怪事？"

"我不是在您的建议下，搬到洋房的二楼住了吗？原本以为这样就不必担心被偷窥了，但是他好像还在偷窥。"

"在哪里偷窥？"

"窗外。"静子仿佛回忆起了当时的恐怖情景，眼睛睁得大大的，断断续续地说了起来，"昨天晚上十二点左右，我上床休息了，但是因为丈夫还没回来，我担心得不得了。而且洋房的天花板很高，我一个人睡在那里有些害怕，忍不住打量起房间的每个角落。窗户的百叶窗有一段放不下来，底下约莫有一尺宽的缝隙，透过那里可以看到漆黑的窗外。我特别害怕，但是越害怕越忍不住想往那里看，结果在窗外隐约看到一张人脸。"

"不是你的幻觉？"

"那张人脸一晃就消失了，但我直到现在也不觉得是我看错了。他乱糟糟的头发紧贴在玻璃上，弓着腰，眼珠上翻瞪着我，那个画面至今仍在我眼前挥之不去。"

"是平田吗？"

"嗯，除了他还有谁做得出这种事呢？"

经过这样一番讨论后，我们认定杀害六郎的凶手是大江春泥，也就是平田一郎。他接下来还企图杀害静子。我们决定一同去报警，请警方提供保护。

负责此案的检察官是个姓糸崎的法学士，好巧不巧，他同时也是我们侦探作家、医学家和律师等组成的猎奇会的会员，所以当我陪同静子来到搜查总部象潟警署时，他并没有像对待受害者家属那样公事公办地接待我们，而是像朋友一样亲切地倾听了我们的说明。

对于这桩诡异的事件，他也相当震惊，同时也表现出浓厚的兴趣。他向我们保证会竭尽全力找到大江春泥的下落，并向小山田家派驻更多刑警，增加巡逻的次数，充分保护静子的安全。关于大江春泥的相貌，我提醒他坊间流传的照片与其本人不太像，于是糸崎又叫来博文馆的本田，详细询问了本田所认识的大江春泥的相貌。

七

此后的大约一个月时间，警方全力搜索大江春泥，我也拜托本田及其他报社、杂志记者帮忙留意，逢人就上前打听是否有春泥的线索。可是，春泥不知道用了什么魔法，简直杳无音信。若他是个单身汉也就罢了，可他还有个碍手碍脚的太太，他究竟能躲到哪儿去呢？难道他像糸崎检察官猜测的那样，远远地偷渡到了海外吗？

奇怪的是，自打六郎离奇死亡以来，恐吓信就再也没有寄来过了。难道是春泥害怕警察找到自己，所以暂时搁置了杀害静子的计划，只顾着东躲西藏吗？不不不，他那样的人，不可能预知不到现在的情况。那么，他现在应该还潜伏在东京的某处，静静地等待着杀害静子的时机。

象潟警署的署长命令手下的刑警，像我之前做过的那样，调查春泥最后居住的上野樱木町三十二番地附近。那名刑警不愧是专家，经过不懈努力，最终找到了帮春泥搬家的公司（那是一家小型搬家公司，虽然也在上野，却在距离春泥家很远的黑门町），由此追查到了他后续的住址。据调查，春泥搬离樱木町后，依次搬到本所区柳岛町、向岛须崎町等地，租住的房子越来越差，最后在须崎町租的房子夹在两座工厂之间，脏污不堪，简直跟临时搭建的窝棚差不多。他在数月前租下了这栋房子，刑警赶过去的时候，房东以为他还住在里面，谁知进去一瞧，屋子里一件家具也没有，到处都是灰尘，也不知道是什么时候变成空屋的。警方在附近进行了走访，但是左邻右舍都是工厂，附近也没有喜欢窥探别人隐私的主妇，所以什么也没有打听出来。

博文馆的本田也不是等闲之辈，他原本就喜欢猎奇，逐渐搞清楚状况之后，调查得非常起劲。因为此前在浅草公园见过一次春泥，所以他在组稿的工作之余，热情洋溢地当起了侦探。首先，他想到春泥曾经发过广告传单，便跑去浅草附近的两三家广告公司，调查是否有人雇用过疑似春泥的男人。伤脑筋的是，这些广告公司赶上业务繁忙的时候，会临时雇用浅草公园附近的流浪汉，让他们换上制服工作一天。就算听到本田描述的相貌，那些人也想不起来，唯一能肯定的是本田要找的人就是这些流浪汉中的一员。

于是，本田换成深夜去浅草公园转悠，逐一查看黑漆漆的树荫下的长椅，还专门投宿流浪汉可能会住的小旅馆，殷勤地结交那里的客人，四处打听是否见过疑似春泥的男人。可惜他费尽千辛万苦，却半点线索也没找到。

本田每周都会来我的住处，向我倾诉他的心酸历程。有一次，他依旧像大黑天一样嘻嘻笑着，对我说："寒川先生，我最近突然注意到杂耍这种东西，然后突然有了个不得了的想法。你知道最近到处都在流行只有头颅没有身体的'蜘蛛女'这种杂耍吧？还有一种与此类似的杂耍，与'蜘蛛女'恰恰相反，是没有头颅只有身体的人。解说员旁边放着一个长箱，分成三格，下面两格中躺着身体和腿——大部分是女人，而身体往上的那一格却是空的。脖子上方本来应该有头的地方却什么也没有。也就是说，长箱中躺着的是一具'无头女尸'，为了证明人还活着，时不时还会动一下手脚。看起来非常恐怖，却又非常色情。这个把戏其实非常幼稚，只是斜放一面镜子，使后面看起来是空的而已。话说回来，有一次我经过牛込的江户川桥时，在前往护国寺方向的拐角的空地上，看到有人在表演这种无头杂耍。不过，跟一般的无头杂耍不一样的是，这次的表演者不是女人，而是一个穿着脏得黢黑发亮的小丑服的胖男人。"

说到这里时，本田故弄玄虚地露出紧张的表情，停顿半晌，在确定我已经充分被挑起好奇心后，才接着说下去：

"你明白我的意思了吧？我是这样想的，想要在众目睽睽之下完全隐藏行踪，去当杂耍表演中的无头男，难道不是一个绝妙的主意吗！他只需把标志性的脑袋藏起来，躺上一天就可以了。这难道不是相当有大江春泥风格的遁世法吗？更何况他经常写杂耍题材的小说，他最喜欢这类把戏了！"

"然后呢？"我觉得如果本田当真发现了春泥的下落，应该不至于如此冷静，便催促他往下讲。

"所以，我赶紧跑到江户川桥看了看，幸亏那里还有杂耍表演。我付了入场费后，走在那个无头的胖男人面前，绞尽脑汁地思考如何才能看到他的脸。我心想这家伙一天恐怕总要去上几次厕所，于是就耐心地等着他上厕所。等了一会儿，寥寥无几的客人走光了，只剩下我一个。我继续守在那儿，无头男突然'啪啪'拍起手来。正当我感到纳闷的时候，解说员跑过来说，现在是中场休息时间，请我先离开。我觉得机会来了，一出去就悄悄地绕到帐篷后面，从帐篷的破洞中往里偷看。只见无头男在解说员的帮助下从箱子里钻了出来——当然是有头的。他跑到观众席的角落，撒起尿来。真好笑，原来他刚刚拍手是小便的信号啊，哈哈哈……"

"你说单口相声呢？别耍我玩儿了。"

我故作生气，本田立刻恢复正经，辩解道："没有啦，那个人根本不是春泥，失策失策……我是在向你诉苦，说这个故事只是想告诉你，我为了寻找春泥多不容易！"

虽然这只是一个插曲，但我们对春泥的搜索就像这样，始终没见到一丝曙光。

不过，我必须在这里补充一件不可思议的事，我觉得可能会成为解决本案的关键。我注意到六郎尸体上戴的那顶假发，感觉它好像出自浅草附近，于是跑遍了那一带的假发店，终于在千束町一家叫松居的假发店找到了款式相同的假发。但是据店主表示，那顶假发虽然跟尸体戴的一模一样，可是定制假发的客户却出乎我所料，甚至令我大吃一惊。那个人不是大江春泥，竟然是小山田六郎本人。不仅相貌对得上，他还明确告诉过店主自己叫小山田。假发做好后（那是去年年末的事情），也是他亲自过来取的。当时小山田说他是为了遮掩秃头而买的，但是包括他的妻子静子在内，谁也没有见过他生前戴假发，这究竟是怎么回事？我绞尽脑汁，也无法解开这个奇怪的谜团。

另一方面，以六郎离奇死亡为界，静子（如今已是寡妇）和我的关系迅速升温。我顺理成章地成了静子的顾问兼保镖。六郎那边的亲戚得知我尽心尽力调查此事，还帮忙检查天花板，也不好不近人情地赶我走。就连糸崎检察官也替我说好话，让我多多到小山田家走动，并帮忙留意静子身边的情况，毕竟这样对他破案也有利。因此，我得以公开进出小山田家。

前面提到过，第一次见面时，静子得知我是她仰慕的小说家后，就对我颇有好感。之后我们两人之间又陆续发生了这么多复杂的事情，她把我当成唯一的朋友依赖，实属理所当然。随着我们频繁见面，加上她已经成了寡妇，原本觉得遥不可及的她那苍白的激情、脆弱易碎却又充满奇妙弹力的肉体的魅力，顷刻间带着生动的色彩朝我袭来。尤其是当我偶然在她的卧室看到一根大约是外国制的小马鞭以后，我那恼人的欲望就像被浇了油似的，以可怕的势头熊熊燃烧起来。

我鲁莽地指着那根马鞭，问她："您先生骑马吗？"她看到那根马鞭，陡然一惊，脸色瞬间变得铁青，旋即又红得仿佛烧了起来。接着，她用无比微弱的声音回答："不……"愚蠢如我，直到此时才终于解开她后颈上那道红痕的秘密。仔细回忆起来，每次见面时，她身上那道伤痕出现的位置与形状都有所改变。当时我也觉得奇怪，却完全没料到她那位看似温厚的秃头丈夫，竟会是个穷凶极恶的性虐待狂。不，还不仅如此。在六郎死亡一个月后的今天，她后颈上已经完全看不到那道丑陋的红痕了。结合这两点来看，就算没有听到她亲口坦白，我也完全明白我的想象不会有错。可是，知道这个事实以后，我为何会如此心痒难耐？我惭愧地想，莫非我跟已故的六郎一样，也是个变态性虐待狂吗？

八

　　四月二十日是死者逝世一个月。静子祭拜过后，傍晚邀请亲戚和亡夫的好友前来祭奠，我也列席其中。那天晚上发生的两件事（尽管是毫不相干的两件事，却如我稍后要说明的那样，产生了不可思议的宿命般的关联），给我带来了终生无法忘怀的巨大震撼。

　　当时，我和静子肩并肩走在昏暗的走廊上。客人全部回去以后，我们又聊了会儿那个秘密（即搜索春泥一事）。大约十一点，因为有仆人跟着，我也不便久留，于是辞别静子，准备乘坐她帮忙叫的车回家。当时，静子想送我到门口，与我肩并肩行走在走廊上。走廊旁边是庭院，有几扇玻璃窗开着，经过其中一扇窗前时，静子突然发出惊恐的叫声，紧紧地抱住了我。

　　"怎么了，你看到什么了？"

　　我惊讶地询问。静子一只手仍然紧紧抱着我，另一只手指着玻璃窗外。我一时想到春泥，吓了一跳，但是很快就发现什么事情也没有。窗外庭院的树丛中，有一只白狗窸窸窣窣地消失在黑暗中。

　　"是狗，一条狗儿罢了。没什么好怕的！"

我拍着静子的肩膀安慰她。尽管明白是虚惊一场，静子的一只手仍然搂着我的后背。那温热的感觉传遍我的全身，我再也克制不住，一把搂过她，吻上那因为虎牙而微微突出、如同蒙娜丽莎般的唇。也不知是幸运还是不幸，她非但没有推开我，我甚至感觉到她抱着我的手在小心翼翼地用力。

那天是死者的祭奠日，这让我们的罪恶感更添了几分。我还记得在那之后，直到我坐上车为止，我们一句话也没有说，甚至不敢与对方对视。

直到车子启动，我仍然满脑子都是刚刚分别的静子。我感到自己发烫的嘴唇上仍然残留着她嘴唇的触感，怦怦直跳的胸口仍然残留着她的体温。在我的心里，无法抑制的喜悦与深深的自责，如同复杂的编织纹样般纵横交织。我完全没有心思关注车子开往何处，也完全无心欣赏窗外的风景。

但奇怪的是，从刚才开始，一直有个小玩意儿诡异地烙印在我的眼底。我随着车子摇晃，满脑子都是静子，目不转睛地盯着前方极近的地方。而在我视线的中心，有个让我没办法不注意的物体正在晃动。起初我只是漫不经心地看着它，但是后来心里渐渐产生疑问："为什么？为什么我要盯着这个东西？"

我茫然地思考着这个问题，终于明白了其中的原因。我是在为两个物品过于巧合的相似感到讶异。

我前方是一名身穿破旧深蓝色薄外套、身材魁梧的男司机，他正驼着背，目视前方开着车。越过他肥厚的肩膀，能看见他正在操纵方向盘的双手。粗壮的手上戴着一副跟他格格不入的高档手套，而且还是不合时令的厚手套，大概是因此才会格外吸引我的目光吧。更重要的是，那副手套上的装饰扣……直到此时我才恍然大悟，之前我在小山田家的天花板上捡到的那枚圆形金属物件，原来是手套上的装饰扣。我对糸崎检察官也提过它，但是由于当时碰巧没有带在身上，再加上早已认定凶手是大江春泥，所以我们两人都没有重视遗留在现场的物品。那东西应该还装在我的冬装马甲的口袋里。我完全没想到它会是手套上的装饰扣。仔细想想，凶手为了不留下指纹而戴上了手套，却没留意到装饰扣掉了，这不是非常有可能吗？

但是，司机手套上的装饰扣不光让我明白了在天花板上捡到的东西是什么，还蕴含着一层更加令人震惊的信息。形状、色泽和大小如此相似也就罢了，就连司机右手手套上的装饰扣也不见了，只留下垫圈，这是怎么回事？倘若我在天花板上捡到的金属物件跟这垫圈完全吻合，这又将意味着什么？

"哎，师傅，"我冷不丁跟司机搭话，"你的手套能借给我看看吗？"

司机因为我这个奇怪的请求而一脸错愕，但还是减缓车速，乖乖将两只手套脱下来递给我。只见那只完好的手套上的装饰扣表面，分毫不差地刻着 R.K.BROS.CO. 这几个字母。我愈发震惊，甚至产生一股诡异的恐怖感。

司机将手套递给我后，若无其事地继续开车。望着他那肥硕的背影，我突然萌生出一种妄想。

"大江春泥……"

我用司机也能听见的声音喃喃自语。接着，我死死盯着驾驶座上方的小反光镜中的他。但是，那自然只是我愚蠢的妄想，司机映在反光镜中的表情丝毫没有变化，更何况大江春泥也不是会效仿罗宾①的人。车子抵达我的住处时，我多给了司机一些小费，问他："你还记得这只手套上的扣子是什么时候掉的吗？"

"一开始就掉了。"司机一脸莫名其妙，"这手套是别人送的，就是刚刚过世的小山田先生。他说这手套新归新，但是扣子掉了，不能用了。"

"小山田先生？"我大吃一惊，慌忙反问，"就是我们刚刚离开的那个小山田家的男主人吗？"

"是啊。那位先生在世时，经常雇我接送他上下班，算是我的老主顾。"

"你是什么时候开始戴的？"

"送给我的时候天气挺冷的，但这手套挺高档，我一直没舍得用。今天原来那副手套破了，我才第一次戴着它开车。因为不戴手套的话，握方向盘的时候手容易打滑。请问您问这个做什么？"

"没什么，有点私人原因。你能把这副手套让给我吗？"

就这样，我花大价钱买下了这副手套。回房间后，我拿出在天花板上捡到的金属扣做比对，果然一模一样，而且脱落的金属扣与手套上的垫圈也完全吻合。

我前面也说过，这两件物品如此一致，若说是巧合的话未免也太巧合了。大江春泥和小山田六郎戴过相同的手套，不仅装饰扣上

---

① 罗宾：亚森·罗宾，法国作家莫里斯·勒布朗（1864—1941）笔下的虚构人物，被称为"侠盗"。

的商标一模一样，就连脱落的金属扣也和垫圈完全吻合，真的有这样的巧合吗？后来，我将这副手套拿到市内一流的银座泉屋洋货店做鉴定，得知这手套的制作工艺在国内不常见，估计是英国制造的。而且，R.K.BROS.CO. 这家公司在国内也没有分公司。结合这家洋货店老板的话和六郎直到前年九月都在国外的事实，我判断六郎才是这副手套的主人。因此，装饰扣应该也是六郎掉的。大江春泥不可能拥有在国内无法买到而且碰巧跟六郎同款的手套。

"那么，这到底意味着什么呢？"

我抱着头倚在桌子上，嘴里喃喃自语："也就是说……也就是说……"我努力集中注意力，绞尽脑汁思考，试图寻找一个合理的解释。

忽然间，我的脑海中冒出一个离奇的想法。山之宿町是个沿隅田川而建的细长形小镇，而位于隅田川河畔的小山田家必然与河川相邻。我在小山田家的时候，也时常站在洋房的窗畔眺望隅田川，但是不知道为什么，我仿佛直到此时才意识到这件事，并且这一次，它带着全新的意义刺激着我的神经。

我乱糟糟的脑海中，出现了一个巨大的 U 字。U 字的左上端是山之宿町，右上端是小梅町（六郎棋友家所在地），而 U 字的底端正好是吾妻桥。迄今为止，我们一直以为六郎那天晚上是从 U 字的右上端离开，来到 U 字底端的左侧，在那里遭到了春泥的杀害。但是，我们是不是忽略了水流呢？隅田川是从 U 字上端流向下端的。与其说发现尸体的地方就是遇害现场，倒不如说尸体是从上游顺流而下，漂到吾妻桥下的汽船码头时滞留在了那里。后一种推测岂不是更加合理吗？尸体是漂过来的……尸体是漂过来的……那么，是从哪里漂过来的呢？行凶现场是哪里呢？就这样，我深深地陷入妄想的泥沼中。

九

我夜复一夜地思考着这件事，就连静子的魅力都敌不过这奇异的疑惑。我像是忘记了静子一样，深深地陷入这奇妙的妄想中。在此期间，我为了确认某件事，曾去拜访过静子两次。但是事情一问清楚，我就极其干脆地与她道别，火急火燎地赶回家。她肯定觉得很莫名其妙吧，送我到门口时，表情甚至看起来有些落寞。

我花了五天时间，拼凑出了一个着实荒唐的猜想。我向糸崎检察官写了一份意见书，为了避免重复叙述的麻烦，我将其略作修改，抄录在此。如果没有我等侦探小说家的想象力，恐怕无法拼凑出这个推理。而且我后来才发现，这当中还有一层更深刻的意义。

（前略）因此，当我得知在小山田家客厅的天花板上捡到的金属扣，肯定是从小山田六郎手套上掉下来的时候，迄今为止盘踞在我内心的种种怪事，就像是为了佐证这个发现似的，源源不断地浮现在我的记忆里。诸如六郎的尸体戴着假发；假发是六郎自己定制的；（至于尸体为什么赤裸，由于后面提到的理由，对我来说不是什么问题）平田的恐吓信在六郎离奇死亡之后戛然而止；六郎是个跟外表不符的可怕的性虐待狂（这种事大都不能以貌取人）；等等。这些事实看似是种种异常情况的偶然聚合，但是仔细想想，就会发现这些事全都指向同一个事实。

意识到这点以后，为了进一步证明我的推理，我开始尽可能多地搜集资料。我首先去了趟小山田家，征得夫人的许可，调查了已故六郎的书房。因为再没有比书房更能如实地反映主人的性格或秘密的了。我不顾夫人诧异，差不多花了半天时间，将所有书柜和抽屉翻了一遍，很快就发现只有一个书柜锁得严严实实的。我向夫人要钥匙，得知六郎生前把钥匙挂在怀表链子上随身携带，遇害那天也是把钥匙塞在兵儿带①里出门的。无奈之下，我只好费尽口舌说服夫人，强行撬开了那个书柜。

打开一看，里面被六郎多年来的日记、几袋文件、一捆信件以及书籍塞得满满当当。我仔细翻看，发现了与这起事件有关的三件物品。第一件是六郎和静子夫人结婚那年的日记本，在婚礼三天前的日记栏外，用红笔写着下面这段值得注意的文字：

（前略）我知道青年平田一郎和静子的关系。但是静子中途对这位青年生厌，哪怕他手段用尽，她也没有回心转意，终究趁父亲破产之机从他面前消失。如此也罢。余既往不咎。

也就是说，六郎结婚之初就通过某种途径知道了夫人的秘密，

---

① 兵儿带：又称三尺带，是以柔软的褶皱布料制成的短腰带。

却半个字也没有对夫人提起。

第二件是大江春泥的短篇集《天花板上的散步者》。在实业家小山田六郎的书房里居然出现了这本书，多么令人震惊啊！在听静子夫人说六郎生前非常爱看小说之前，我简直怀疑自己的眼睛。值得注意的是，这部短篇集的扉页上有珂罗版印刷①的春泥肖像，版权页上也印有作者的本名平田一郎。

第三件是博文馆发行的杂志《新青年》第六卷第十二号。上面虽然并没有刊登春泥的作品，但是卷首插图上有半张手稿照片，尺寸跟原件相同，空白处标有"大江春泥的笔迹"。奇怪的是，将这张照片放在光线底下仔细一瞧，厚厚的铜版纸上有许多如同爪痕般纵横交错的痕迹。唯一的可能性就是有人曾在照片上蒙一张薄纸，用铅笔反复临摹过春泥的笔迹。自己的猜想逐个命中，让我觉得无比恐怖。

同一天，我请夫人帮忙寻找六郎从国外带回来的手套。夫人花了很大工夫，终于找到一副与我从司机那里买来的一模一样的手套。把手套递给我时，夫人一脸疑惑地嘀咕着："奇怪了，应该还有一副一样的啊。"这些证据——日记、短篇集、杂志、手套、天花板上捡到的金属扣，只要您吩咐一声，我随时可以提供。

除此以外，我调查到事实还有不少，但是在说明之前，就算只凭上述几点判断，也能看清小山田六郎是个性格非常可怕的人，在其温和敦厚的假面具下，隐藏着诡计多端的妖怪嘴脸。

---

① 珂罗版印刷：一种以玻璃为板基的传统印刷技术，又叫玻璃版印刷。珂罗版印刷品逼真传神，能够保留笔墨的神韵，多用来印制手稿和书画作品。

我们是不是太执着于大江春泥这个名字了？对于他血腥的作品和异常的生活方式的了解，使我们从一开始就认定只有春泥才会犯下此等罪行，可是这个判断是不是太武断了？他是怎么消失得无影无踪的？如果他是凶手，不是有点奇怪吗？正因为他是无辜的，只是因为天生的厌人症（名气越大，症状就越是严重）而主动遁世，所以才会这般难找吧？或许就像您说的，他已经逃到了国外，比如正在上海的某个角落，装成中国人抽着水烟也未可知。否则，倘若春泥真是凶手，他为什么会在杀害对他而言无关紧要的六郎之后，突然终止了多年来滴水不漏、锲而不舍地策划的复仇计划呢？这种舍本求末的行为又该如何解释呢？对于阅读他的小说、了解他的生活方式的人而言，这未免太不自然、太不可能了。

不仅如此，还有一个更清晰的事实：他怎么才能把小山田六郎的手套扣掉在天花板上呢？手套是国内买不到的外国产品，并且六郎送给司机的那副手套上的装饰扣也掉了，把这两件事联系起来想一想，能够设想躲在天花板上的人不是小山田六郎，而是大江春泥吗？这未免太不合理了。（那么，您或许会问，假设那个人是六郎，他为什么会将如此重要的证据随便送给司机呢？这一点我稍后会解释，他在法律上并没有犯罪，只是在玩一种变态游戏罢了。所以，就算手套扣掉在了天花板上，对他而言也无关紧要。他根本无须像犯罪者一样担心这枚扣子是自己在天花板上散步的时候掉的，也不必担心它会成为自己的罪证。）

能够否定春泥犯罪的证据，还不只这些。前面提到的日记本、春泥的短篇集、《新青年》等证据都出现在六郎书房中上锁的书柜里，而且书柜只有一把钥匙，六郎无论行走坐卧都带在身上。这些都能证明是六郎策划了这场阴险的恶作剧。退一步想，春泥绝不可能为了嫁祸六郎，伪造这些东西并放入六郎的书柜里。一来日记无法伪造，二来书柜除了六郎没人能打开和关上，不是吗？

如此调查下来，只能得出一个出人意料的结论：我们迄今为止坚信是凶手的大江春泥，也就是平田一郎，其实从一开始就跟本案毫无关系。小山田六郎用他那令人惊叹的骗术欺骗了我们。富有的绅士小山田内心竟有如此阴险、幼稚的一面。他外表温厚老实，在卧室中却化身为可怕的恶魔，用外国马鞭不停地抽打楚楚可怜的静子夫人。一个人的体内同时存在着温厚的君子和阴险的恶魔两种人格，尽管无比令我们感到意外，但这种案例在世间并不罕见。人这东西越是温厚老实，反而越容易成为恶魔的信徒。

我是这样想的：约四年前，小山田六郎到欧洲出差，以伦敦为主，在欧洲的两三个城市旅居了两年。他的恶癖估计就是在那里萌芽、滋长起来的吧？（我从碌碌商会的员工口中听说了他在伦敦的风流韵事。）前年九月回国以后，这个难以根治的恶癖开始以他挚爱的静子夫人为对象大逞淫威。去年十月我第一次见到静子夫人时，便已发现她的脖颈上那恐怖的伤痕。这种恶癖就跟吗啡毒瘾一样，一旦染上便终生无法戒除。不仅如此，病情还会随着时间的推移急剧恶化。他会不断追求更加强烈、更加新鲜的刺激。今天无法靠昨天的办法获得满足，明天又觉得今天的花样难以尽兴。小山田也是如此，不难想象，仅仅是抽打静子夫人已经无法让他得到满足。所以，他才必须疯狂寻找新鲜的刺激。

或许就在此时，他在某种契机下，知道了大江春泥的小说《天花板上的散步者》，听说这篇小说的奇怪内容后，产生了一睹为快的念头。总而言之，他从书中找到了不可思议的知己，找到了同病相怜之人。从书本的磨损程度也能看出，他有多钟爱春泥的短篇集。春泥在这部短篇集中，反复诉说从缝隙中偷窥独处者（尤其是女人）何等妙不可言。不难想象，六郎对这项新发现中的全新乐趣产生了共鸣。他终于模仿春泥小说中的主人公，成为天花板上的游戏者，躲在自家的天花板上，偷窥静子夫人独处时的模样。

　　小山田家从大门到玄关有相当一段距离，所以，从外面回来时避开仆人的目光，潜入玄关旁边的储物间，沿着天花板爬到静子起居室的上方，并不是多么困难的事。我甚至怀疑六郎经常在黄昏时分去小梅町的朋友家下棋，就是为了掩饰自己在玩天花板上的游戏。

　　另一方面，如此钟爱《天花板上的散步者》的六郎在版权页发现了作者的本名，开始怀疑对方就是被静子甩掉的前男友，也就是对静子怀恨在心的平田一郎，不是很有可能吗？因此，他开始搜集与大江春泥有关的所有报道、八卦，最终确认春泥和静子的前男友是同一个人，而且在日常生活中非常厌恶与人交往，当时已经封笔失踪。也就是说，六郎通过一本《天花板上的散步者》，一方面发现了自己同病相怜的知己，另一方面也发现了自己憎恨的昔日情敌。掌握这些信息之后，他忽然想出了一个吓人的恶作剧。

　　偷窥静子独处肯定强烈地勾起了他的好奇心，但是身为性虐待狂的他，仅仅依靠这种温吞的游戏不可能获得满足。他发挥病人异常敏锐的想象力，思考着有没有比鞭打更新颖、更残酷的方法。最终，他想到了"平田一郎的恐吓信"这一史无前例的把戏。为此,他搞来了《新青年》第六卷第十二号卷首的手稿照片。为了让这场戏更加有趣、更加真实,他开始认真学习春泥的笔迹。手稿照片上的铅笔痕迹就说明了这一点。

六郎伪造好平田一郎的恐吓信后,每隔几天就通过不同的邮局投递出去。在开车办公事的途中,将信封投入路过的邮筒中,对他来说不是什么难事。关于恐吓信的内容,他通过报纸杂志上的报道已经大体了解了春泥的经历,静子的一举一动也被他从天花板上偷窥到了。其余部分他更是信手拈来,毕竟他是静子的丈夫。也就是说,他与静子同床共枕时,一边说着枕边蜜语,一边记录着静子的一言一行,将其描述得像是春泥正在偷窥一样。这是何等可怕的恶魔啊!他就这样匿名给妻子寄恐吓信,从中获得类似犯罪的乐趣,同时躲在天花板上偷窥妻子读信时瑟瑟发抖的模样,从中获得恶魔般的快感。而且,我们有理由相信他在那段时间仍然在持续鞭打静子。我之所以这么说,是因为静子颈上的伤痕在六郎死后才终于消失。当然,他这般虐待妻子静子,绝不是出于憎恨,反而是因为宠爱,才会对她做出这种残忍的行径。这种性变态的心理,无须我多做说明,想必您也充分了解吧。

好了,关于恐吓信制作者是小山田六郎的推理就到此为止了。那么,原本只是性变态的恶作剧,为何会演变成那般残忍的杀人事件呢?为何遇害者是六郎本人,而且还戴着奇怪的假发,赤身裸体地漂浮在吾妻桥下呢?他背上的刺伤又是何人所为?假如大江春泥并未参与本案,那么是否还存在别的罪犯?您的脑海中想必也冒出了许多诸如此类的疑惑吧。针对这些问题，我必须进一步陈述我的观察与推理。

简单说来，或许是小山田六郎那恶魔般的行径触怒了神明，以至于遭到了天谴吧！这起事件中既没有犯罪，也没有凶手，六郎的死是他自己的过失导致的意外。或许您会问，那他背后的致命伤是怎么回事？请容我稍后再跟您解释，现在还是先按照顺序，讲一讲我得出上述结论的理由吧。

我推理的出发点不是别的，正是那顶假发。您应该记得从三月十七日我进行天花板探险的第二天开始，静子为了避免被偷窥，搬到了洋房的二楼住吧？不知道静子是如何巧妙说服丈夫的，也不知道六郎为何会接受她的建议，总而言之，从那一天起，六郎就不能在天花板上偷窥了。但是，让我们大胆想象一下，当时六郎或许已经稍微厌倦了天花板上的偷窥游戏，难保他不会趁静子把卧室换到洋房之机，策划起别的恶作剧。我之所以这么说，根据就是那顶假发，他自己订购的那顶浓密的假发。他是去年年底订购那顶假发的，所以他可能不是从一开始就有这种打算，而是有别的用途。但是，那顶假发在这个时候刚好派上了用场。

他在《天花板上的散步者》的扉页看到了春泥的照片。据说那张照片是春泥年轻时的样子，自然不像六郎那样是个秃脑袋，而是有着一头浓密的黑发。因此，倘若六郎不想继续躲在恐吓信背后或者天花板上吓唬静子，而是想要自己假扮成大江春泥，趁静子在房内的时候从洋房窗外一闪而过，品尝某种不可思议的快感的话，那么他肯定要先将自己的明显特征——秃头隐藏起来，而他刚好有一顶假发。只要戴上假发，从昏暗的玻璃窗外一晃而过（这样做更有效果），完全不必担心会被惊慌失措的静子识破。

那天晚上（三月十九日），六郎从小梅町的棋友家回来时，因为门还开着，所以他避开仆人们的耳目，悄悄地绕过庭院，进入洋房楼下的书房（听静子说，书房和书柜的钥匙都被他挂在怀表链上随身携带）。他摸黑戴上那顶假发，小心翼翼地不让楼上卧室的静子听到，走到屋外，顺着院子里的树爬上洋房的挑檐，绕到卧室窗外，从百叶窗的缝隙往屋内偷看。静子说她在窗外看到一张人脸，就是在这个时候。

那么，六郎为什么会死呢？在说明这件事之前，我必须先说一说在我开始怀疑六郎后，第二次拜访小山田家，透过洋房的那扇窗户观察外面时看到的情况。您只要亲自过去看看就会明白，所以我想略去啰唆的描写。这扇窗户面对隅田川，窗外几乎没有空地，直接就是一堵混凝土围墙，墙外是陡峭的悬崖。为了节省土地，围墙就建在悬崖边缘。水面到墙顶的距离约两间，墙顶到二楼窗户的距离约一间。所以，倘若六郎从挑檐上（那里非常窄）失足跌落，运气好的话倒也有可能掉在围墙内侧（那儿有一条仅供一人勉强通过的狭窄缝隙）。运气不好的话就只有一个可能，那就是先跌到围墙上，再坠入外面的大河中。六郎所遇到的情况自然是后者。

自从想到隅田川的水流，我就意识到与其认为发现尸体的地方就是抛尸现场，不如认为尸体是从上游漂下来的更加合理。而且，小山田家的洋房外就是隅田川，并且位于吾妻桥的上游。所以我才开始思索六郎会不会是从这扇窗户摔下去的。可是，他的死因不是溺水而是背后的刺伤，这让我困惑了很长一段时间。

　　然而，有一天我突然想起曾经读过的南波奎三郎的《最新犯罪搜查法》。其中有个案例与本案十分相似。我构思侦探小说时经常参考这本书，所以对里面的记述也记得很牢。这个案例是这样的：

　　大正六年①五月中旬，滋贺县大津市太湖汽船公司防波堤附近漂来一具男尸，尸体头部有遭锐器割伤的痕迹。经法医鉴定，上述伤口为死者生前形成，且为致命伤。另外，腹部略有积水，表示此人系遇害的同时被抛入水中。警方将本案视为重大刑事案件，立刻展开调查。为确认被害者身份，警方用尽一切手段，但始终没有结果。直到数日后，大津警署接到京都市上京区静福寺路金箔业的斋藤请求寻找雇工小林茂三（二十三岁）的请求信。该失踪雇工的体貌特征与衣着打扮与本案被害者碰巧相符，于是警方立刻联系斋藤前来认尸。斋藤一见到尸体，就确定死者的确是那位失踪的雇工，同时确定其并非他杀，而是自杀。死者偷窃主家的巨额钱款并挥霍一空后，留下一封遗书离家出走。而其头部的割伤则是从行驶的汽船船尾跳入湖中时，撞上汽船的螺旋桨导致。

　　倘若我没有想到这个案例，或许就不会产生如此离奇的念头了。但是大多数情况下，事实往往比小说家的幻想更加荒诞，一些看似极不可能的怪异之事，实际上很容易发生。不过，我并不是说六郎

---

① 大正六年：1917年。

是被螺旋桨所伤。这个案子与上述案例略有不同，因为尸体腹部完全没有积水，而且半夜一点左右也很少有汽船经过隅田川。

那么，六郎背上深达肺部的严重刺伤，究竟是什么造成的呢？到底是什么能够造成与刀伤如此相似的伤口？不是别的，正是小山田家混凝土墙上的啤酒瓶碎片。大门两侧的院墙上也有，相信您应该看到过。这些防盗的玻璃碎片有些异常大，并且遍及各处，完全有可能刺进肺部。六郎从挑檐上摔下来，撞上了这些玻璃碎片，遭受重伤也不无可能，这也能解释为什么在致命伤周围还存在大量较浅的刺伤。

就这样，六郎自作自受，因其极度放纵的怪癖从挑檐上踩空，撞到围墙上，遭受致命伤，然后坠入隅田川中，顺着水流漂到吾妻桥汽船码头的厕所下方，以极度不光彩的方式送了命。以上就是我关于本案的新见解。再补充一两个遗漏的点：关于六郎的尸体为什么会被剥光这个问题，其实很好解答。吾妻桥一带是流浪汉、乞丐、前科犯的老巢，那些人若发现死者身上穿着值钱的衣物（六郎那天晚上穿着大岛绸的夹衣和盐濑外褂，戴着一块白金怀表），肯定会趁着夜深人静把尸体扒光（注：后来，警方果真逮捕了一名流浪汉，证实了我的这个想法）。至于为什么静子在卧室里没有注意到六郎坠落时的动静这一点，希望您能考虑到她当时极度惊恐，混凝土洋房的玻璃窗又是密闭的，距离河面非常远，隅田川还时不时会有彻夜工作的运土船经过，就算她听到了声音，也很有可能误以为那是船桨的划水声。另外，还有一点值得注意，也就是本案中不存在任何犯罪意味。虽然闹出了人命，但完全没有超出恶作剧的范畴。若非如此，就不能解释为什么六郎会犯下那么多愚蠢的错误，比如将有可能成为证据的手套送给司机，实名订购假发，把重要的证据锁在自家的书柜中，等等。（后略）

上述片段是从我的意见书中抄录下来的，我把这么一大段内容穿插在此，是因为如果不提前交代清楚我的推理，我之后的记录会非常难以理解。我在这份意见书中提到，大江春泥从一开始就与本案无关。但事实究竟如何呢？倘若果真如此，那我在这份记录的前半段耗费大量笔墨详细描述他的为人，岂不是毫无意义了吗？

十

我准备把这份意见书提交给系崎检察官，据上面的日期来看，是四月二十八日写完的。写完后第二天，我拜访了小山田家，想先拿给静子看看，告诉她不必再担心大江春泥的幻影，也好叫她放心。在我开始怀疑六郎后，也曾拜访过静子两次，但是当时只顾着在家中翻找，还没有对她做过任何解释。

当时，静子身边每天都围着一堆亲戚，争执六郎的遗产分割事宜，貌似产生了不少麻烦。几乎孤立无援的静子对我更加依赖，我一到她家，她就兴高采烈地将我请到起居室。一进屋，我就非常唐突地开口："静子小姐，你可以不用担心了。大江春泥这号人，从一开始就不存在。"静子吓了一跳，她当然不知道我是什么意思。于是，我带着把写完的侦探小说念给朋友听的心情，为静子朗读了我带来的意见书草稿。一来是想让静子了解事情的详情，好让她放心；二来是想听听她的意见，同时也希望自己能够发现草稿的不完善之处，以便进行充分的修改。

涉及六郎性虐待的那部分内容非常残酷。静子羞得满脸通红，恨不得从这个世界上消失。读到手套的部分时，她插嘴道："怪不得呢，我当时也纳闷为什么另一副手套不见了。"读到六郎过失死亡的部分，她非常吃惊，脸色煞白，说不出话来。我全部读完之后，她"啊"了一声，怔忡良久，脸上最终浮现出一抹释然。肯定是因为得知大江春泥的恐吓信是假的，自己不再面临生命危险，心里那块大石头放下来了吧。请容我擅自揣测一下，在听说六郎丑恶的行径遭到报应以后，她对于我们之间不正当关系的负罪感一定减轻了一些。"既然那个人如此残忍地折磨我，那么我也……"能够找到这种借口为自己开脱，想必她是高兴的吧。

刚好是晚餐时间，静子兴冲冲地（不知道是不是我的错觉）拿出洋酒招待我。意见书能够得到她的认同，我也非常高兴，在她的劝酒下，不小心就多喝了几杯。不胜酒力的我立刻满面通红，反而比平时更加忧郁，话也变少了，只一味地盯着静子的脸看。静子的脸色异常憔悴，但她的皮肤本就苍白，整个身体充满柔软的弹性，内部仿佛燃烧着幽幽的鬼火，她身上散发出的这种诡异魅力不但丝毫未减，旧式法兰绒衬衫（当时已经是穿毛织物的时节）包裹下的身体线条甚至比任何时候都要妖艳。我望着她在毛织物下扭动的四肢，欲火焚身地在心中描绘着那衣物包裹下的未知肉体。

聊了一会儿后，醉意让我想到一个绝妙的计划。那就是在某个隐蔽的地方租间房子，当作我与静子的幽会场所，偷偷地享受独属于我们的幽会时光。当时——我必须坦白自己的无耻行径——看到女佣离去之后，我一把将静子拉到怀中，第二次吻上她的嘴唇，一边双手隔着法兰绒衬衫抚摸她的后背，一边轻轻在她耳畔说出了这个想法。她非但没有拒绝我冒昧的行为，还轻轻点头，接受了我的请求。

此后的二十多天，我和她频频幽会，那些糜烂不堪、如同噩梦般的日子，我也不知该如何记录。我在根岸御行松下河畔租了一间古意盎然的、带仓库的房子，不在时托附近粗点心铺的老太太看门。我与静子通常正午去那里幽会。这恐怕是我第一次切切实实地领略到女人这种生物的激情与生猛。有时候，我和静子仿佛回到了小时候，在鬼屋般的老房子里，像猎犬一般伸出舌头，喘着粗气，互相追逐打闹。当我快要抓住她时，她就像海豚般扭动身体，灵巧地从我手中挣脱。我们你追我赶，直到力气耗尽，才像两具尸体般相拥着倒地。有时候，我们会在昏暗的仓库里待上一两个小时，如果有人在仓库门口偷听，或许会听到女人伤心的啜泣声和男人粗犷放纵的哭声，像二重唱一样此起彼伏。

然而，有一天，当静子将六郎常用的外国马鞭藏在一大束芍药花中拿过来时，我莫名有些害怕。她将那条鞭子塞进我手中，强迫我像六郎一样抽打她的裸体。恐怕静子在六郎长期的虐待下，也染上了那个怪癖，彻底沦为无法自控的受虐狂。如果和她的幽会再持续半年，我肯定也会染上与六郎同样的癖好。因为当我经不住她的苦苦哀求，用那条鞭子抽打在她纤弱的肉体上时，看到她苍白的皮肤表面顷刻间浮现出刺目的红痕，可怕的是，我居然产生了某种不可思议的快感。

不过，我并不是为了描写这种男欢女爱才写这份记录的。等我以后将这起事件写成小说时再细细道来，这里仅补充一件我在此期间从静子口中听得的事实，是关于六郎的那顶假发的。那顶假发确实是六郎特意订购的。对房事极度神经质的他，为了在与静子进行卧室游戏时隐藏自己煞风景的秃头，孩子气地不顾静子含笑劝阻，执意跑去订购了那顶假发。"你为什么现在才说？"面对我的质问，静子回答："毕竟是那种见不得人的事，我哪里说得出口呀！"

就这样，又过去了二十来天。我觉得一直不露面也挺奇怪的，于是若无其事地去了趟小山田家，与静子一本正经地聊了一个钟头，之后照样由静子叫车送我回家。巧的是，司机仍是上次卖手套给我的青木民藏，我再度被拽入那个奇怪的白日梦中。

除了手套不一样以外，无论是搭在方向盘上的手的形状、破旧的藏蓝色薄外套（他直接穿在衬衫外面）和绷紧的肩膀，还是前面的挡风玻璃和上面的小反光镜，一切都和一个月前一模一样。这让我产生一种奇妙的感觉。我想起自己上次曾对着这位司机叫"大江春泥"。很奇怪，关于大江春泥照片上的那张脸、作品中的荒诞情节和他匪夷所思的生活方式的记忆，竟一下子涌入我的脑海。最后，我甚至怀疑春泥就坐在我旁边的坐垫上。我瞬间陷入恍惚，嘴里吐出奇怪的话：

"哎，青木！上次那副手套，小山田先生究竟是什么时候送给你的？"

"啊？"司机像一个月前一样转过头来，神色诧异地看着我，"这个嘛……肯定是去年的事，应该是十一月……记得是我去账房领工资的日子，在同一天收到礼物，让我印象很深刻，应该是十一月二十八号。不会有错。"

"噢。是十一月二十八号，对吗？"

我仍然有些发呆，梦呓一般重复了一遍对方的回答。

"不过，先生，您怎么老琢磨那副手套呢？那副手套有什么问题吗？"

司机笑吟吟地问我，但我没有回答，只是定定地注视着挡风玻璃上的一小块灰尘。汽车行驶了四五町①远，我一直在发怔。突然间，我直起身子，抓住司机的肩膀，怒吼道："喂！你说的是真的吗？真的是十一月二十八号吗？你在法官面前也敢这么说吗？"

汽车晃动了一下，司机慌忙把住方向盘，说："在法官面前？您可别开玩笑了。不过，我保证是十一月二十八号。我有证人，我的助手也在现场。"

青木无比惊愕，但是看我这么严肃，便也认真地回答了我。

"那你现在掉头，回小山田家！"

司机愈发不知所措，露出一丝畏缩的神色，但还是照我的吩咐，把车开回了小山田家门口。车子一停下来，我就冲到玄关，抓住一名女佣劈头盖脸地问道："听说去年年底大扫除的时候，家里日式房间的天花板全都拆下用碱水清洗了一遍，是真的吗？"

---

① 町：日本长度单位，1町约等于109米。

我之前也提到过，这是我爬上天花板时听静子说的。女佣说不定以为我疯了吧，她盯着我的脸看了一会儿，才道："嗯，是真的。不过用的不是碱水，而是清水。是房屋清洗店的人过来清洗的。那是十二月二十五号的事。"

"每个房间的天花板都洗了吗？"

"是的，每个房间都洗了。"

大概是听到了我们的说话声，静子也从里间出来了，忧心忡忡地望着我问道："怎么了？"

我重复了一遍刚才的问题，从静子口中也听到与女佣相同的回答后，草草道了声别就又钻进车里，命司机送我回家。我深深地靠向椅背，陷入我最擅长的妄想中。

小山田家日式房间的天花板，曾在去年十二月二十五日全部拆下来清洗过。那么，那枚装饰扣掉在天花板上的时间就一定是在那以后。可是另一方面，手套在十一月二十八日就已经送给了司机。掉在天花板上的装饰扣无疑是从这副手套上掉下来的，这一点我此前已经陈述过许多次。也就是说，装饰扣是在手套送人之后才掉在天花板上的。这个带有爱因斯坦物理学实例意味的不可思议现象，究竟意味着什么？为慎重起见，我去车库找了一趟青木民藏，顺便问了一下他的男助手，确认手套就是小山田六郎十一月二十八日送的。我又去找了为小山田家清洗天花板的人，确定清洗天花板那天就是十二月二十五日。清洁工还向我保证，当时他将每一块天花板都拆下来了，所以哪怕再小的东西也不可能留在上边。

如果在这种情况下，还要强行认为那枚装饰扣是六郎丢的，就只能如此推测：手套扣掉在了六郎的口袋里，六郎却不知道。后来，他觉得手套不能用了，就送给了司机。之后，至少过了一个月，多半是三个月后（因为恐吓信是二月开始收到的），六郎爬上天花板的时候，那枚扣子碰巧从他的口袋里掉了出来。扣子没有掉进外套口袋里，而是掉进了内衣口袋里，这本身就很蹊跷（手套大抵会放在外套口袋里。而且照理说，六郎应该不会穿着外套爬上天花板。就连穿着西装爬上去都非常不自然）。何况是像六郎这样有钱的绅士，应该不会穿着旧衣服跨年吧？

以此为契机，阴兽大江春泥的阴影再次笼罩在我心头。莫非是"六郎是虐待狂"这一带有近代侦探小说意味的素材，严重地误导了我（不过，他用外国马鞭抽打静子是毋庸置疑的事实）？他会不会真的是被人杀害的？

大江春泥，啊啊，怪物大江春泥的身影又浮现在我心头。

这样的念头一旦萌生，一切都变得可疑起来。我只不过是一介幻想小说家，轻而易举地做出推理并写在意见书中，仔细想想未免太荒谬了。我觉得那份意见书中隐藏着一个巨大的错误，另一方面也是因为我沉迷在与静子的欢爱中，所以迟迟没有将草稿誊抄下来。说实话，我有些提不起劲儿来。如今我反倒庆幸自己没有这么做。

仔细想想，这个案子的证据过于齐全了。就像在我前进的路上等着我似的，遍地都是我需要的证据。就像大江春泥在他的作品中说过的那样，当侦探遇到过多证据的时候，就必须警惕起来了。首先，很难想象那些笔迹足以乱真的恐吓信真的如我所料，是六郎伪造的。本田也曾说过，即便有人仿得出春泥的字体，也没人仿得出那种个性鲜明的文风，更何况是不同领域的实业家小山田六郎。直到现在我才想起来，春泥在一篇名为《一张邮票》的小说中写过这样的情节：歇斯底里的医学博士夫人憎恨丈夫，遂捏造证据，制造丈夫模仿她的笔迹伪造留言条的假象，企图诬陷丈夫谋杀。春泥会不会在这个事件中也用了相同的手段，企图陷害小山田六郎呢？

从另一个角度来看，此次的事件简直就是大江春泥的杰作集。例如，从天花板的缝隙偷窥是《天花板上的散步者》，作为证据的扣子也是同一篇小说中的设定；模仿春泥笔迹的灵感则来源于《一张邮票》；静子颈上的新伤暗示小山田是虐待狂，则是《D 坂杀人事件》中的手法。此外，无论是玻璃碎片造成刺伤，还是裸尸漂到厕所下方，整个案件都充满大江春泥的气息。如果说一切都是巧合，未免也太巧了吧？整件事从始至终都笼罩在春泥的巨大阴影下，不是吗？我觉得自己简直像是按照大江春泥的指示，构思出了符合他意愿的推理，甚至怀疑自己被春泥附身了。

春泥肯定就藏在某处，用蛇蝎般的目光冷冷地注视着整个事件。我并不是基于理性，只是没来由地有这种感觉。可是，他究竟在哪里呢？

我躺在出租屋的床铺上思来想去，但饶是我这样肺活量大的人，也被这漫无边际的胡思乱想搞得疲惫至极，迷迷糊糊地睡了过去。我做了一个奇怪的梦，陡然惊醒时，一个不可思议的想法浮上心头。

当时已是深夜，但我还是打电话到本田的住处，让人将他叫起来。

"喂，你说过大江春泥的老婆是圆脸吧？"

本田刚拿起电话，我就劈头问了他这个问题，把本田吓了一跳。

"嗯，我是说过。"过了一会儿，他可能是听出我的声音，用困倦的声音回答。

"她总是梳西式发型？"

"嗯，是的。"

"她还镶了颗金牙，对吧？"

"嗯，没错。"

"她的牙不好，脸上经常贴着止疼膏药，对吗？"

"真够清楚的啊。你碰到春泥的老婆了吗？"

"不是，是从樱木町的邻居那里打听到的。你见到她的时候，她还在牙疼吗？"

"是啊，总那样。估计她的牙天生不好吧。"

"她是右脸疼吗？"

"记不大清了，好像是右脸吧。"

"不过，梳西式发型的年轻女子，贴那种土里土气的止疼膏药，不奇怪吗？现在可没人贴那玩意儿了。"

"那倒是。不过，到底怎么了？那个案子，你该不会是找到什么线索了吧？"

"嗯，是啊。细节回头再跟你说吧。"

为慎重起见，我又将之前打听过的情况向本田核实了一遍。

接下来，我像是解几何题一样，在稿纸上画出各种图形，写出各种文字和公式，写写擦擦，直到天亮。

十一

出于上述原因，总是由我寄出的幽会邀请函中断了三天。静子大概是等不及了，主动写信邀请我明天下午三点务必去一趟老屋。信上的措辞无比幽怨："知道了我骨子里是个如此放荡的女人，您该不会已经对我生厌、害怕了吧？"

收到这封信以后，我仍然莫名提不起劲，非常不想看到她的脸。但我还是在她指定的时间，前往御行松下的那间鬼屋。

已经进入六月，梅雨前灰蒙蒙的天空压在头顶，天气像发疯一般闷热。我下了电车后，刚走了三四町的距离，腋下、背上就已大汗淋漓，用手一摸，富士绸的衬衫已经湿透了。

静子比我先到一步，正坐在凉爽的仓库的床上等我。仓库二楼铺着地毯，摆着床和长椅，还放了几面大镜子。我们竭力将游戏的舞台装点了一番。静子不听我的劝阻，无论是地毯还是床，都是贵得离谱的高档货——虽然都是成品。

静子身穿华丽的结城绸单衣，系着绣有梧桐落叶的黑缎腰带，照例梳着艳丽的圆髻，轻盈地坐在纯白的床单上。西洋式的家具和充满江户风情的她，在昏暗中形成极为鲜明的对比。即使死了丈夫，她依然梳着自己喜欢的圆髻。望着那艳丽夺目的发髻，我的眼前倏然间浮现出她发髻松垮、刘海儿凌乱、湿漉漉的鬓发在颈项上交缠的放荡模样。她每次从这里回家前，总是要在镜子前花上半小时的时间整理乱发。

"前几天，您怎么又特意跑来问房屋清洗店的事了？从来没见过您那么慌张的样子，莫名其妙的，我怎么都想不通。"

我一进去，静子就立刻这般问道。

"想不通？"我一边脱掉西装上衣一边说，"不得了啊，我犯了个天大的错误。天花板是十二月末清洗的，可是小山田先生的手套扣至少在一个月之前就脱落了。因为那个司机说，他是十一月二十八日收到那副手套的，所以扣子肯定是之前脱落的。事情的顺序完全颠倒了。"

"啊——"静子一脸震惊，但是好像还是有些糊涂，"可是，扣子要先从手套上脱落，才会掉在天花板上吧？"

"话是这么说没错，问题是中间的这段时间。扣子不是在小山田先生爬上天花板的时候当场脱落的，未免太奇怪了。扣子当然是先脱落再掉下去的，但照理说应该直接掉在天花板上。扣子脱落之后时隔一个多月才出现在天花板上，这无法用物理学原理来解释吧？"

"也是。"静子脸色有些发白，还在冥思苦想。

"如果说脱落的扣子掉在了小山田先生的口袋里，一个月后又偶然掉在了天花板上，这倒也不是解释不通，但是小山田先生会穿着去年十一月的衣服一直到今年开春吗？"

"不会。我丈夫很讲究衣着，年底已经换上更厚实保暖的衣服了。"

"你看，这不是很奇怪吗？"

"那么……"她倒抽一口气，"还是平田……"话说一半，她就噤声不语。

"没错。在这个案件中，大江春泥的气息实在太浓烈了。所以，我必须彻底修改最近写的那份意见书。"

接着，我简单向静子解释了前面提到的疑点，比如这个案件像大江春泥的杰作集、证据过于齐全、伪造的笔迹过于逼真等等。

"你可能不太清楚，春泥的生活状态非常奇怪。他为什么不肯与访客见面？为什么总是通过搬家、旅行、称病躲避访客？最后为什么白白花钱租下向岛须崎町的房子，却不去住？再怎么厌恶人际交往的小说家，做到这种程度，未免也太奇怪了吧？若不是为了杀人在做准备，岂不是很难理解吗？"

我坐到静子身边如此说道。想到这一切可能还是春泥所为，静子顿时害怕起来，紧紧依偎在我身上，牢牢攥住我左手的手腕，让我觉得痒痒的。

"仔细想想，我简直就像那家伙的傀儡。根据他提前准备好的伪证，按照他写好的推理剧本，原封不动地排演了一遍。哈哈哈哈……"我自嘲般笑道，"那家伙真可怕。他完全吃透了我的想法，并按照我的想法伪造了证据。一般的侦探根本不是他的对手，只有我这样喜欢推理的小说家，才能拥有如此天马行空的想象力。可是，如果凶手是春泥，却又有很多不合理之处，而这正是这个案件令人费解的原因。所以说春泥是个深不可测的恶人。我所谓的不合理之处，总的来说有两点：一是恐吓信在小山田先生死后就不再寄来了；二是日记、春泥的著作和《新青年》为什么会在小山田先生的书柜里。假如春泥是凶手的话，唯有这两点怎么都讲不通。就算日记栏外的那句话是模仿小山田先生的笔迹写上的，《新青年》扉页的铅笔痕也是他捏造的伪证，但是春泥是怎么拿到只有小山田先生才有的书柜钥匙的呢？这无论如何都是不可能的啊。另外，他又是如何潜入书房的呢？这三天时间，我苦苦思索，想得头都疼了，最后，总算找到了唯一的答案。

"我刚刚也说过，这个案件中充满了春泥的气息，所以我觉得如果能更仔细地研究一下他的小说，说不定能够找到解谜的关键。于是，我又拿出那家伙的作品阅读。还有，有件事一直没跟你说，博文馆的本田对我说，春泥曾经头戴尖顶帽、穿着小丑服在浅草公园游荡。后来我们去广告公司打听，对方说他应该是公园里的流浪汉。春泥混迹于公园的流浪汉当中，不就跟史蒂文森^①的《化身博士》中的情节一样吗？我意识到这点，便试着在春泥的作品中寻找类似的情节。你应该也知道，他失踪前写过一部长篇《帕诺拉马国》，在此之前还写过一部短篇《一人两角》，这两部作品中都有类似的情节。读完这两部作品，可以清楚地看出《化身博士》式的手法——也就是一个人同时扮演两个人物——对他而言具有多么强大的吸引力。"

"我害怕。"静子紧紧地握住我的手道，"您的语气好吓人，别再往下说了。我不想在这么昏暗的仓库里听这个。以后再说吧，今天先玩儿吧。只要和您在一起，我才没心思想平田的事情。"

"你还是听我说完吧。这可是攸关你性命的大事。如果春泥还想伺机加害你呢？"现在可不是玩情趣游戏的时候，"我在这件事

① 史蒂文森：罗伯特·路易斯·史蒂文森（1850—1894），苏格兰作家、诗人、小说家。心理惊悚小说的先驱。《化身博士》是其代表作之一，书中塑造了文学史上首位双重人格形象，后来"杰基尔和海德"（Jekyll and Hyde）一词成为心理学"双重人格"的代称。

中，又发现了两个不可思议的巧合。说得学术一点，一个是空间上的巧合，一个是时间上的巧合。这里有一张东京地图。"我从口袋里掏出提前准备好的简易东京地图，指着上面说道，"我从本田和象潟警署的署长那里打听到了大江春泥辗转搬迁过的地方，大致是池袋、牛込喜久井町、根岸、谷中初音町、日暮里金杉、神田末广町、上野樱木町、本所柳岛町、向岛须崎町。其中只有池袋、牛込喜久井町相距非常远，剩下的七个地方在地图上看，都集中在东京东北角的狭窄地带。这是春泥最大的失策。春泥名气大涨、大批记者蜂拥而来是从他住在根岸期间开始的，考虑到这一点，就不难明白为什么只有池袋和牛込离得那么远了。也就是说，在喜久井町居住期间和那之前，稿件相关的一切事宜都是通过信件处理的。但是，如果用线将根岸之后的七个地方连起来，便会呈现一个不规则的圆，只要找到这个圆的圆心，就能够找到破案的关键。至于原因是什么，我马上解释……"

这时，静子不知道想到了什么，忽然松开我的手，双手圈住我的脖子，那蒙娜丽莎般的嘴唇间露出雪白的虎牙，一边叫着"好可怕"，一边将脸颊紧贴在我的脸颊上，嘴唇紧贴着我的嘴唇。过了片刻，她的嘴唇离开我，食指灵巧地搔弄着我的耳朵，嘴巴凑到我耳边，用仿佛唱摇篮曲一般的甜美声调低声对我说："时间这么宝贵，却用来说这么可怕的事情，实在太浪费了。老师，老师，您难道感觉不到我火热的嘴唇吗？您没有听到我怦怦的心跳吗？快，抱我！快抱我呀！"

"快了，就快了，你再忍耐一会儿，听我把我的想法说完。我今天就是想和你好好谈谈才过来的。"我对她的引诱无动于衷，继续说下去，"然后是时间上的巧合。春泥的名字突然在杂志上消失的日子，我记得很清楚，是前年年底。而小山田先生从国外回来的时间——记得你对我说过，也是前年年底吧？这两个时间居然完全一致。这是巧合吗？你怎么看？"

我还没有说完，静子就跑到房间角落里拿来那根外国马鞭，硬塞到我的右手中，然后冷不防脱掉和服，趴到床上，从光滑裸露的肩膀下方转过脸，对我说：

"那又怎么了？那种事，那种事！"她开始像疯子一样胡言乱语，"快，抽我！抽我！"她一边叫着，一边像波浪一样扭动着上半身。

透过仓库狭小的窗户，可以看见鼠灰色的天空。也许是有电车驶过吧，远方传来雷鸣般的响声，夹杂着我的耳鸣，听起来异常可怖。如同魔鬼大军从天而降时敲响的军鼓声，令我觉得毛骨悚然。大概是这样的天气和仓库中的异常氛围让我们神经错乱了吧。事后回想起来，静子和我的精神状态都不正常。我望着横陈在床上的她汗涔涔的苍白胴体，执拗地继续我的推理：

"一方面，大江春泥参与了这个案件，这是一目了然的事实。而另一方面，日本的警察耗费整整两个月时间，也没能找到那位知名小说家，他像一股烟似的消失得无影无踪。啊，光是想想就觉得可怕。这居然不是噩梦，真叫人觉得不可思议。他为什么不杀害小山田静子呢？为什么突然不写恐吓信了？他是靠何种忍术潜入小山田先生的书房的，又是怎么打开那个上锁的书柜的……我不禁想起一个人来。不是别人，正是女性侦探小说家平山日出子。世人以为'她'

是女性，作家和记者也大都如此相信。每天都有青年读者往日出子家中寄情书。可是，此人其实是名男性，而且还是个响当当的公务员。侦探作家这帮家伙，我也好，春泥也好，平山日出子也好，个个都是怪物。男人偏要假扮成女人，女人偏要假扮成男人，猎奇心一上来，什么荒唐的事都干得出来。听说有个作家深夜乔装成女人跑到浅草游荡，甚至跟男人谈起了恋爱。"

我已经浑然忘我，像个疯子般喋喋不休。脸上汗流如注，汗水流进嘴里，那感觉非常难受。

"静子小姐，请你仔细听听，我的推理有没有错。把春泥的住所连起来形成一个圆，其圆心在哪里呢？请看这张地图，就是你家，浅草山宿町！这些地方距离你家搭车只需要不到十分钟……为什么小山田先生一回国，春泥就立刻失踪了呢？因为你不能去上茶道课和音乐课了，明白了吗？小山田先生不在家的时候，每天下午到晚上，你都会去上茶道课和音乐课……准备好一切证据，诱导我做出那种推理的人是谁？是你。你在博物馆找上我，而后便随心所欲地操控我……只有你，才能自由地在日记本上随意添加内容，才能把其他证据放进小山田先生的书柜，才能提前把手套扣放到天花板上。这就是我的推理。还有别的可能性吗？快，回答我，回答我啊！"

"您太过分了，您太过分了。"赤裸的静子扑到我身上，脸颊贴到我的衬衫上嘤嘤哭泣，我的皮肤甚至能够感受到她滚烫的泪水。

"你为什么要哭？为什么从刚刚开始就一直想要阻止我推理？照理说，这个话题攸关你的性命，你应该想听才对吧？仅凭这点，我也不得不怀疑你。请听我说，我的推理还没有结束。大江春泥的老婆为什么戴眼镜，镶金牙，贴止痛膏药，梳西式发型，脸看起来还很圆呢？这不就跟春泥《帕诺拉马国》中的乔装方式一模一样吗？春泥在那篇小说中谈到过日本人变装的秘诀，那就是换发型、戴眼镜、口中塞棉花。在《两分铜币》中，还写过在健康的牙齿上套上夜市卖的镀金假牙套的桥段。你的虎牙太引人注目了，所以你需要套上镀金的假牙掩饰。你的右脸颊上有一颗大黑痣，所以你需要贴上止痛膏药遮掩。至于梳西式发型、让瓜子脸显得圆一些，对你来说更是小菜一碟。你就这样伪装成了春泥的老婆。前天，我让本田从门缝中偷看过你，问他你跟春泥的老婆像不像。本田说如果你把圆髻换成西式发型，戴上眼镜，镶上假牙的话，就跟春泥的老婆一模一样。快，你就招了吧！我已经全都明白了。话都说到这个份上了，你还想对我隐瞒吗？”

我推开静子，她瘫倒在床上号啕大哭起来。我等了很久，她都不肯回答我。我彻底亢奋起来，情不自禁地扬起马鞭，狠狠地抽到她赤裸的后背上。我浑然忘我，一鞭又一鞭地抽打在她身上。她惨白的皮肤瞬间变红，渐渐渗出鲜红的血珠，形状宛若蚯蚓的爬痕。她在我的鞭打下，以和往日同样放荡的姿态，舞动着四肢，扭动着身躯，气息奄奄地低喃着“平田、平田”。

“平田？哈，你还想骗我吗？你难不成想说如果春泥的老婆是你假扮的，那么春泥就另有其人？怎么可能存在春泥这号人！那完全是个虚构的人物！为了让别人相信这一点，你一直伪装成他的老婆与记者见面，并且时常搬家。可是，靠一个完全虚构的人物骗不了所有人，于是你便雇用浅草公园的流浪汉，让那个流浪汉躺在家里。不是春泥乔装成了穿小丑服的人，而是穿小丑服的男人乔装成了春泥。"

　　静子在床上仿佛死去了一般，始终沉默不语。只有她背上的红痕像是有生命一般，随着她的呼吸一下下蠕动。她不说话，我的亢奋也稍微冷却了下来。

　　"静子小姐，我原本没打算对你这么过分，只想心平气和地跟你谈一谈。可是，你一直回避我的问题，还试图用那种媚态蒙混过关，我才忍不住这么冲动，请原谅我。你不说话也可以，接下来我将按照顺序说出你做过的事情，如果哪里说错了，请你纠正我。"

　　于是，我将我的推理简单明了地讲给她听。

　　"就女性而言，你拥有不可多得的智慧与文采。从你写给我的信中便足以看出这一点。所以你会想要以匿名的方式冒充男人写侦探小说，完全在情理之中。可是出乎意料的是，你的小说广受好评。在你刚刚有点名气的时候，小山田先生碰巧要去国外出差两年。为了排遣寂寞，也为了满足猎奇癖，你想到了一人分饰三角的可怕诡计。你写过一篇名为《一人两角》的小说，又在此基础上想到了一人分饰三角这个更绝妙的计划。你以平田一郎的名义在根岸租了一间房子。此前在池袋和牛込租的房子应该只是用来收信的吧？接着，你用讨厌人际交往、外出旅行等当作借口，让平田这个男人远离世人的视线。你自己则乔装成平田夫人，代替平田料理包括稿件在内的一切事务。也就是说，写稿时，你是笔名为大江春泥的平田；与杂志记者见面、租房子时，你是平田夫人；在山宿町的小山田家时，你是小山田夫人。也就是说，你一人分饰三个角色。因此，你每天下午都要打着学习茶道和音乐的幌子出门。半天是小山田夫人，半天是平田夫人，一具身体要分成两个人用。为此，你需要时间换发型和换装，不能离家太远。所以你每次搬家，都会选择以山宿町为中心只有十分钟左右车程的地方。我也是同样的猎奇之徒，所以非常理解你的心情。尽管这些工作相当辛苦，但是世界上恐怕再也没有比这更有魅力的游戏了。我想起这么一件事。有位评论家曾经说过，春泥的作品中充满了只有女性才具备的令人不愉快的猜疑，简直像是在黑暗中蠕动的阴兽。看来这位评论家真说对了。

"然后，短短的两年过去了，小山田先生回来了，你不能再像之前那样一人分饰两角了。于是，你决定让大江春泥失踪。世人都知道春泥是极度的厌人症患者，对他的失踪并没有过多猜疑。而你为什么会犯下后来那种可怕的罪行，身为一个男人，我并不清楚。但是我读过变态心理学的书籍，书上说患有歇斯底里症的女性，时常会写恐吓信寄给自己。无论是日本还是国外，都有很多这样的案例。简单来说，这是一种想让自己恐惧，也想让别人同情自己的心理。我想你应该就是这种患者吧。从自己扮演的知名男性小说家那里收到恐吓信，这是多么具有吸引力啊！

"同时，你对上了年纪的丈夫越发不满，并且对丈夫出国期间所经历的变态而自由的生活产生了难以遏止的向往之情。不，说得更深入一些，就像你曾经在春泥小说中写的那样，你对犯罪和杀人本身产生了强烈的兴趣。这里刚好有春泥这个完全失踪的虚构人物，只要把嫌疑推到这个人身上，你不光能永远处在安全地带，还能甩掉讨厌的丈夫，继承庞大的遗产，逍遥自在地度过下半辈子。

"但是，你却并不满足于此，为求万无一失，你还设下两道防线。被你选中的人就是我。你应该是想把总是谴责春泥作品的我当成傀儡，肆意玩弄，借此报平日之仇吧？所以，当我给你看那份意见书的时候，你应该觉得非常可笑吧？想要骗过我，简直易如反掌。手套的装饰扣、日记本、《新青年》还有《天花板上的散步者》，仅凭这些就足够了。可是，就像你常常在小说中写的那样，犯罪者总是会在某些地方犯下非常愚蠢的错误。虽然你捡到了从小山田先生的手套上脱落的扣子，将它当作重要的物证，但是你并没有仔细调查它是何时脱落的。你完全不知道那副手套早就被送给司机了。这是何等愚蠢的失误啊！小山田先生的致命伤应该和我之前推测的一样。唯一不同的是，小山田先生不是在窗外偷窥时踩空的，多半是在跟你玩情趣游戏的过程中（所以他才会戴着那顶假发），被你从窗户推下去的吧！

"好了，静子小姐，我的推理有误吗？请你回答我。如果可以，请推翻我的推理。说话啊，静子小姐！"

我把手放在静子绵软无力的肩上，轻轻摇晃她。可是，她大概是因为羞愧而抬不起头来吧，一动不动，一言不发。

想说的话说完以后，我非常失望，茫然地伫立在原地。直到昨天，这个女人还是我唯一的挚爱，此时却现出受伤阴兽的原形，倒在床上。我定定地注视着她，眼眶不知不觉开始发热。

"那么，我就先走了。"我重振精神，说道，"之后请你好好想一想，选择一条正确的路。这一个月时间，托你的福，我见识到了从未体验过的情欲世界。即使现在，我也舍不得离开你。可是，我的良心不允许我继续和你维持这样的关系。因为我的道德感比别人更强……那么，再见了。"

我在静子后背的红痕上留下真心的一吻，离开了这段时间成为我们情爱舞台的鬼屋。天空愈发低垂，气温似乎更高了。我浑身都被汗水浸透，牙齿却咯咯作响，整个人如同疯了一般，摇摇晃晃地向前走去。

十二

后来，我通过第二天的晚报，得知了静子自杀的消息。她应该是从洋房的二楼跳入隅田川中，主动投水而死的，同小山田六郎的死法一样。命运当真可怕，或许是因为隅田川的水流方向固定不变吧，她的尸体同样漂到了吾妻桥下的汽船旁，早上被过路的人发现。不知内情的报社记者在报道的最后补充了一句："小山田夫人大概也是遭到同一个歹人的毒手，结束了其短暂的一生。"

读完这篇报道，我对昔日恋人的惨死，感到深深的同情与哀伤。但也觉得静子的死等于她承认了自己可怕的罪行，实在是必然的结果。约莫有一个月的时间，我都如此坚信。

可是，随着我狂热的妄想逐渐冷却，一个可怕的疑惑突然冒了出来。我并没有直接从静子口中听到一句忏悔。虽然有种种证据支持我的推理，但是对于那些证据的解释都是出自我的猜想，而不是像"二加二等于四"那般无可撼动。先前我不就凭借司机的话和房屋清洗人员的证词，对一度构筑好的似乎无懈可击的推理和种种证据，做出了截然不同的解释吗？我又怎么能断言不存在另一种推理呢？事实上，我在那间仓库的二楼谴责静子时，最初也完全没打算做到那个地步。我原本打算心平气和地讲完事情的原委，再听听她如何辩解。但是话说到一半，她的态度却诱使我胡乱猜疑，所以我才会忍不住斩钉截铁地做出那种无情的推断。而且，最后我多次催问她，她却一直沉默不语，我才会将其理解为她承认了罪行。可是，那会不会是我自以为是了呢？

的确，她自杀了（可是，她真的是自杀吗？他杀？倘若是他杀的话，凶手是谁？太可怕了）。但即使她自杀了，就能证明她有罪吗？说不定她的自杀另有缘由呢？例如，她本以为我是个可以依靠的人，我却对她横加猜忌和指责，她会不会是知道自己百口莫辩，加上女人本来就小心眼，所以才一时冲动产生了厌世情绪呢？如果是这样的话，尽管我并未动手，但是杀害她的罪魁祸首显然是我，不是吗？我刚刚还说这不是他杀，可这不是他杀又是什么呢？

倘若我只是涉嫌杀死了一个女人，这尚且还能忍受，可我那不幸的妄想癖，却让我想到一件更加可怕的事。她显然是爱我的。一个女人被心爱之人怀疑，被当成可怕的罪犯谴责，会是什么样的心情呢？会不会正是因为她爱我，并且为我这个恋人解不开的疑惑而难过，才终于下定了自杀的决心呢？另外，即使我那个可怕的推理是正确的，她又是为什么想要杀害相伴多年的丈夫呢？自由？财产？这些东西真的有力量促使一个女人犯下谋杀罪吗？难道不是因为爱情吗？而她所爱的人不就是我吗？

啊，我该如何解开这个无比可怕的疑惑呢？无论静子是不是杀人犯，我都杀害了这个如此深爱我的可怜女人。我不由得诅咒我那不值钱的道德观。这世上还有比爱情更坚固、更美好的事物吗？可我却用道学家的顽固心态，无情地将那纯洁美好的爱情击得粉碎。

但是，倘若她如我猜测的那样，就是大江春泥本人，并且犯下了可怕的杀人罪，那我或许还能安心几分。可是事到如今我又该如何确定呢？小山田六郎已经死了，小山田静子也死了，大江春泥恐怕也永远从这个世上消失了。本田说静子和春泥的老婆很像，可是仅凭这点什么也无法证明。我找过糸崎检察官好几次，打听案件进展，但他的回答总是无比含糊，搜索大江春泥的工作也看不到希望。我还托人去平田一郎的故乡静冈的小镇调查过，希望他是个完全虚构的人物，可惜朋友告诉我，确实有个叫平田一郎的人失踪了。不过，即使平田这个人真的存在，他的确是静子的前男友，可又怎么能断定他就是大江春泥，是杀害六郎的凶手呢？如今他已经人间蒸发，很难断定静子没有把前男友的名字用在一人分饰三角的计划中。除此以外，我还征得了小山田家亲戚的同意，彻底调查了静子的常用物品、信件等等，试图从中找到一些事实，然而这个尝试同样一无所获。

对于我的推理癖、妄想癖，我怎么后悔也于事无补。如果可以，就算知道是徒劳，我也愿意花上一生的时间走遍日本全国乃至全世界，寻找平田一郎化名的大江春泥的行踪（可是，哪怕找到了春泥，不管他是不是凶手，恐怕也只能让我更加痛苦，只不过这两种痛苦的意义截然不同罢了）。

距离静子惨死已经过去了半年。平田一郎始终没有现身。我那就算解开也无济于事的可怕疑惑，随着日升月落与日俱增。

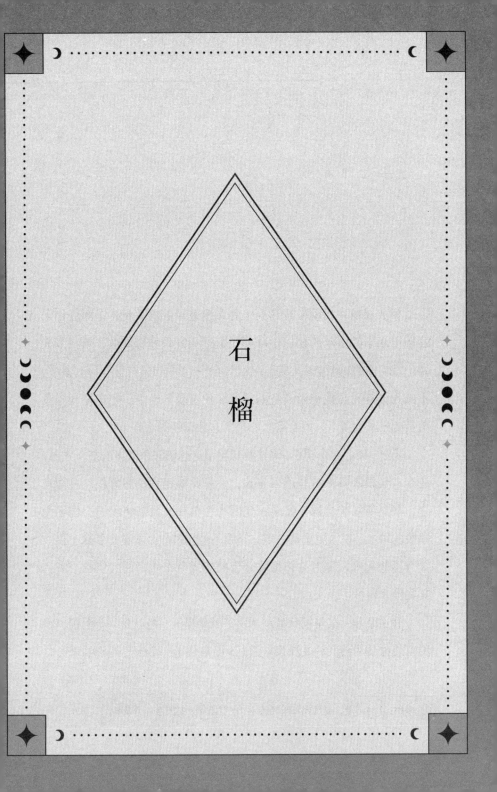

石
榴

一

　　很久以前，我就在写名为《犯罪搜查录》的手记，里面巨细无遗地记录了我多年的侦探生涯中负责过的各种精彩案件，但我今天要记录下来的"硫酸杀人案"，虽然也是一起相当奇特且有趣的案子，不知为何却没有被记录在我的《犯罪搜查录》当中。一定是因为我负责的案子太多了，才会不小心忘了这件奇特的小案子吧！

　　不过，最近有个契机，又让我想起了这起硫酸杀人案的来龙去脉。这个"契机"实在有些不可思议，但是此事容我稍后再叙。总而言之，我之所以想起这个案子，是因为在信州 S 温泉结识的一位名为猪股的绅士，说得更确切一点，是因为他携带的一本英文侦探小说。如今回想起来，那本被翻得脏兮兮的蓝黑色布质封面的侦探小说，其实隐含着多层含义。

　　我在昭和①某年初秋撰写本文，同年夏天，也就是一个月前，我独自前往信浓山间的 S 温泉避暑。S 温泉位于一个十分偏僻的地方，

----

① 昭和：日本年号，使用时间为 1926 年 12 月 25 日—1989 年 1 月 7 日。

从信越线的Y站出发，乘坐私营电车到终点站，还要再换乘公共汽车，在车上颠簸大约两小时才能到达。旅馆的设施不甚完善，料理也不甚美味，完全体会不到游玩的气氛，但是那远离人烟的深山幽谷的感觉，倒是让人无从挑剔。从旅馆出发走个三町远，有一个很深的山谷，那里挂着一道壮观的瀑布，听说后山时有野猪出没，偶尔也会出现在旅馆的后院附近。

我住的翠峦庄是S温泉唯一一家像样的旅馆，但也只有名字气派，规模挺大且整体老旧，是山村风格的老建筑。女服务员们连白粉都不知道扑，提供的浴衣浆洗得硬邦邦的，又短又小，一切都有种与城市脱节的风情。在这样的深山之中，盛夏时节居然有八成旅客滞留在此，其中多半是来自东京、名古屋等大城市的客人。我在此结识的猪股也是大城市的客人之一，据说他是东京的股票证券商。

我的本职工作是警察，不知为何却还是个狂热的侦探小说迷。我的情况，确切说来是这样：我首先是一名侦探小说爱好者，因为对犯罪案件产生兴趣，才由地方警署的普通刑警转入警视厅搜查科，最终为犯罪侦查事业奉献了大半生。所以像我这样的人，每当来到温泉这类地方，并不会擦亮眼睛观察住客中是否有可疑人物，而是会习惯性地物色能与我进行侦探小说论战的同好。

如今，侦探小说在日本颇为流行，但大家一般更喜欢阅读娱乐杂志上的侦探小说，随身携带本格侦探小说的人出乎意料地少，这种情况总是令我失望。唯有这次，投宿翠峦庄期间，我收获了一位梦寐以求的聊天对象。

此人并不算青年了，后来得知，他年长我五岁，是个四十四岁的中年人。他这个岁数，皮箱里装的居然尽是侦探小说，并且多数不是日文版，而是英文版，是个罕见的侦探小说迷。这位中年绅士就是我刚刚提到的猪股。说起我与猪股结识的契机，是有一天我瞥见他坐在旅馆二楼走廊的藤椅上，正在阅读一本侦探小说。我不知不觉地朝他走了过去，第二天就已经和他熟稔到互相表明身份的程度。

不知为何，猪股的外表莫名吸引我。他的年纪不大，头顶却已经秃了，像颗光溜溜的水煮蛋；眉毛虽然十分稀疏杂乱，但是文雅秀气；他戴着一副黄色镜片的无框眼镜，镜片底下是一对双眼皮的大眼睛；他的鼻梁像希腊人般高挺，短短的络腮胡从鬓角到下巴修剪得美观齐整。他有点儿不像日本人，但是非常英俊。即便穿着旅馆提供的有些短小的浴衣，领口也拢得一丝不苟，腰带系得规规矩矩，那端正的模样像是一位一板一眼的大学教授，完全看不出来是个股票证券商。

后来了解到，这位绅士最近刚刚丧妻。他应该非常爱他的妻子，深深的悲伤镌刻在他苍白俊美的眉宇间。我不动声色地观察了一下他，发现他大多数时候都窝在房间里阅读侦探小说，但是就连那些喜爱的小说似乎也无法让他忘记悲伤。他常常将读到一半的书丢在榻榻米上，在桌子上托着腮，表情空洞地盯着走廊对面的青山，神情无比寂寥。

住进翠峦庄的第三天下午，我吃过饭打算去散步，穿着浴衣和带有旅馆标志的木屐，从后门去名为翠峦园的杂树林溜达。无意中，我看到和我一样穿着浴衣的猪股靠在对面的大椎树上，正在聚精会神地看一本书。那估计是一本侦探小说，他今天看的是哪一本呢？我不禁好奇地走向他。

听到我打招呼的声音，猪股猛然抬头，微笑着回了个礼，将手中那本蓝黑色封面的侦探小说翻过来，给我看书脊上的烫金字，那里用歌德字体分三段印刷着"TRENT'S LAST CASE E. C. BENTLEY[1]"的字样。

"您肯定也读过这本吧？这已经是我读的第五遍了。您瞧，已经被我翻得这么烂了。这实在是一本精彩的小说。我认为它恐怕是全世界屈指可数的杰作之一。"

猪股把读到一半的那页折了个角，将书在手上把玩着，热情洋溢地说道。

"本特利吗？我很久以前看过，具体情节已经忘得差不多了，只记得某本杂志上刊登过一篇评论，说它和克劳夫兹[2]的《谜桶》是英国当代最杰出的两本侦探小说。"

后来，我们又聊了一会儿对国内外侦探小说的看法，在得知我的职业以后，猪股突然说出下面这番话：

"长期以来，您一定遇到过很多离奇古怪的案子吧？就算是我，看到报纸上有什么轰动的大案子时，也会把那部分内容裁剪下来，针对案情进行很多业余的推理。但除了这些大案子，想必也有一些

---

[1] TRENT'S LAST CASE E. C. BENTLEY：英国作家爱德蒙·克莱里休·本特利（1875—1956）的经典侦探小说《特伦特的最后一案》。

[2] 克劳夫兹：F.W.克劳夫兹（1879—1957），爱尔兰著名侦探小说作家，1919年创作了首部侦探小说《谜桶》（又译《桶子》），成为侦探文学上里程碑式的作品，确立了写实派侦探小说的地位。

没有公之于众却非常有意思的小案子吧？您负责的案子里，有没有一些我没听说过的奇特案例？新案子您肯定不方便透露，不知道有没有什么超过时效的旧案……"

这是我结识新的侦探小说同好时，总是会被问到的问题。

"这个嘛，我参与过的比较精彩的案子大都会记录下来，不过，那些案子通常在报纸上也有过详细的报道，对您来说恐怕没什么新意了……"

我一边说，一边望着猪股把玩着的本特利的侦探小说。不知为何，忽然有个案子拨开我脑中的重重迷雾，如同十五的皓月般浮现上来，那就是我刚才提到的硫酸杀人案。

"实际的犯罪案件很少有能靠纯粹推理破案的，可以说几乎没有。因此，对于侦探小说迷来说，真正的犯罪并不那么有趣。比起推理，偶然性和办案人员的双腿才是破案的重要因素。克劳夫兹的小说也是'靠腿办案的推理小说'，侦探办案时更注重自己的双腿，而不是大脑，需要四处奔走才能破案。我觉得那样才更接近现实，但也不是没有例外。我刚刚想起来一个案子，就称之为硫酸杀人案吧，是一个大约发生在十年前的怪案。这个案子发生在小地方，我印象中东京、大阪的报纸几乎没有报道。虽然是个小案子，但是非常有意思。由于实在太久远了，我已经在不知不觉间忘记了，不过您刚刚的一番话又勾起了我的回忆。如果您不嫌麻烦，我就一边回忆一边为您讲讲这个案子吧。"

"好啊，洗耳恭听，您讲得越详细越好。光是听到'硫酸杀人'这几个字，我就已经觉得非常有意思了！"

猪股像个孩子一样，因为期待而双目放光，差点就要朝我扑过来了。

"我想找个安静的地方慢慢听，老是站着也不合适……回旅馆客房的话，周围又太吵了，往瀑布方向走，倒是有一个地方很适合听这样的故事，不知您意下如何？"

听他这么一说，我也来了兴致。我有一个怪癖，就是在撰写《犯罪搜查录》时，习惯把案件经过详细地讲给别人听。在讲述的过程中，原本模糊的记忆会越来越清晰，逻辑也能理得更加通顺，这对动笔阶段会有很大的帮助。此外，我对于座谈十分有自信，将充满侦探小说风味的犯罪案件，尽可能按照有趣的顺序详细讲给别人听，也是我的乐趣之一。一想到今天能讲个尽兴，我也忍不住像个孩子似的，二话不说就同意了猪股的提议。

在大半被杂草掩盖的狭窄弯曲的坡道上走了大约一町远，走在前面的猪股停下脚步，告诉我："就是这儿！"原来如此，他真是找到了一个好地方。这里一边是树木繁茂的陡峭山腹，另一边是深不见底的断崖，从这里俯瞰深谷，谷底是万籁俱寂的漆黑深渊。稍微偏离细窄栈道的地方，有一块巨大的岩石如房檐般向外延伸，下面就是万丈深渊，岩石表面很平坦，面积约有一叠①大小。

"在这里听您的故事，岂不是再合适不过？一脚踏空，瞬间就会命丧黄泉，犯罪故事和侦探小说的魅力不也恰恰在此吗？在这个让人坐立难安的岩石上，倾听可怕的谋杀案，多么应景啊！"

---

① 叠：计算榻榻米的量词，一叠约为1.62平方米。

猪股得意扬扬地说着，突然爬上岩石，一屁股坐在能够俯瞰深谷的位置。

"真是一个可怕的地方。如果您是坏人，这地方我可不敢坐啊！"我笑着在他旁边坐下。

天空阴沉沉的。今天是个让人微微出汗的天气，这里却非常凉爽。山谷对面的山色也因为这阴沉的天气有些黯淡。放眼望去，除了我们两人没有任何其他生物的气息，不知道为什么，就连平时聒噪的鸟鸣也听不到了。只能听见河川上游的瀑布飞流而下的轰鸣声，伴随着大地的震动声从远方传来。

正如猪股所说，此情此景实在是非常契合我那个离奇的侦探故事。我的兴致越发高昂，开始讲述那起硫酸杀人案。

二

那是距今十年前的大正某年秋天，发生在名古屋郊外 G 町某个新住宅区的一起案件。现在的 G 町已经和市区一样，是个住宅和商铺林立的繁华小镇。但是十年前，那里还是个空地比建筑物还多的荒凉地方，一到晚上就一片漆黑，胆小的人走夜路时甚至会提着灯笼。

某天晚上，辖区警署的一名警员在 G 町冷清的大街上巡逻时，突然注意到一栋废弃的小屋——那栋小屋孤零零地建在空地的正中央，是一间快要倒塌的破屋，最近这一整年，窗户上的防雨板都没有掀开过，难以想象会有人突然入住。不可思议的是，此时那间空屋里竟亮着红色的幽光。而且，在那幽光的前方，似乎有东西在晃动。既然能看到光，说明原本锁着的门被打开了。到底是谁打开的？又是为何闯进这间空屋？这理所当然引起了巡逻警员的警觉。

警员蹑手蹑脚地靠近空屋，透过半敞的木板门悄悄观察屋内的情况。最先映入眼帘的是一个柑橘箱似的东西，倒扣在连榻榻米都没铺、满是灰尘的地板上，上面还立着一根很粗的西式蜡烛。

蜡烛前方竖着一个东西，像是一把撑开的黑色梯凳，有个人影坐在梯凳前方的一个小物件上，正在小幅度地晃动着。仔细一看，那个以为是梯凳的东西原来是写生用的画架，上面贴着画布，一名长发的年轻男子正在不停地挥动着画笔作画。

闯进别人家的空屋，借着烛光写生。即便这是艺术青年的特殊癖好，也太不像话了。三更半夜，在昏暗的烛光下画什么呢？警员好奇地观察起柑橘箱前面的东西。

那东西——艺术青年的模特儿不是站着的，而是平躺在满是灰尘的地板上。因此，警员没有立刻看出那东西的真面目，他踮起脚往柑橘箱的阴影里仔细一瞧，发现那东西穿着人类的衣服，可是实在不像是人类，更像是一个看不出来是什么的怪物。

警员以"爆裂的石榴"来形容，我后来目睹时，也不由得联想到熟透后裂开的石榴。那里躺着一个穿着黑色和服的裂开的大石榴。您肯定明白我的意思，实际上那是一颗被残忍毁损、沾满血污的人头，已经溃烂得不成人样了。

警员说，他一开始以为那是个化着古怪妆容的男模特儿。因为作画的青年实在过于从容，甚至看起来非常愉悦。另外，美术系学生难保不会有出这类出格的行为，他对这点深有体会。

但是，就算是扮装的模特儿，做出这种事也非常欠妥，警员便冲进去逮住这名青年盘问了一番。谁知，这名奇怪的长发青年竟然毫不慌张，反而还情绪激动地埋怨警员打扰他，破坏了他的兴致。

警员没理会他的埋怨，先走到近处查看那个躺在柑橘箱前的怪物，当即判断出这具人体不是模特化妆假扮而成。这名男子既没有呼吸也没有脉搏，已经被人残忍地杀害了，那场面实在是惨不忍睹。

警员心想，这可真是个不得了的案子！平时就暗暗期待能够碰上大案的他立刻兴奋起来，不管三七二十一，先把青年拖到了附近的派出所，请求那里的警员支援，打电话通知了本署。而接到他那通兴奋至极的电话的人，自然就是在下了。我想您应该已经猜到了，当时我还在故乡名古屋，是 M 警署一名初出茅庐的刑警。

我接到电话时是晚上九点多。警署内除了夜勤人员都已经下班了，我花了很长时间，才把情况汇报给检察厅和警察部。最后，署长决定亲自去现场查证，我也得以与经验丰富的资深刑警一起，陪同署长到现场了解详情。

根据法医的勘验意见，死者是一名三十四五岁的健康男子。身上没有明显特征，中等身材，穿的不是衬衫，而是纺绸材质的长汗衫，外罩素色结城绸的夹衣，腰间扎一条扎染纺绸的兵儿带，和服、汗衫和腰带都非常旧，皱皱巴巴的，至少按照目前的情况推测，他的家境绝对不算好。

死者的双手双脚均被粗绳绑住，被绑前似乎激烈地反抗过，胸部、两条手臂等处都残留着大量抓痕。想必上演过一场生死搏斗吧。

之所以没有被人发现，应该就像我之前说的那样，这间空屋建在一片空地的中央，周围并无其他人家。

凶手绑住他的手脚后，往他的脸上泼了硫酸。像这样跟您说起来，他那可怖的死状又历历在目。那恐怖的模样，现在让我描述得多详细都不在话下……啊，您应该也不想听这个话题吧？那么，我们就跳过这一段……接下来，关于这名男子的死因，虽然他被泼了大量的硫酸，但顶多是面部灼伤，并不会死亡。法医怀疑凶手在泼硫酸前，曾经殴打过他或者勒过他的脖子，但是经过仔细检查，除了不会危及生命的抓伤之外，并没有找到类似的伤痕。

不过，我们很快就了解到一个可怕的事实。法医顾问突然这样说道：

"凶手的目的并不是往死者脸上泼硫酸，面部被灼烂到这种地步，实际上可能只是偶然的副作用……您看死者的口腔。"

他说着用镊子翻开死者的嘴唇，露出口腔。我往里一看，发现他口腔内部的灼伤比脸部还要严重，实在是惨不忍睹。法医又说：

"都渗进地板里了，所以看不出来，但死者应该剧烈地呕吐过。泼在脸上的硫酸只会流进嘴里，不可能到达胃囊，这明显是被人强行灌了硫酸。凶手估计是先绑住了死者的手脚，然后用左手捏住他的鼻子灌下去的吧。目前只能做此推测。"

啊，多么可怕的推测啊。但是，就算再可怕，这个推测应该也是毫厘不差的事实……被害者的尸体第二天就被拉去做了解剖，解剖结果证实了法医的推测。这种强行灌硫酸的杀人手法，实在是颠覆认知的疯狂行为。说不定是疯子所为。若非如此，就是凶手和死者有着深仇大恨，只是杀掉他还不解气，才会想出如此惨绝人寰的手段。被害者的准确死亡时间当然无从得知，但法医推测是当天下午临近傍晚，大约是四点到六点前后。

杀人方法大致能够想象，但是对于"谁杀的""为什么""杀了谁"这几点——这么说或许很奇怪——则完全没有头绪。当然，那位长发艺术青年已被留在本署的侦讯室中接受过严格的审讯，但他一口咬定自己不是凶手，也不知道被害者是谁，案情始终没有进展。

这位青年租住在案发地 G 町的邻镇，在一间有点规模的私立油画学校上学，的确是一名美术系学生，名叫赤池。"你这家伙遇到了杀人案，为什么不立刻报警？实在太不像话了！而且还在那惨不忍睹的尸体面前若无其事地写生，到底是怎么回事？就算你被视为凶手，也没有任何理由反驳！"被警方如此质问时，赤池如此答道：

"我以前就对那间长期无人居住的鬼屋似的空屋很感兴趣，偷偷溜进去过好几次。门锁都是坏的，只要有心，谁都能进去。在那漆黑的空屋里胡思乱想消磨时间，对我来说是很大的乐趣。今天傍晚，我也是出于这种想法走进去的，结果发现地上躺着一具尸体。当时天快黑了，我就划了根火柴观察尸体的样子。我感觉这具尸体简直太棒了。因为这是我梦想已久的场景！这具尸体就像黑暗中绽放的鲜红花朵，让人目眩神迷，这是血的艺术。我朝思暮想的就是这幅画面。这真是我梦寐以求的模特儿。我立刻飞奔回家，带着画架、颜料和蜡烛回到空屋，心无旁骛地执笔作画，直到被那个可恶的巡警打断。"

我无法准确形容，但赤池当时的语气充满了狂热的感情，听起来像是恶魔吟诵的诗歌。我不认为他是个彻头彻尾的疯子，但他绝对不是正常人，至少有一种病态的心理。这种人无法用常理来衡量。纵然他的表情无比诚恳，但搞不好满口谎言。他面对血肉模糊的尸体都能够若无其事地作画，说不定根本不会把杀人当回事。所有人都是这个观点，特别是署长，一口咬定这小子就是凶手，所以就算他的辩解勉强成立，也没有放他回家，而是把他关在拘留室里，对他进行了更加严苛的审讯。

就这样，整整两天过去了。我就像侦探小说中的常见桥段那样，像只狗似的趴在空屋的地板和地面上仔仔细细地搜寻了一遍，但是既没有找到装硫酸的容器，也没有找到足迹或指纹，可以说毫无收获。此外，我还走访了附近的邻居，但最近的房子也在离这里半町远的地方，因此这方面的努力全部以徒劳告终。另一方面，唯一的嫌疑人赤池被审讯了两天两夜，但是随着审讯的进行，他的精神状态越来越疯癫，完全问不出所以然。

最让人头疼的是，我们对被害者的身份毫无头绪。毕竟就像前面说的那样，被害者的脸部像一颗爆裂的石榴，身上也没有明显特征，就只能把和服花纹当成唯一的线索推进调查。我们首先传唤了赤池的房东，一位理发店的老板，请他辨认那身和服，但他说自己完全没有印象。空屋附近的邻居也给不出确切的答案，调查几乎走进了死胡同。

不过，案发后的第三天晚上，我们通过一个意想不到的渠道，获知了被害者的身份。这名惨死的男子，原来是当时虽然家道中落，以前却远近闻名的老字号店铺的老板。从这里开始，我的故事总算有点儿侦探小说的味道了。

<h2 style="text-align:center">三</h2>

那天晚上，我有一个关于本案的会议参加，留在警署加班，大约是晚上八点，一位名为谷村绢代的女士打来电话，说有一件急事想私下跟我商量，问我能否马上过去一趟。所谓的急事，其实跟最近闹得沸沸扬扬的硫酸杀人案有关。但是，她希望在我们见面详谈之前，不要把这件事告诉警署内的其他警员，催我尽快过去。这件事非比寻常，绢代女士在电话中的声音格外高亢，精神似乎非常亢奋。

说起谷村，您说不定有所耳闻，就是名古屋的特产貉馒头的总店。拿东京打比方的话，可以说是一家与风月堂、虎屋不相上下的知名糕点铺。这家店铺在当地家喻户晓，是从旧幕府时代①传承下来的老字号。以"貉"这个字命名，或许有些奇怪，但据说这个店名的由来很不简单，很早之前就这么叫了，当地人都不以为奇。我和这家店铺的老板万右卫门的交情很好……说起万右卫门这名字，听起来像个老头的名字，实际上这是谷村家代代相传的名号。当时的万右卫门刚刚三十三四岁，受过大学教育，是个通情达理的年轻绅士。他有一点文学方面的造诣，所以和我这个小说迷很聊得来。啊，对了，我和他也就侦探小说进行过论战。绢代女士则是这位万右卫门年轻貌美的妻子。接到朋友妻子打来的求助电话，我自然无法置之不理，

---

① 旧幕府时代：德川幕府统治的时代。旧幕府为日本明治维新后对江户幕府的称呼。

于是找了个借口离席，火速赶往谷村家。

貉馒头店位于名古屋最繁华的 T 町，古朴的仓库式铺面是当地的名胜，但他们家的私宅位于 M 警署辖区的郊外。那里距离警署不算远，所以我徒步过去。走在黑暗的小路上时，我突然意识到，发生命案的 G 町空屋和谷村家非常近，只隔了大概三町。从这样的地理位置关系来看，我越发觉得绢代女士电话中的那番话蕴含着某种含义。

我一见到绢代女士，就发现平时气色很好的她，此时面色像纸一样苍白。她一副心神不宁的样子，一见到我就扑过来，抓住我说出大事了，问我她该怎么办。我忙问她究竟怎么了，得知她丈夫万右卫门失踪了。而且说巧不巧，就在发生硫酸杀人案的第二天早上。最近万右卫门一直在为成立食品公司而东奔西走，那天早上，他为了去见东京 M 制糖公司的董事，出门乘坐凌晨四点多发车的快速列车。那时还没有特快列车，所以想要在下午到达东京，就只能选择很早的列车——我要事先声明一下，刚刚提到的出门，是指从与绢代女士共同居住的郊区的家中出发。万右卫门在前一天为了成立公司的事，需要处理一些麻烦的事宜，在书房里忙到深夜，一直没有离开。然而，到了第二天傍晚，M 制糖公司紧急致电绢代夫人，表示谷村先生没有在约定的时间出现，询问她是不是遇上了什么问题。对方有急事在身，估计等得不耐烦了吧。绢代女士被这通意外的电话吓了一跳，回答说丈夫确实乘坐今天凌晨四点的列车前去赴约了，不可能绕道去别的地方。但对方又表示，今天也已问过谷村先生在赤坂常住的旅馆，可他并没有去那里，照理说他也不会住其他旅馆，实在是太奇怪了。这通电话就这么稀里糊涂地挂断了。

第二天一整天，也就是我拜访谷村家之前的这段时间里，制糖公司自不必说，绢代女士还给东京的旅馆、朋友家、静冈的客户家等所有能想到的地方都打了电话，询问万右卫门的下落，但是一无所获。整整两天，谷村都毫无音讯。"若是平时我倒是不担心，但是我丈夫出发前一晚，发生了那么可怕的事，我总有些心神不宁……"绢代女士说到这里就再也说不下去了。

所谓那么可怕的事，当然就是指硫酸杀人案。那么，绢代女士会不会认识那个被害者？我忽然心口一惊，战战兢兢地提出这个问题，结果她支支吾吾地答道：

"是的，其实看到晚报时我就知道了。但是我太害怕了，实在是没有勇气报警……"

"是谁？在那间空屋里被杀的到底是谁？"

我不由得催问道。

"您也知道的，就是我们多年来的死对头，另一家貉馒头店的老板——琴野宗一先生啊。报纸上刊登的那件和服和琴野先生的一模一样，不仅如此，还有更确凿的证据呢。"

听到这句话，我似乎什么都明白了。绢代女士为什么明知被害者的身份，却仍然隐瞒至今？她如此担心万右卫门，为什么却不敢求助警方搜寻他的下落？如今这一切都说得通了。因为绢代女士心中有一个非常可怕的怀疑。

当时，在名古屋最繁华的T町，有两家几乎相邻的貉馒头糕点铺。其中一家的老板就是与我交情很好的谷村万右卫门，也就是绢代女士的丈夫。而另一家的老板就是琴野宗一，也就是绢代女士认为的本案的被害者。两家店铺都是传承数代的老字号，要说哪一家才是真正的鼻祖，我还真不了解。但无论是谷村还是琴野，都互不相让地挂着"鼻祖貉馒头"的烫金大招牌，在咫尺之间持续进行着鼻祖争夺战。东京上野 K 町有两家相邻的烧烤店，互相争抢鼻祖名号的事情非常有名，您应该也听说过吧？这两家貉馒头店就是类似的情况。

既然在争抢鼻祖名号，两家的相处自然并不融洽，但是只为了争夺貉馒头鼻祖这个名号就闹得如此水火不容，多少有些过了头。从几代前的祖辈开始，两家就因为这种争斗留下了许多传说。琴野家的糕点师傅偷偷溜进谷村家的作坊，往馒头馅料里掺沙子；谷村家请来巫师作法，祈求琴野家没落；两家十几名师傅在街上大打出手，溅得满地都是血；万右卫门的曾祖父与当时琴野家的当家像武士决斗那样拔刀相向……诸如此类的事例数不胜数。两家历经数代累积起来的敌意实在可怕，而这诅咒的血液肯定也在万右卫门和宗一两人的体内熊熊燃烧吧。到他们这一代，两家的对立已进入白热化阶段。

听说两人小时候虽然年级不同，但在同一所小学上学，只要在校园里或上学路上碰到对方，立刻就会吵起来，据说两人还经常扭打在一起，打得头破血流。这种争斗以各种形式延续到两人的各个年龄阶段，积怨已久的两人在恋爱中也互不相让。也就是说，谷村和琴野曾经争夺过同一位漂亮姑娘。争夺的过程有些错综复杂，总之那位姑娘更加心仪万右卫门，所以这场斗争最终以谷村胜利而告终。大约在命案发生的三年前，两人举办了盛大的婚礼。而这位姑娘就是绢代女士。

这场败北成了琴野家没落的契机。宗一发自内心爱着绢代女士，失恋后自暴自弃，对生意不闻不问，终日流连于花街柳巷。即便没有此事，店铺也早已在大型食品公司的压迫下走下坡路，此后更是迅速没落，这家旧幕府时代以来的老字号终于在某一天拱手让人了。

店铺没落后不久，宗一的父母相继去世，而他失恋后一直独身，没有子女，如今已是彻彻底底的孤家寡人，全靠亲戚的救济勉强度日。从此，琴野开始干一些格外恶劣且不知廉耻的事情。他到处找曾经的同行行乞，就连宿敌谷村家也频繁上门，吃过晚饭后才回去。最初那段时间，面对他的摇尾乞怜，谷村也不好摆出臭脸，只好把他当成朋友款待。但是没多久他便意识到琴野来访其实只是为了见绢代女士一面，听听她动听的声音。最后还是绢代女士告诉万右卫门，她觉得有点害怕，希望他想办法让琴野别再来了。有一天，万右卫门和琴野之间发生了激烈的口角，还差点打起来，从那以后琴野就再也没有踏入过谷村家一步。与此同时，他开始四处诋毁谷村。尤其恶劣的是，他还到处散播一些令人怀疑绢代女士贞操的谣言，并且谎称她的外遇对象是自己。

即使知道这是谣言，但是间接听说这件事时，万右卫门也免不了心生疑虑。内人和绢代女士非常投缘，经常去谷村家做客，深受他们家的关照。所以，那些谣言自然也传到了内人的耳朵里。她经常对我说最近谷村夫妇之间的气氛很不对劲，有时还会高声争吵，谷村太太真可怜之类的话。

就这样，祖祖辈辈传承下来的仇恨的血液，在万右卫门和宗一的体内逐渐沸腾。最终，宗一开始频繁给万右卫门寄送写满诅咒的挑战书。谷村平时是位通情达理的绅士，可是他一旦被激怒，就会变得像恶鬼般暴戾。估计是祖先遗传下来的好战基因在作祟吧。

硫酸杀人案就是在两人之间的冲突达到顶点时发生的。宗一以一种前所未闻的残忍方式遭到杀害，而恰巧在他被杀害的第二天早上，万右卫门登上火车后便下落不明。所以，也怪不得绢代女士会如此心惊胆战。

好，我们说回那天晚上我被绢代叫过去，听她坦白被害者是琴野宗一后发生的事。绢代女士表示除了和服花纹一致，还有这样一个证据。她边说边从腰带里取出一张折得又细又长的纸条，展开给我看。说是纸条，其实更像是一封信，大致写着这样的内容：

某月某日——准确的日期我现在想不起来了，总之就是命案被曝光的当天。某月某日下午四点，我在 G 町那间空屋（既然这么写，说明收信人万右卫门早就知道那间空屋了吧）等你，请你务必前来。我想在那里彻底清算我们这些年的恩怨。你读到这封信时，总不至于卑怯地逃跑吧？

总之，纸条上煞有介事地写着这样的内容。写信人当然就是琴野宗一，文章结尾还附有琴野家从前的标志，也就是圆圈中写着一个"宗"字。

"那么，您丈夫在这个时间去那间空屋了吗？"

我惊讶地询问。因为万右卫门情绪激动时，难保不会做出那种不理智的行为。

“这一点我也说不好。我丈夫一看到这封信，立刻变了脸色，您也知道他那人的脾气。他当时气得额角不停地抽搐。我觉得这样不行，就反复劝说他别去理会那个疯子……”

绢代女士如此说道。而且，正如我刚刚所说，万右卫门那天下午到深夜，一直窝在书房里写次日要带去东京的新公司募股章程，所以绢代女士就彻底放下心来，但是如今想来……万右卫门以前从未有过不打招呼就彻夜不归的情况，如今却失踪了整整两天，说不定他当时待在书房里只是为了安抚绢代罢了。因为万右卫门的书房是面向后院的日式房间，下了走廊打开栅栏门就可以自由离开。如果做一个可怕的假设，那天他瞒着家里人悄悄外出，去了附近的 G 町，然后又若无其事地回到书房，这也绝非没有可能。

万右卫门绝不可能是怀有杀意去那间空屋的。因为他没道理舍弃家族百年的声望，抛下美丽的夫人，与手下败将琴野拼命。假如他真的赴约了，顶多也只是想要当面痛骂琴野的卑劣行径，再赏他一顿拳头吧。然而，刚刚我也说过，等在那里的人是那个怨天尤人、疯疯癫癫的琴野，他说不定有什么图谋。倘若当时琴野手里握着硫酸瓶，准备毁掉对方的脸呢……这只是一种假设，不过，这是一种非常合理的假设吧？对于琴野来说，万右卫门是他恨之入骨的情敌。让情敌的脸变得像麻风病患者那般丑陋，这实在是一个绝佳的复仇手段。不仅能够让夺走自己爱人的男子变成残废，一辈子在痛苦中度过，也能让女方，也就是绢代女士，不得不永远服侍在丑陋的残废丈夫身边，可谓一举两得。那么，假如进入空屋的万右卫门事先看穿了敌人的阴谋，事情又将如何呢？他能够压制住自己勃然而起的怒火吗？祖祖辈辈传承下来的憎恨的血液，真的能被理智控制住吗？不难想象，那里上演了一场超出常规的搏斗。就在事态即将一发不可收拾之际，敌人准备的硫酸变成了逆转局势的武器，于是造成了如此惨烈的结果。这样推断，似乎也不是不合理。

绢代女士昨晚一夜没睡，脑子里一直盘旋着上述可怕的猜测。后来，她再也受不了了，便把平时交情不错的我请过来，下定决心说出了心中这些可怕的疑惑。

"可是，就算他的情绪再怎么激动……夫人您有所不知，琴野先生不只是被泼了硫酸，还被迫喝下了硫酸啊！听说过去有种剖开罪犯脊背、灌入滚烫铅水的酷刑，这可是丝毫不逊于那种酷刑的行径啊！您丈夫做得出如此残酷的行为吗？"

我不假思索地表达了心中的感想，谁知绢代女士却尴尬地低下头，抬眼看向我，随即面红耳赤。我立刻就明白了她的意思。万右卫门在某种意义上是个非常残暴的人。不久之前，内人曾陪绢代女士前往笠置温泉游玩，那时，内人发现绢代女士身上有很多红色的奇怪伤痕。绢代女士请求内人保密，对她解释了那些伤痕的由来。万右卫门在那方面具有虐待倾向。绢代女士一定是想到了这一点，才会不由得羞红了脸。

但是，我装作没有发现，继续安慰她：

"您太杞人忧天了。怎么可能发生那种事？您丈夫才出门两天而已，还不清楚他是不是真的失踪了。另外，就算被害者确实是琴野先生，已经有一位叫作赤池的疯癫青年在现场被逮捕了，只要他拿不出确凿的证据证明自己的清白，他就一定会被视为嫌疑犯。因为面对那样恐怖的尸体，他都能若无其事地作画，给别人灌硫酸这种事搞不好也做得出来！"

我列出很多可能性宽慰她，但是对自己的直觉深信不疑的绢代女士似乎没有听进去。于是，我对她说："现在再着急也无济于事，就当我什么也没听说，再等一两天看看怎么样？说不定谷村兄突然就回来了呢。只不过被害者是琴野宗一这点，毕竟我身为警察，不能置若罔闻。即使不提谷村兄和您的名字，也有很多途径可以确认死者的身份。请您千万不要担心。"那天晚上，我就这样与绢代女士道别了。当然，我本打算凭借被害者是琴野这个新线索，去一趟他寄宿的地方，弄清他是不是真的失踪了。但是当我辞别谷村家，回到 M 警署时，发现我离开这段时间好像发生了什么事，警署内的气氛有些紧张。司法主任斋藤警部补①——此人当时被誉为县内屈指可数的名侦探，这位斋藤先生突然拍了拍我的肩膀，说："喂，知道被害者的身份了。"

仔细一问，原来在我离开后不久，有两名糕点铺老板来到警署，提出想看一眼硫酸杀人案被害者的衣物。幸亏衣物还在警署，于是立刻拿给两人辨认，两人看过之后对视一眼，提供了确切的证词："没错，这个人绝对是原貉馒头店的老板琴野宗一。这件结城绸是琴野先生在事业如日中天时特意找绸缎铺定制的款式，就算是在整个名古屋也找不出第二件。最近，他也曾穿着这件唯一体面的衣服来我们店里玩，绝对不会有错。"于是，警署立刻派人前往琴野的住所

---

① 警部补：日本警察的职级之一，在巡查部长之上，警部之下。

进行调查，果不其然，琴野自从前天外出后便再也没有回去。

已经毫无疑问了，被害者确实是琴野。至少在被害者方面，绢代女士的直觉准得可怕。照此看来，加害者说不定也是她预感中的那个人，我不禁为这种不祥的预感惊惧不已。

"既然知道被害者是琴野，那就有必要调查一下另一家貉馒头店了。毕竟两家是出了名的竞争对手。啊，对了，那家貉馒头店的老板是叫谷村吧？你不是和那儿的老板有交情吗？那就有劳你去调查一下？"

司法主任若无其事地说道，听得我心惊胆战。

"这，我实在……"

"哦，你想说交情太好反而不方便调查吗？好吧，那就我亲自出马吧。让我来一一解开这个案子的谜题！"

这位名侦探兼司法主任舔了舔嘴唇，这般说道。

四

斋藤警部补不愧是名侦探，动作非常麻利。当天晚上，他就刺探出谷村失踪一事，第二天不光亲自走访了谷村家的店铺和住宅，还派下属去和万右卫门来往密切的同行家中逐一查访。一眨眼的工夫，就将我从绢代女士那里听说的消息调查得清清楚楚。不，甚至还查到了更重要的事实。而且，这个新查到的事实非常有力，基本可以确定万右卫门就是凶手。

我前面也提到过，谷村想要成立一家股份制食品公司，只不过这里说的股份并不向普通人公开募集，而是市内主要的几家传统糕点铺的老板为了对抗新式食品公司的压迫，寻求新的活路，打算合资成立一家大规模的糕点加工厂。公司成立以后，由谷村担任新公司的专务董事，各糕点铺老板出资五万日元现金（约现在的两千万日元），作为购买工厂用地以及其他创立公司的预备资金，交由谷村保管，暂且存入市内银行的活期账户。

　　警部补从两三名糕点铺老板口中得知此事后，火速向绢代女士询问银行存折的下落。绢代女士表示存折应该放在丈夫书房的小型保险箱中，打开保险箱一看，却发现里面只剩下小额存折，唯独五万日元那本存折不翼而飞。警部补立刻询问 N 银行，得知就在命案发生的第二天早上，银行刚开门不久，那五万日元就被人以合规的手续取走了。柜台的工作人员并不认识谷村，所以无法判断取款者是不是万右卫门。但从目前的证据来看，谷村假装乘坐四点开往东京的快速列车，实际上在银行开门之前，他一直在名古屋。仅凭这一点，便足以推断万右卫门就是真凶。

　　哪怕是因为一时冲动，人一旦犯下杀人罪，眼前就会浮现出恐怖的断头台。万右卫门决定能逃多远就逃多远，这不也是人之常情吗？而要逃亡，最需要的便是钱财。只要有一笔资金，就能用尽一切手段逃脱警方的天罗地网。万右卫门在犯下如此残忍的罪行后，若无其事地回到家，其目的之一或许是想与绢代女士告别，但更重要的目的应该是取走小型保险箱中那张五万日元的存折吧！

　　此外，还有一件只有我一个人知道的怪事，这件事检察厅和警署都不知道，是后来内人从绢代女士口中问出来的。事情发生在谷村即将离家前往东京的那晚，也就是命案曝光的那天晚上。万右卫门那晚的状态很不寻常，像是要永别一样，表现得万分不舍，还久违地对绢代女士说了一些体贴的话，时而像疯子一样哈哈大笑，时而又哭得稀里哗啦。万右卫门这个人，正如我之前所说的，平日对夫人示爱的方式无比异于常人。他就是那样古怪的一个人，所以绢代女士以为他的老毛病又犯了，便没怎么放在心上。但是后来一想，这些行为果然别有深意。绢代女士坦率地说，她越想越觉得当时万右卫门在与她道别。

就这样，万右卫门的罪行已经坐实了。比起这些证据，最确凿的证据是十几天过去了，谷村仍然不知所终。当然，警方早就将他的画像发送到全国各地的警署，请求各警署严密搜捕，但是至今没有收到任何消息。这说明万右卫门用尽一切手段在躲避警方的追捕，否则无法解释。这时，警方终于释放了那位异于常人的艺术青年赤池。虽然他在事件伊始扮演了极其重要的角色，但是仔细想想，他也是个可怜人。听说后来他真的疯了，最终被送进了精神病院。

就这样，旧幕府时代以来的两家名古屋的名产貉馒头店，也许是命中注定吧，全都以悲惨的方式关门大吉。最可怜的就是绢代女士了。丈夫失踪了，亲戚们立刻蜂拥而至清算财产。一算之下，才明白怪不得谷村会那么迫切地成立食品公司。谷村家表面光鲜亮丽，实则已经欠了一屁股债，绢代女士可以继承的那些资产一文不值。T町的那间历史悠久的仓库风格店铺已经抵押了三次，土地和住宅同样被抵押了出去。最终留在夫人手中的，不过是十几个衣箱，以及装在里面的几十套衣服罢了。绢代女士不得不带着这些衣物哭着投奔娘家。

至此，这起硫酸杀人案似乎已尘埃落定。我们也一直深信不疑。然而没多久，就发现事实并非如此。这个案子就像侦探小说一样，凶手使用了环环相扣、诡异至极的诡计。这个诡计就是指纹。没想到区区一枚指纹就颠覆了整个事态。这么说有些自卖自夸……但是，发现那枚指纹的正是在下。仅凭一枚指纹，我就看破了凶手那天衣无缝的诡计，还得到了县警察部长的夸奖，哈，真是酣畅淋漓。

那是命案发生后半个多月的事。那天，绢代女士决定卖掉老宅，正在指挥女佣整理房间时，我碰巧登门拜访。帮忙整理行李的时候，我顺便到万右卫门的书房逛了逛，突然有本日记映入我的眼帘。当然，那是万右卫门的日记。他如今躲在哪里呢？一定正在为自己犯下的错误而悔恨不已吧……我一边感慨，一边随手翻阅那本日记，从最后一篇往前翻。日记本身没什么让人意外的，顶多是随处可见咒骂琴野宗一的句子罢了。然而，读到某一页时，我突然发现在书写栏以外的空白处，印有一个拇指印。一定是万右卫门写日记时没发现拇指沾到了墨水，在翻页时不小心留下了这枚清晰的指纹吧。

起初我只是随意看了一眼，但很快我就大惊失色，目不转睛地盯着这枚指纹。恐怕我当时脸色苍白，呼吸也异常急促吧，绢代女士注意到我的异样，出声询问我怎么了。

"夫人，这……这个……"我结结巴巴地指着这枚指纹，神情严肃地问道，"这是您丈夫的指纹吧？"

绢代女士答道："嗯，是啊。因为我丈夫绝对不会让别人碰他的日记本，所以肯定是他的指纹。"

"那么，夫人，家里还有您丈夫平时常用的、可能留下指纹的物品吗？例如漆器、银器之类的……"

"银器的话，这儿有个烟盒。其余的我就暂时想不到了。"

绢代女士一脸错愕地回答。我立刻拿起那个烟盒查看。烟盒的表面被擦拭得没有任何痕迹，但是掀开盒盖往里一看，在光滑的银板表面印着几枚指纹，其中一枚印得清清楚楚，这不是和日记本上的大拇指纹分毫不差吗？

您一定会怀疑，仅凭肉眼真的可以分辨指纹吗？但是对于我们干这一行的人来说，就算不用放大镜，只要凑近些仔细观察，就能够大致分辨出指纹的纹路。不过，当时为了慎重起见，我还是拿出书房书桌抽屉里的放大镜仔细查看，确定那绝不是我的错觉。

"夫人，我发现了一件不得了的事。您先坐下。接下来，请您仔细思考后再回答我的问题。"

我极度亢奋，说不定连眼神都变了，咄咄逼人地望着绢代女士。大概是受到我的影响，绢代女士也脸色苍白，不安地在我面前坐下。

"嗯，第一个问题，那天傍晚，也就是您丈夫出发前一天的傍晚，谷村兄肯定是在家吃晚餐的吧？可以请您尽量详细地描述一下当时的情形吗？"

肯定是我的问题太唐突了，绢代女士瞠目结舌地盯着我。

"您让我详细描述一下？根本没什么好说的啊！"

她之所以这么说，是因为那天谷村一直关在书房里，废寝忘食地查资料，就连晚餐也是绢代女士端到书房的，而且她没有服侍他用餐，就拉上纸门回餐厅了。过了一会儿，她又估算好时间，进去将用过的碗筷收回去，实在没什么可说的。这是万右卫门的怪癖，当他专心查资料、写作或读书时，往往会从早到晚把自己关在书房里，不允许家里人靠近。就连喝茶，也是将铁壶放在书桌旁的火盆上，自己倒茶喝，像个有洁癖的艺术家。

"那么，当时您丈夫是什么状态？您和他说话了吗？"

"没有，我怎么会和他说话呢？那种时候如果我主动跟他说话，他一定会大发雷霆的！所以，我当时只是默默地退了出去。他一直背对着我，坐在书桌前，看都没看我一眼。"

"啊，原来如此……接下来的问题稍微有些难以启齿，但是事关重大，我就不客气地问了。那天晚上，您丈夫在书房待到半夜一点多才回房就寝，关于你们就寝时的情况……"

绢代的脸突然红了——她是个经常脸红的人，而且脸红起来愈发美丽动人，至今这位漂亮夫人的姿容还清晰地残留在我眼前——她红着脸，扭扭捏捏不肯开口，但是在我一本正经地催促下，只好无奈地回答：

"我们是在八叠的里屋睡的。因为那天实在太晚了，我就先去睡了。就在我睡得迷迷糊糊的时候，应该正好是半夜一点左右吧，他进了房间。"

"当时房间里的灯是开着的吗？"

"没有，我习惯关灯睡觉……不过走廊的灯光打在纸门上，倒也不算一片漆黑。"

"那么，您丈夫对您说了什么吗？不，无关紧要的事您可以不用回答，我只是想知道那晚在卧室里，您和您丈夫有没有聊过什么家庭方面的琐事。"

"没聊什么……这么说来，那天好像真的没有说过一句像样的话呢。"

"然后，他四点前就起床了吧？当时他是什么状态？"

"我不小心睡过头了，所以不知道他起床了。恰好那天早上电灯出了故障，我丈夫借着烛光穿上西装，去更衣室彻底换好衣服之后我才发现。就在这时，前一天晚上约好的人力车到了，我和女佣拿着烛台，将他送到玄关。"

我用说书先生一样的口吻讲述这个故事，但实际情况并不是与此一模一样，我这样讲述只是为了让逻辑更加通顺。如果用拖沓的方式来讲述，只会徒增无聊，所以我真的是只挑重点讲。通过这么简单的对话，当然无法问出我想了解的所有情况。我们当时的对话足足进行了一个小时。

总而言之，那天早上万右卫门没有吃早餐就出门了。秋天的凌晨四点和半夜一样，不吃早餐也不奇怪。就这样，我把该问的都问了。当时，我心口狂跳，手心冒汗，持续问着让人莫名其妙的问题。我当时的心情简直就跟掷骰子一样，不断地验证我心中拼凑出来的荒谬猜想是否正确。不过，结果呢？我越是打听那晚的情况，越是感觉我的猜想是真的。

"也就是说，夫人您从那天傍晚到第二天早上的这段时间，一次也没看清您丈夫的脸，也没有跟他有过一句像样的对话，是吗？"

我终于问出最后一个问题。绢代女士一时没有理解我的意思，愣了片刻，随后表情渐渐变了，简直像是见了鬼一样惊恐。

"啊，您说什么呢？这话到底是什么意思？请、请您解释一下！"

"那个人到底是不是您的丈夫，看来夫人您也没有把握啊。"

"啊，再怎么说，那种事……"

"但是，您并没有清晰地看到对方的脸吧？而且，为什么只有那天晚上，您丈夫那么沉默寡言？您好好想一想，那可是从傍晚到隔天早上啊。这么长时间都没有说一句像样的话，会有这样的一家之主吗？他在书房的这段时间也就罢了，至少在他出发之前，他应该交代你几句话吧？"

"这么说来，他当时确实非常沉默。以往出门前他从来不会这么沉默的。啊，我该怎么办？这到底是怎么回事？我要疯了，请您快点告诉我真相吧，快点……"

绢代女士当时多么惊恐，我想您肯定也想象得到吧。就连我也无法继续往下问了，绢代女士当然也不愿意提及。如果那天晚上的那名男子并非万右卫门，绢代女士可以说就是遭到了身为女性的奇耻大辱。我刚才也提到过，我从内人那里得知那晚的万右卫门与平时截然不同，时而哈哈大笑，时而又号啕大哭，热泪还沾湿了绢代女士的脸庞。在此之前，我一直认定谷村是因为杀了人，所以神志失常，那眼泪也是与夫人诀别的眼泪。但是，倘若那个人并非万右卫门，那么那执拗的拥抱、狂笑与哭泣，可就具有截然不同、极度恐怖的意味了。

怎么可能发生那么荒谬的事？您一定会这样说吧。但是自古以来，那些非凡的罪犯们不都轻而易举地实践了那些我们认为不可能的事情吗？正因如此，他们才能在犯罪史上留下不朽的恶名，难道不是吗？

　　绢代女士的遭遇只能用不幸这个词来形容。就算她认错了人，也绝对不是她的过错，都是因为罪犯的思维太病态、太脱离常轨。正如所有物质都受到惯性或惰性等奇妙力量的支配，人类的心理也受到类似力量的操控。如果坐在书房里查资料的那个人衣服与丈夫相同，背影也和丈夫相似，绢代女士一定会认为那就是自己的丈夫。因为进入书房的那个人的确是丈夫本人，只要没有发生意外——虽然的确发生了意外，但是要等到很久之后才知道——她根本没有道理怀疑离开书房的人不是她的丈夫。接下来，这个错觉一直持续到在卧室睡觉时以及早上出发时。这个胆大包天的歹徒同时又如此细心，甚至准备了电灯故障这一细致入微的诡计。据绢代女士所言，后来她请灯具行的人过来检修，电灯根本没有任何故障，只不过是配电箱的盖子不知何时被人打开了，电源被切断了。也就是说，歹徒只要趁夜深人静时溜到厨房，掀开门框上面的配电箱盖，切断电源即可。一般家庭平时根本不会留意配电箱，所以他肯定是早就算到了，在匆忙出发之际，女佣们不可能注意到这种小事。

　　"那么……那么……您说如果那个人不是我丈夫，他到底是谁？"

　　绢代女士终于带着泫然欲泣的声音，战战兢兢地问道。

　　"您千万不要惊慌。如果我的猜想是对的，不不不，不是猜想，基本可以确定是事实，那个人就是琴野宗一。"

　　听到这句话，绢代女士美丽的面孔如同哭泣的孩子般骤然扭曲。

"不，那不可能，您在胡说什么？您在做梦吗？琴野先生不是被杀了吗？您不是说过他的遇害时间就是那天傍晚吗？"

站在绢代女士的角度想想，她肯定会像个想要抓住救命稻草的人一样，拼命否定这可怕的猜测。

"不，不是的。这么说对您来说实在太残忍了，但是被杀害的并非琴野先生……而是被迫穿上琴野先生衣服的谷村兄，您的丈夫啊！"

我终究还是不得不道出真相。绢代女士实在是太可怜了。就算谷村失踪了，但是只要他还躲在这世上的某个角落，他们就还有重逢之日。可是，倘若谷村才是被害者……倘若他才是那个被残忍杀害，面部变成一颗爆裂的石榴的人，就算对于丈夫并非恐怖的杀人犯而有所释怀，但是死亡的悲痛之情一定会更加强烈吧。更何况，比这还要残酷的是，伪装成丈夫与自己共度一夜的男人居然是谷村家的宿敌、丈夫万右卫门恨之入骨的男子。不，这一点还无关紧要，最可怕的是他就是杀害万右卫门——以灌硫酸的方式杀害他的真凶。身为女人，身为妻子，这都是难以接受的事情吧？

"我……我还是无法相信！您有确凿的证据吗？请您把一切都告诉我吧，我已经做好心理准备了。"

绢代女士张开她那完全失去血色的嘴唇，声音虚弱地说道。

"嗯，我很同情您，但我的确有确凿的证据。这册日记本和烟盒中留下的指纹，我刚刚也确认过了，肯定是您丈夫谷村兄的指纹。而这枚指纹与在 G 町空屋遇害的男子的指纹完全一致。"

那时，爱知县还没有指纹索引设备，不过，由于本案中的被害者面容被严重损毁，不容易判断身份，警方考虑到他或许是在东京的指纹索引系统中登记过的前科犯，所以谨慎地采集了指纹。当时我还是初出茅庐的刑警，而且是个侦探小说迷，一直对指纹格外感兴趣，甚至用汉堡式指纹分析法[①]将被害者的指纹一一分类。虽然细小的纹路特征我并未全部记住，但被害者的右手大拇指指纹有一个很容易记忆的特点。那种指纹叫作乙种蹄状纹，也就是蹄状的流纹从手指的右侧出发，最后又重新回到右侧。乙种蹄状纹的外圈到内圈中间正好有七条纹路，索引值是三。但是，仅仅这一个特征还不算特别好记，重点是上面有一条极细的伤痕斜向贯穿那七条纹路。我不相信这世上存在两枚指纹同是乙种蹄状纹，索引值相同，并且具有相同的伤痕。也就是说，这枚指纹是证明死在 G 町空屋的男子并非琴野而是谷村的铁证。当然，我后来也对日记本中的指纹与 M 警署留档的被害者指纹做了细致的比对，确认两枚指纹分毫不差。

不用说，我立刻将这个惊人的发现与推理详细地汇报给了长官。这枚小小的指纹，彻底颠覆了原本关于凶手的推断，不仅惊动了当局者，还让当地的报社记者由衷地吓了一跳。年纪轻轻的我立了这么大的功，简直高兴得飞上了天。

听到这里，您或许会说，被害者不是琴野，这不是从一开始就知道的事吗？死者被硫酸毁了容，为什么警方从来没有怀疑过这件事呢？这种诡计在侦探小说中不是比比皆是吗？您大概会嘲笑我们的愚蠢吧。关于这一点，其实无论是检察厅还是警方，一开始都是

---

① 汉堡式指纹分析法：德国汉堡警察总监罗歇发明的指纹分析法。

怀疑过的。然而,凶手在这次犯罪中准备了另一个非常巧妙大胆的诡计,让我们产生这种怀疑后立刻又将这种怀疑推翻。也就是说,凶手在谷村家的书房中表演了一出精彩的以假乱真戏码,彻底骗过了被害者的妻子,利用她误导我们相信万右卫门起码在命案发生的第二天早上还活着,他不可能是被害者。根据绢代女士的证词,我们不难想象,那天傍晚谷村与琴野两人在那间空屋见过面。如果活下来的是谷村,结合前后经过想一想,就会得出被害者除了琴野之外不可能是别人的结论。这两人的体型基本相同,头发也都剃得很短,只要换掉衣服,毁掉容貌,几乎难以区分。而且由于万右卫门还活着,也不必担心绢代女士会去现场认尸——这一点一定是凶手最担心的。这实在是巨细无遗、环环相扣的诡计。但是,如果引用一句侦探小说中的经典台词,那就是凶手百密一疏,虽然他煞费苦心将尸体毁了容,却没有毁掉在鉴别身份时比面容更有力的线索——指纹。倘若模仿某位侦探小说家的口吻来说的话,在这个案子里,指纹就是琴野的盲点。

即便如此,这仍是一个无比缜密的犯罪计划。琴野通过这个计划,非但将世代的宿敌以极尽残忍的手段——越残忍反而越容易摆脱嫌疑——杀害,同时还得以与爱慕多年的恋人像夫妻一样共度一夜,没想到这居然也是他隐瞒罪行的最重要手段,何等高明的计策啊!此外,他还盗取了保险箱中的存折,瞬间由一贫如洗变得腰缠万贯,这个一石三鸟的计策当真精彩,简直像是童话故事中的魔法师。现在想想,在犯罪前不久,琴野像是忘了仇恨一般,不顾廉耻地频繁进出谷村家,也不只是为了见绢代女士,肯定是想趁此机会摸清谷村夫妇的生活习惯、房屋的格局、保险箱的打开方式、印章以及配电箱的位置吧。他耐心地等待谷村将凑齐的公司成立资金放入保险箱，并且在谷村动身前往东京前的那个傍晚，终于执行了这个计划。

至于琴野的犯罪过程——对您来说或许有些画蛇添足，但是我想用侦探小说的手法简单交代一下。首先，他准备了一瓶硫酸，埋伏在那间空屋里，谷村一进来，他就立刻绑住其手脚，以残忍的手段将其杀害。接着，他松开绳索，换掉衣物，再按照原来的勒痕将尸体重新绑好。随后，扮成谷村的琴野将空硫酸瓶藏起来，小心避开行人的目光，翻越提前踩过点的栅栏门，进入谷村家的书房。之后的过程我刚刚已经详细讲过，应该无须赘述了。

硫酸杀人案的故事到此结束。我好像讲得太啰唆了，实在抱歉。您或许已经听得不耐烦了吧？但是托您的福，我清楚地回忆起了当时的细节，我决定立刻把它写进我的《犯罪搜查录》里。

五

"不，怎么会不耐烦呢？我反而觉得特别有意思呢！您不仅是位名侦探，讲故事的本领也十分高超。感谢您让我度过了一段近来少有的愉快时光。不过，您的故事虽然条理清晰，但是仍有一件事情没有交代清楚啊。这个叫作琴野的真凶，后来被捕了吗？"

猪股听完这个故事后，对我不吝溢美之词，却提出了这样的疑问。

"很遗憾，我们没能逮捕凶手。肖像画自不必说，琴野的照片

133

我们也复印了很多份，发送给全国各地的主要警署。但是凶手想要躲起来，似乎谁都拿他没办法。已经过去将近十年了，凶手仍然没有落网。琴野或许已经死在警方视线之外的某个地方了吧。即便他还活着，可就连我这个警察都快要忘记这个案子了，只怕是逮不到他了吧。"

听到我的回答，猪股笑眯眯地盯着我，说道：

"也就是说，凶手并没有亲口坦白喽？这些都只是您这位优秀侦探的推理而已？"

他的话似乎也能理解为挖苦。

我感到莫名的不愉快，于是沉默不语。猪股似乎陷入了沉思，心不在焉地望着眼前蓝黑色的深渊。已经接近黄昏时分，阴沉的天空越来越昏暗，微弱的光压抑地笼罩着大地万物。前方的群山近乎全黑，眼前的悬崖升起一层薄薄的暮霭。目之所及，万物静止，仿佛死后的世界。远方传来瀑布的声音，像是某种不祥之兆，与我的心跳声重叠在一起。

不久，猪股抬起凝望深渊的眼睛，意味深长地看着我。彩色镜片倒映着昏暗的天空，闪闪发亮，透过镜片能够看到他那对双眼皮的圆眼睛。此时，我注意到他的左眼从很早之前就一次也没有眨过。那肯定是颗义眼。原来他之所以眼睛不近视却戴着有色眼镜，是为了掩饰那颗义眼啊！我漫不经心地想着这件事，迎向他的视线。这时，猪股突然说出一句莫名其妙的话：

"您知道小孩子玩的猜拳游戏吧？我很擅长玩这种游戏哦。要不要玩一下？我肯定可以打败您。"

我目瞪口呆地沉默了一会儿，但对方孩子气的挑衅让我有些恼火，就伸出右手接受了挑战。"剪刀、石头、布！""剪刀、石头、布！"成年人低沉嘶哑的嗓音在寂静的山谷中回荡。玩了几轮，我发现猪股果然很厉害。最初还各有胜负，但几轮下来他却实力大增，无论我多么不甘心，始终赢不了他，最终只好投降认输。这时，猪股笑着解释：

"怎么样，赢不了吧？就算是猜拳游戏，也不容小觑啊。这种竞技中有着无限的奥秘。我觉得它的原理跟数理哲学差不多。假设第一次出'布'输了，最单纯的孩子会认为既然自己输给了对方的'剪刀'，下一次就出能够战胜'剪刀'的'石头'。这是最幼稚的玩法。稍微聪明一点的孩子会想，我输给了'剪刀'，那么对方一定认为我下次会出'石头'，从而选择出'布'，所以，我要出能战胜'布'的'剪刀'。这是一般的思维方式。然而，最聪明的孩子会这么思考：我第一次出'布'输掉了，对方应该觉得我下次会出'石头'，故而选择出'布'，所以我要出能够战胜'布'的'剪刀'。但是，我能想到这一点，对方肯定也能想到，所以对方应该会出'石头'，那么我就出能够战胜'石头'的'布'。就这样，只要每次都能比对方多想一层，那么就一定能赢下猜拳游戏。这样的道理不仅适用于猜拳游戏，还适用于所有人际关系的纠葛。比对方多思考一层的人，往往会取得胜利。犯罪又何尝不是如此呢？凶手和侦探不也是在你来我往地玩猜拳游戏吗？出类拔萃的罪犯一定会钻研检察官和警察的思维方式，并让自己比对方思考得更深一层。如此一来，他就永远不会被逮捕了。"

猪股在这里略作停顿，望着我又微微一笑，说道：

"您一定也知道埃德加·爱伦·坡①的《失窃的信》这部小说吧？里面也写了一个大同小异的掷骰子猜单双游戏。后来，主角向玩得好的聪明孩子询问游戏诀窍，这个孩子是这么回答的：'无论对手是聪明还是笨，是善还是恶，当你想要洞悉对方的想法时，就要尽量和对方的表情保持一致。将表情保持一致后，只要好好感受当下的心情就可以了。'杜宾②认为这孩子的回答比马基雅维利③和康帕内拉④在哲学上的思索更加深奥。话说回来，您在调查硫酸杀人案时，尝试过让自己的表情与假想凶手保持一致吗？恐怕没有吧？就连刚刚在和我玩猜拳游戏的时候，您似乎也完全没有意识到这一点……"

对于他这不干脆又啰唆的说话方式，我开始感到无比厌烦。他到底想说什么？

"听您的意思，似乎是觉得我对硫酸杀人案的推理是错的，反而是凶手技高一筹，难道说您有什么与我的推理不同的高见吗？"

我忍不住嘲讽地反问。结果，猪股又笑眯眯地说道：

"是的。对于比别人思考更深一层的人而言，想要推翻您的推理易如反掌。正如您也是凭借一枚指纹就推翻了之前的推理，我也可以只凭一件事就逆转您的推理。"

---

① 埃德加·爱伦·坡（1809—1849）：美国诗人、小说家、文学评论家，美国三大恐怖小说家之一。

② 杜宾：《失窃的信》的主人公，一位没落的贵族侦探。

③ 马基雅维利：尼克罗·马基雅维利（1469—1527），意大利政治家和历史学家。

④ 康帕内拉：托马斯·康帕内拉（1568—1639），意大利文艺复兴时期的空想社会主义者、哲学家、作家。

听到这句话，我立刻火冒三丈。对于在这个行业兢兢业业干了十多年的我来说，这句话简直太冒犯了！

"那么，就让我听一听您的高见吧，我倒要看看您如何只凭一件事就逆转我的推理。"

"嗯，如果您愿意听的话……这真的是一件不起眼的小事。我想问问您，您能确定日记本和烟盒上残留的指纹完全没有作伪吗？"

"您说的作伪是？"

"我的意思是说，在理应只有谷村会留下指纹的物品上，会不会有人刻意让其他人留下指纹？难道不存在这样的情况吗？"

我立刻陷入沉默。对方的意思我还没有完全理解，但我已经察觉到这句话中隐含着令我惊惧的含意。

"您不明白吗？谷村制订了一个计划，在谷村身边的物品上——例如日记本和烟盒，您好像只注意到了这两件物品，但我想若是您继续调查的话，说不定会在其他物品上也发现他事先准备好的指纹——留下另一个人的指纹，将其伪装成他自己的指纹。如果那个人经常出入谷村家，这应该并非一件难事吧？"

"或许有这个可能，但是你说的'另一个人'到底是谁？"

"当然就是琴野宗一啊。"猪股的语气丝毫也没有变化，回答道，"琴野那时不是频繁出入谷村家吗？谷村想要在不引起琴野怀疑的情况下，让他在各个地方留下指纹，这一点儿也不困难。与此同时，谷村找出了家里容易留下自己指纹的每一样光滑物品，谨慎地擦拭干净，这一点自然也无须多言。"

"那是琴野的指纹？……这真的有可能吗？"

我陷入云里雾里，问出一个现在想来有些丢人的愚蠢问题。

"当然有可能……您陷入了错觉，受到了'在空屋遇害的人是谷村'这个想法的影响。如果死者不是谷村，而是一开始推测的琴野，那么警方从尸体上采集到的指纹，自然就是琴野的指纹。如此一来，倘若日记本上被刻意留下的指纹也是琴野的指纹，指纹一致岂不是理所当然的结果吗？"

"那么凶手是？"

我接受了他的假设，又问出一个愚蠢的问题。

"让琴野在日记本上留下指纹的人，当然就是谷村万右卫门啊。"

猪股斩钉截铁地说道，仿佛这是一个无可撼动的事实，好像他目睹了整个犯罪过程似的。

"谷村迫切需要资金，这一点您也知道吧？貉馒头店也已经面临着破产的命运。数十万（现在的数千万）的负债，就算抵押了房产也无法偿还。与其忍受这种不体面的境况，带着五万日元现金逃亡不知道有多幸福。但是，如果仅仅是出于这种理由，动机似乎还不够充分。因为谷村并不是失手杀害了琴野，而是蓄谋已久的计划性杀人。说起金钱之外的动机——让妻子遭遇如此不幸也无所谓的动机——当然只剩下女人了。没错，谷村有外遇了，还是与别人的妻子陷入了不伦之恋。他命中注定要和外遇对象携手逃离世人的眼光。第三个动机，自然是对琴野的怨恨。爱情、金钱、仇恨，从谷村的角度来看，这同样是一项您所谓的一石三鸟的好计划。

"当时，谷村的朋友中有您这么一位喜欢侦探小说，与其说是务实型，不如说是空想型的刑警侦探。若是没有您的话，他或许不会制订如此迂回的计划吧。换句话说，您就是谷村唯一的目标。谷村就像刚刚提到的玩掷骰子游戏的孩子那样，模仿您的表情，又像玩猜拳游戏那样，比您多思考一层。他制订好了全部计划，而事情的发展全部在他的计划之中。对于一位出类拔萃的罪犯来说，他的对手必须是位优秀的侦探。正因为有这样一位侦探，他的诡计才能成立，他才能安全脱身。

"对于谷村来说，这个特别的计划具有常人想象不到的魅力。您也知道，不，您远远想不到，他是萨德侯爵 [①] 的子孙。虽然早已经厌倦了自己的妻子，但最后那场戏实在是太精彩了。谷村伪装成'扮作谷村的琴野'，小心翼翼地不和妻子说话，也不让妻子看到自己的脸，在某个瞬间完全变成了琴野，他时而笑，时而哭，和妻子完成了不可思议的私通。

"您应该也注意到谷村的另一种萨德倾向吧？我指的是那残忍至极的杀人方式。那种方式淋漓尽致地体现了他独一无二的虐待倾向。您刚才使用了'爆裂的石榴'这个贴切的形容词，是的，谷村就是在爆裂的石榴上感受到了无法言喻的可怕诱惑。这就是他所有计划的出发点。杀死一个人，将他的脸毁损到无法辨识，这样的举动具有何种意义呢？若是稍微敏锐一点的警察，应该会认为这是为了隐瞒被害者的身份。既然被害者穿着琴野的衣服，那就意味着凶手想要将其伪装成琴野的尸体，可实际上他绝对是琴野以外的人物。

---

① 指多拿尚·阿勒冯瑟·冯索瓦·德·萨德（1740—1814），历史上最受争议的色情文学作家之一，被称为情色小说鼻祖。他出身法国南部普罗旺斯的贵族世家，一生中有二十七年在监狱中度过，英文中的 sadism（虐待狂）一词就来源于他。

但是，这么想就正中谷村的下怀。因为被害者正如一开始看到的那样，的确是琴野本人。

"所以，那瓶硫酸也并非琴野带来的，而是谷村提前买好带到空屋去的。他作案之后，就把它扔到了路边的河沟里。接下来便是那场戏了。谷村伪装成'扮作谷村的琴野'，就像偷偷溜进别人的房间那样，战战兢兢地潜入自己的书房。"

我为猪股这番如同亲眼所见般的讲述感到无比愕然。这男子到底是谁？又是出于何种目的在这里胡说八道？若说这只是单纯的逻辑游戏，他的发言未免太详细、太独断了。因为我一直默不作声，猪股便又说起了其他话题。

"对了，我想起一件很久以前的事。当时有位十分喜爱侦探小说的男士经常来我家玩。我总是与他热烈地讨论犯罪话题。有一次，我们聊到杀人犯最巧妙的诡计是什么，最终我们一致认为'被害者即凶手'这个诡计最有趣。不过，他认为这种'被害者即加害者'的诡计尽管观念非常奇特，但是具体思考一下的话，这类诡计要么是凶手得了不治之症，命不久矣，干脆将自杀伪装成他杀，再将杀人的嫌疑嫁祸给别人；要么是在有多位被害者的杀人案中，凶手混在被害者的行列，只有凶手受到不会危及生命的重伤，也就是让凶手通过伤害自己的方式摆脱嫌疑。这些桥段都太平平无奇了。但是，我却有不同意见，认为那只是凶手缺乏谋略，如果是一位优秀的犯罪者，就算是'被害者即加害者'的诡计，也能思考出更高明的计谋。朋友却认为我们现在这么努力都想不出好点子，表示那种高明的诡计并不存在。于是我们争执起来，一个主张：'不，一定存在！'

一个主张：'不，肯定不存在！'两人唇枪舌剑，火药味十足。但是，我刚刚已经证明了我当时的主张。换句话说，在硫酸杀人案中，凶手通过伪造指纹，以及案发当天傍晚到第二天清晨的交换身份诡计，让人们这么多年始终坚信被害者就是谷村，如果我刚刚的推理是正确的——肯定是正确的——那么真凶岂不就出乎所有人的意料，是被认定为被害者的谷村吗？这不正是'被害者即凶手'的诡计吗？

"无论运用多么巧妙的诡计，一名男子扮作他人妻子的丈夫，与那位妻子共度一夜而不被发现，这在现实生活中真有可能吗？若是在小说中，这确实是一个非常有趣的想法，您当时一定也是觉得这个想法很有吸引力吧……"

听着他的话，一段久远而模糊的记忆似乎逐渐苏醒。我似乎有过相同的经历。但是，我跟猪股是最近才认识的。当时与我对话的人肯定不是眼前的猪股。那么，那个人到底是谁？我有种见鬼的感觉。仿佛有一个朦胧的庞然大物挡在我面前。那绝对是个令人毛骨悚然的可怕家伙，但是令人焦急的是，我怎么都看不清他的真面目。

这时，猪股又突然做出古怪的举动。他不再说话，盯着我看了片刻，突然露出一个古怪的表情，伸手从嘴里取下两排假牙。他的嘴瞬间像是八十岁老太婆一样瘪了下去。由于没有了假牙的支撑，鼻子以下的部位极度凹陷，整张脸像是一盏被压瘪的灯笼。

就像我一开始说的那样，猪股虽然是个秃头，但他看起来知识渊博，高挺的鼻子、富有哲学家气质的山羊须更是让他多了几分风采，是一名相当英俊的男子。但是拿掉煞风景的假牙后，他的脸立刻变得惨不忍睹，甚至令人感慨人类的相貌居然会发生如此大的变化。那张脸既像掉光牙齿的八十岁老太婆，又像是刚出生的皱巴巴的婴儿。

猪股从那张扁平的脸上摘下眼镜，闭上双眼，嚅动着无力的嘴唇，含糊不清地说道：

"仔细看看我的脸，首先，把我的眼睛想象成单眼皮，眉毛再浓一些，鼻梁再塌一些，然后去掉胡须，想象我的平头上长出浓密的头发……怎么样？还没认出来吗？您的记忆中难道没有这样一张脸吗？"

他摆出一种随你看的姿态，下巴抬起，闭着双眼，一动不动。

我乖乖地在脑海中描绘起那个虚构的相貌，突然间像是相机对上了焦一样，一张令人意外至极的人脸浮现出来。啊，原来如此。原来如此，难怪猪股的口吻如此斩钉截铁。

"我知道了，我知道了，你是谷村万右卫门兄！"

我不由得大叫出声。

"是的，我就是那个谷村。真不像你啊，居然明白得这么晚。"

猪股，不，谷村万右卫门压低声音呵呵笑了起来。

"但是，你的脸为什么变了？而且变化如此之大，到现在我都不敢相信……"

谷村为了回答我的问题，又将假牙装回去，口齿清晰地解释了起来：

"我记得那个时候也跟你讨论过乔装的话题，我只是把当时的主张付诸实践了而已。我从银行取出那五万日元后，简单乔装了一番，便立刻与我刚刚提到的他人妻子远走高飞至上海。你刚才也说过，整整两天都没人发现那具尸体是琴野，所以我并没有什么危机感。当大家怀疑到我身上时，我们两人已经进入朝鲜，在火车上开始了一段漫长且无聊的旅行。我很害怕海路出行。汽船对于一名罪犯来说总感觉像是监狱，我实在喜欢不来。

"我们到达上海，租了一间中国人的房子，在那生活了一年左右。我不想深入谈论那段日子，但是那一年我确实过得十分开心。绢代在世俗意义上的确是个美女，但她与我性格不合。我更喜欢明子——就是与我一起逃亡的那个女人——那样个性阴郁的妖妇。我发自内心爱着她。直到现在我也丝毫没有变心。如果可以，我倒是希望可以变心，但无论如何都办不到。

"在上海生活的那段时日，我考虑到万一的情况，尝试了彻底的乔装。那些使用颜料、贴胡子之类的乔装，对我来说都不算是真正的乔装。我想要将谷村这个男人从这个世界上彻底抹消，把他彻底改造成另一个人。上海有几家非常不错的医院，大都是洋人在经营，我尽可能从中挑选出合适的牙科医生、眼科医生、整形外科医生，很有耐心地一家一家就诊。我首先考虑的是去掉我比正常人浓密一倍的头发。生发很困难，脱发就简单了，只要用点脱毛剂就能达到很好的效果。接下来，我顺便请人将眉毛打薄。然后就是鼻子了。您也知道，我原来的鼻子不仅塌，形状也不好看。所以我通过象牙隆鼻手术，获得了现在这个挺拔的希腊鼻。接下来，我打算改变面部轮廓。这并不是什么难事，只要做一副假牙就可以了。我原本是地包天，整排牙齿都向内侧聚拢，而且有很多蛀牙，所以干脆把所有牙齿都拔掉了，在原本瘦弱的牙龈上植入与之前恰好相反、向外龅的假牙。如此一来，就变成了你现在见到的这副模样。只有我取下假牙时，你才能认出我。接下来是蓄须，效果你也见到了，最后就只剩下眼睛了。眼睛的整形是最麻烦的。我先是接受了割双眼皮的手术，很简单就完成了，但我还是无法安心。我曾想过假装有眼疾，通过戴墨镜来遮掩，但是总觉得没什么意思。我不停地思索有没有更高明的办法，最终想到了牺牲一只眼睛的主意，也就是换成义眼。如此一来，我就能以遮挡义眼为由，戴上有色眼镜，眼睛本身给人的感觉也彻底变了……

"也就是说，我的整张脸都是人工制造的。谷村万右卫门的生命从我脸上彻底消失了。但是，你不觉得这张脸尽管是假的，却具有一种令人挪不开眼的美感吗？明子经常这么调侃我……"

谷村以若无其事的口吻说着这惊人的事实，突然举起右手，抠出左眼中的那颗碗状的玻璃眼珠给我看。他一边把玩那颗眼珠，一边将凹陷的漆黑眼窝正对着我，继续说道：

"就这样，谷村这个人彻底易容之后，我们相偕回到日本。上海也是一个不错的城市，但日本人还是难以忘记故乡。我们游遍了全国各地的温泉，过着神仙眷侣般的生活。这将近十年的岁月里，我们的世界只有彼此。"

独眼的谷村有些悲伤地俯瞰着深谷说道。

"但是，真不可思议啊，我今天居然会鬼使神差地聊起硫酸杀人案……这就是所谓的预感吗？"

我突然意识到这一点，若是偶然，这偶然也太可怕了。

"哈哈哈哈哈。"谷村低声笑道，"你还没发现吗？这可不是偶然，是我引导你提起这个话题的啊。你看，就是这本书。今天，在来这里的路上，我和你聊到了这本书吧？这就是我引导你提起硫酸杀人案的手段。刚刚你说你忘了本特利的《特伦特的最后一案》的情节，但实际上你并没有完全忘记，那部分记忆被你封存在你的潜意识里了。在《特伦特的最后一案》中，凶手就使用了这种诡计，也就是伪装成被害者，进入被害者的书房，欺骗了被害者的妻子。这和你以为已经解决了的硫酸杀人案，使用的不是同一种诡计吗？所以，当你看到这本书的封面时，就会在潜意识中联想到这个故事，并且想要讲给我听。你不觉得这本书眼熟吗？你瞧，就是这里。这里用红色铅笔写了几句感想，你对这个笔迹没有印象吗？"

我凑过去，观察那个红色的笔迹，立刻恍然大悟。我居然把这件事忘得一干二净，那真的是很久很久以前的事了。那时我还是个薪水微薄的刑警，买不起喜欢的侦探小说，因此经常去找谷村万右卫门借阅新出版的侦探小说，这部本特利的作品就是我借阅过的一本。我想起自己看完之后，曾在空白处写了点感想。那些红色铅笔字正是我的笔迹。

谷村说完了该说的话，沉默了下来。我也沉默不语，入神地思考着某个难解的谜题——谷村和我的这场计划好的重逢，到底有何用意？谷村历经千辛万苦好不容易逃脱了刑罚，而今却在我这个警察面前忏悔了一切，这背后到底隐藏着何种深意？啊，难不成谷村有什么不可思议的误会？这个案件还没有过追诉时效，他该不会是算错时间，以为时效已经过了吧？又或者是打算在我盛气凌人地准备逮捕他时，不怀好意地大声嘲笑我？

"谷村兄，你为什么要向我坦白这些呢？你该不会认为追诉时效已经过了吧？"

我以为自己戳中了他的要害，但是谷村面不改色，不疾不徐地回答：

"不，我并没有如此卑劣的想法，甚至不清楚追诉期是多久……至于我为什么跟你说这些，或许是我体内流淌着的萨德之血在作祟吧。我彻底赢了你，让你完美地落入了我的圈套，你却对此一无所知，还扬扬得意地以为自己做出了一场漂亮的推理。这是我唯一耿耿于怀的事。我只是想对你说一句：'怎么样，服了吧？'"

啊，谷村原来是为了这个才采用如此恶劣的方法啊。但是，这件事的结果到底如何呢？我真的彻底输了吗？

"我确实输了，这一点我无话可说。但是既然听到了这些话，身为一名警察，我不能不逮捕你。或许你觉得自己打败了我，心里很痛快，但是从另一方面来说，你也送给我一个立大功的机会。因为我要将你这个闻所未闻的杀人魔缉拿归案！"

我一边说，一边突然抓住谷村的手腕，他却大力甩开了我的手。

"不，你办不到的。我们过去不是经常掰手腕吗，不是一直都是我赢吗？我可不会输给你这个手下败将。你没有想过我为什么会选择这个僻静的地方吗？我可是连这一步都算到了。如果你要强行逮捕我的话，那就只有被我推落谷底这一个下场。哈哈哈哈哈！不过你放心，我绝对不会逃的。不仅不会逃跑，也不会劳烦你动手，我会自我了结……实际上，我已经对这个世界失望透顶，了无生趣了。因为我活着的唯一意义——明子——已经在一个月前因为急性肺

146

炎去世了。在她临终之际，我在她的病床前跟她约好了，用不了多久，我也会追随她的脚步下地狱。而我唯一未了的心愿，就是见你一面，向你道出事情的真相。而现在，这个心愿也完成了……那么，我们就此别过吧……"

那句"就此别过……"的声音，如箭矢般坠向谷底。谷村趁我不备，跳入了前方漆黑的万丈深渊。

我痛苦地捂着狂跳的心脏，看向断崖下方。那个白色的物体越来越小，"扑通"一声落入宁静的水面。而后，寂静的深渊表面荡起一圈又一圈巨大的涟漪，扩散开来。这一瞬间，我的眼睛仿佛在那一圈圈的涟漪中看到一颗巨大的、爆裂的红石榴。

不久，深渊又重归静寂。山峦和深谷逐渐被暮霭笼罩。目之所及，万物静止，只有远方传来的瀑布声以亘古不变的节奏，与我的心跳声重合在一起。

我掸落身上的泥沙，准备离开这块岩石，无意中瞥向脚下，发现谷村的遗物留在干燥的白色岩石上。是那本蓝黑色封皮的侦探小说和那颗孤零零地放在小说上的玻璃眼珠。白色的玻璃眼珠凝视着阴沉的天空，似乎正在讲述一个不可思议的故事。

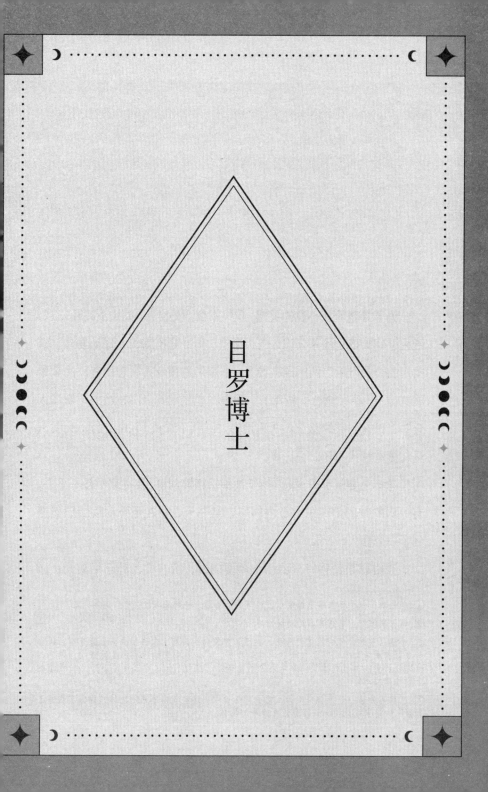

目罗博士

一

　　为了寻找侦探小说的灵感，我经常会四处转悠，如果不离开东京，所去之处大抵是浅草公园、花屋敷①、上野博物馆、上野动物园、隔田川的公共汽船、两国国技馆②（那圆形屋顶令人联想到昔日的全景展览馆③，深深地吸引着我）。我现在也是刚看完国技馆的"妖怪大会"，正在回家的路上。久违地在"八幡不知薮④"中穿行，让我沉浸在孩童时代的怀旧记忆里。

　　这话还要从那天说起。由于被编辑频繁催稿，我在家中待不下去，有一周的时间都在东京市内转悠，某一天，我在上野动物园偶然遇到了一个怪人。

　　当时已是黄昏时分，马上就要闭园，游客们大都已经离开，园

① 花屋敷：位于日本东京都台东区浅草的游乐园，也是日本最古老的游乐园之一。

② 两国国技馆：东京著名运动场馆。

③ 全景展览馆：又叫帕诺拉马馆，在圆形建筑物的内墙上以透视法画上背景画，再在背景画前配置草木、房屋模型和人物造型等，观众从中央的展望台上眺望周围的画，可以获得身临其境的体验。日本最初的帕诺拉马馆为明治二十三年（1890年）开馆的上野帕诺拉马馆。

④ 八幡不知薮：千叶县市川市八幡有片传说中一进去就出不来的竹林，称为"八幡不知薮"，后来以该词泛指容易让人迷路的树林。

内静悄悄的，没有一丝声响。

江户人看戏剧或曲艺时，总是担心散场时换鞋处太拥挤，不看完最后一幕就离场，这一点实在不对我的脾气。

参观动物园也是如此。不知为何，东京人总是归心似箭。明明还没到闭园时间，园内已然空空荡荡，半个人影也没有了。

我心不在焉地站在猴子的笼舍前，享受刚刚还人潮拥挤的园区这异样的静谧。

大概是没了逗它们的游客，笼舍里的猴子也安静下来，显得有些无聊。

周围实在太安静，过了一会儿，我突然感觉后面有人靠近，不由得吓了一跳。

那是个留着长发、脸色苍白的青年，穿着一身没有半点折痕的衣服，感觉是个所谓的流浪汉。别看他这副模样，性格却很活泼，逗起笼舍里的猴子来。

他似乎是动物园的常客，逗猴子的手法非常老练。就算只给一个饵，他也要等猴子耍出各种把戏，看尽兴后才扔进去。我觉得非常有意思，所以一直在旁边笑嘻嘻地看着他逗猴子。

"猴子这种动物，为什么总喜欢模仿别人呢？"

男子突然和我搭话。他说话时正将橘子皮抛起接住，再抛起再接住。笼舍中的一只猴子，也以一模一样的动作抛接着橘子皮。

我笑了笑，男子又说道：

"模仿这个行为，仔细想想挺可怕的。我是说神明赋予猴子这样的本能这件事很可怕。"

我心想，这男子还是个哲学家流浪汉。

　　"猴子会模仿还挺好玩的，但人类会模仿就不是什么好玩的事了。神明也赋予了人类一些和猴子一样的本能，这么一想真可怕啊。您听说过旅行者在山中偶遇大猿猴的故事吗？"

　　男子很健谈，渐渐打开话匣子。我天生腼腆，不太喜欢跟陌生人聊天，却莫名其妙地对这名男子产生了兴趣。或许是他那苍白的面容和乱蓬蓬的头发吸引了我，也或许是他那哲学家似的说话方式让我心生好感吧。

　　"没听过。大猿猴怎么了？"

　　我主动追问起这个故事的后续。

　　"在远离人烟的深山里，有个旅行者碰到了一只大猿猴。接着，他的腰刀就被大猿猴抢走了。猿猴拔出刀，觉得好玩儿似的挥舞起来。旅行者是个城里人，这把刀被抢走之后，他就手无寸铁了，性命危在旦夕。"

　　在黄昏时分的猴子笼舍前，面色苍白的男子开始讲述这个奇妙的故事，这种情景令我有些兴奋，不时"嗯嗯"地随声附和。

　　"旅行者想夺回腰刀，但对手是擅长爬树的猿猴，所以他无从下手。不过，旅行者非常机智，他想到了一个妙招。他捡起地上的树枝当成刀，做出各种动作。可悲的猿猴因为被神明赋予了模仿本能，也开始一一模仿旅行者的动作，最后居然自杀身亡了。因为旅行者趁猿猴在兴头上，不断用树枝抽打自己的脖子，猿猴模仿他的动作，也用刀砍自己的脖子。这还得了？猿猴鲜血直流，仍不停地用刀砍脖子，最终一命呜呼。旅行者不仅拿回了自己的刀，还收获了一只大猿猴当土特产。哈哈哈……"

男子说完便哈哈大笑，笑声却莫名阴森。

"哈哈哈……这怎么可能呢？"

我也笑了，男子突然严肃起来：

"不，这是真的。猴子这种动物的宿命就是如此悲哀。要不要试一下？"

男子说着捡起地上的木棍，扔给一只猴子，而他自己用拐杖模仿出割脖子的动作。

您猜怎么着？这名男子应该经常逗猴子，只见那只猴子捡起木棍，突然抵在脖子上来回割了起来。

"您瞧，如果这根木棍是把真刀会怎么样？那只小猴子早就升天了。"

空旷的园内一个人影也没有。夜色笼罩下来，在枝繁叶茂的树下制造出一片阴影。我莫名感到体内阵阵发冷，开始觉得眼前这个面色苍白的青年不是一般人，而是一位魔术师。

"您明白模仿有多可怕了吧？人类也是一样的，天生就拥有不由自主地模仿别人这种悲哀的宿命。不是有一位叫作塔尔德 [①] 的社会学家，想要用'模仿'这两个字来概括人类生活吗？"

我现在已经无法一一记清了，只记得青年后来谈论了很多"模仿"的可怕之处。他还提到自己对镜子怀有异常的恐惧。

"若是一直盯着镜子看，您不会害怕吗？我认为没有比镜子更

---

① 塔尔德（1843—1904）：法国社会学家、西方知名心理学家、统计学家和犯罪学家。代表作有《模仿的法则》《刑法哲学》等。

可怕的东西了。镜子为什么可怕？因为在镜子里面有另一个自己，会像猴子一样模仿自己啊。"

我还记得他说过这句话。

动物园的闭园时间到了，我们被工作人员赶了出去，不过，我们并没有就此分开，而是在夜幕降临的上野森林里一边并肩往前走，一边聊天。

"我认识您，您是江户川先生吧？写侦探小说的。"

走在昏暗的林荫道上，冷不防听到这句话，我又吃了一惊。对方越来越像一位神秘莫测的恐怖男子了。与此同时，我对他的兴趣也愈发浓厚。

"我很爱看您的作品。不瞒您说，最近的作品都不怎么有意思，以前的作品倒是相当新颖，我很喜欢看。"

男子直言不讳地说道。这一点也让我很有好感。

"啊，月亮出来了。"

青年的话题总是很跳跃，我甚至开始怀疑他是不是个疯子。

"今天是十四号吧，快要满月了呢。所谓月光倾泻而下，应该就是这种景色吧。月光多么奇妙啊。我在某本书上读到过'月光会施展妖术'的说法，感觉是真的。同样的景色在月光下和在白天看起来完全不一样。就连您的脸也一样，跟刚刚站在猴子笼舍前的您，简直判若两人。"

他目不转睛地盯着我的脸，我的心情也变得有些古怪。他深邃的双眼、泛黑的嘴唇看起来莫名诡异。

"说起月亮，与镜子倒是颇有渊源。'水中月'这个词和'愿月亮为明镜'这句歌谣，都能证明月亮和镜子有某种共通之处。您看这里的景色。"

顺着他的手指望去，眼前是如旧银般灰暗，看似比白天大了一倍的不忍池。

"您不觉得白天的景色才是真实的，而此刻月光照耀下的，其实是白天景色的镜中倒影吗？"

青年的身影也像镜中的影子般朦胧，面容白蒙蒙的。

"您正在寻找写小说的灵感吧？我有一个故事很适合您，是我的亲身经历，我讲给您听一听，怎么样？"

我的确在寻找写小说的灵感，但即便不是这样，我也很想听一听这名奇怪男子的经历。从他目前为止的谈吐推断，那肯定不是一个平平无奇的无聊故事。

"愿闻其详。您愿意赏脸陪我吃顿饭吗？找个安静的房间，您慢慢讲给我听。"

听到我的话，他摇了摇头说道：

"我并不是要拒绝您的款待，我这人从不跟人客气。但是，我的故事不适合明亮的灯光。您不介意的话，我们不妨坐在这张长椅上，沐浴着会施展妖术的月光，一边欣赏如同巨大镜子般的不忍池，一边听我慢慢道来。这个故事并不长。"

我很欣赏青年的品味，于是决定在这可以俯瞰不忍池的高处，与他并肩坐在林中的石头上，聆听他奇异的故事。

二

"您知道柯南·道尔^①有一部名为《恐怖谷》的小说吧？"

青年唐突地起了头。

"那是一条夹在崇山峻岭之间的峡谷。但是，恐怖谷并不只限于天然的峡谷。在这东京正中央的丸之内^②，也存在着恐怖的峡谷。

"夹在高楼之间的狭窄小路，远比天然形成的峡谷更险峻，也更阴森。那是文明制造的幽谷，是科学制造的谷底。从谷底的小路看两侧那六七层高、煞风景的混凝土建筑，既没有天然断崖的绿树，也没有四季盛开的繁花，更没有赏心悦目的凹凸起伏，完全是用斧头劈开的巨大灰色裂缝。头顶的天空也只有一线，像和服腰带一样窄。一天中能照到阳光、月光的时间只有短短几分钟。谷底的白天也像黑夜，仿佛一抬头就能看到星星，时刻不停地刮着诡异的冷风。

"直到大地震前，我都住在这样的峡谷中。那座大楼正对着丸之内的 S 大道，正面看起来明亮宏伟，但是一旦绕到后面，就与其他大楼背对背而立，各自袒露着煞风景的混凝土，两座带窗户的断崖间，夹着一条仅有两间宽的通道。我所说的城市的幽谷，指的就是这部分区域。

"大楼里的房间虽然也兼做住宅，但大多数是只在白天使用的办公室，晚上人们就离开了。白天越热闹，晚上就越冷清。明明是

---

① 柯南·道尔（1859—1930）：侦探小说历史上最重要的作家之一，代表作有《福尔摩斯探案集》等。

② 丸之内：日本东京都千代田区皇居外苑与东京车站之间一带的地区。

丸之内的正中央，却寂静像深山老林，让人怀疑能听见猫头鹰的叫声。这种大楼后面的峡谷，晚上就是不折不扣的峡谷。

"我白天在大楼当门卫，晚上住在地下室，虽然有四五个同住的室友，但我喜欢画画，一有空就会独自在画布上涂涂抹抹，自然就不怎么跟其他室友说话了。

"事件就发生在我刚刚提到的大楼背面的峡谷中，所以有必要事先介绍一下那里的情况。那两栋楼本身实在是具有一些诡异的巧合。但说是巧合，两栋楼未免过于相似了，我怀疑是设计师一时兴起搞的恶作剧。

"因为那两栋楼规模差不多，都是五层楼，正面及侧面从墙壁颜色到装饰都完全不同，但是唯有面朝峡谷那侧完全没有差别。从屋顶的形状、灰色的墙壁到每层有四扇窗户的构造，都像照片翻拍似的如出一辙。搞不好连混凝土的裂缝都是同样的形状。

"面朝峡谷的房间一天只有短短几分钟（这样说稍微有些夸张）能够照到阳光，自然没有人肯租。尤其是最不方便的五楼，房间总是空着，所以我闲暇时经常带着画布和画笔溜进那间空屋。每当我往窗外看时，都会觉得对面的大楼是这栋楼的翻版，忍不住毛骨悚然，感觉这是某种可怕之事的前兆。

"没过多久，我不祥的预感就应验了。有人在五楼北侧的窗户附近上吊了。而且，没隔几天，同样的事就发生了三次。

"第一个自杀者是一位中年的香料掮客。他初次来租事务所时，就令人印象深刻。他是个商人，身上却没有半点商人的气质，看起来有些阴郁，总是心事重重的样子。我猜这个人可能会租那间面向背面峡谷、照不到阳光的房间，果不其然，他真的租下了五楼北端最远离尘嚣（在大楼里这么说有些奇怪，但那个房间给人的感觉确实是这样的）、最阴森，因此房租也最便宜的两个连通的房间。

"我想想，他搬过来好像只住了一周，反正时间非常短。

"那位香料掮客是个单身汉，所以将其中一个房间当成卧室，摆了一张廉价床，晚上就在那个阴森断崖上能够俯视幽谷、远离尘嚣的岩洞般的房间独自过夜。随后，在一个月色很好的夜晚，他在伸出窗外用来挂电线的小横木上套上细绳，上吊自杀了。

"到了早上，负责那一带的环卫工一抬头，发现了晃晃悠悠地吊在高高的断崖上的死者，引起了很大的骚乱。

"他自杀的原因最终也没有定论。警方进行了多方调查，发现他在事业方面没有任何不顺心的，也没有背负债务，他还是单身，没有家庭方面的烦恼，也不是殉情自杀，比如失恋。

"'大概是中邪了吧，他刚来的时候，我就觉得他有点儿阴郁古怪。'

"人们最终得出这个结论，这件事就这样告一段落了。然而没多久，那个房间就迎来了下一任租客。那位租客并不住在那里，只是某天晚上留在那儿彻夜查资料，没想到第二天早上又出事了。他以同样的方式上吊自杀了。

"大家对他自杀的原因同样毫无头绪。这次的自杀者和香料掮客不同，个性极其开朗，他之所以选择那间阴森的房间，纯粹是因为房租低廉。

"那是恐怖谷打开的诅咒之窗，只要有人进入那个房间，就会无缘无故地寻短见。这个鬼故事般的流言悄悄传播开来。

"第三位自杀者不是普通租客，而是那座大楼的职员，是个性格豪放的人，他扬言说要亲自住进去试试，一副要去鬼屋探险的架势。"

青年讲到这里时，我觉得他的故事有些无聊，于是插嘴道：

"那么，那位好汉也同样上吊了吗？"

青年有些讶异，看着我的脸，有些不快地回答：

"是的。"

"一个人上吊后，又不断有人在同一个地方上吊。这就是你所说的模仿本能的可怕之处吗？"

"啊，您觉得无聊了吧？不，不是的，不是那么无聊的故事。"

青年松了口气，纠正我的误会。

"这可不是那种在恶魔铁道口总是不断死人的俗气故事。"

"失礼了，请您接着往下说。"

我忙诚恳地为我刚才的误会道歉。

三

"那位职员独自一人在那间鬼屋住了三晚，但是什么事也没有发生。他以为自己把鬼赶走了，非常得意。于是，我对他说：'你留宿的那三晚都是阴天，没有月亮吧？'"

"哦，难道那些人的自杀和月亮有什么关系？"

我有些惊讶地反问道。

"是的，有关系。我发现第一位香料掮客和第二位租客都是死于月光明亮的夜晚。如果没有月亮，就不会发生自杀事件。而且，事件都发生在银白色妖光照进狭窄峡谷里的短短几分钟内。我觉得那肯定是月光的妖术。"

青年说着抬起苍白朦胧的脸，眺望脚下月光笼罩下的不忍池。

池边的景色倒映在青年所说的巨大镜子里，白蒙蒙地横亘在眼前，散发着妖异的气息。

"您看，这就是月光神奇的魔力。月光会诱发鬼火般阴郁的激情，让人的心像磷火般熊熊燃烧。比如，《月光曲》就诞生自那不可思议的激情。即使不是诗人，也能从月亮那儿学到人生无常。如果允许我用'艺术的疯狂'这个词来形容，那么月亮不正是将人导向'艺术的疯狂'的事物吗？"

青年的说话方式令我有些不舒服。

"您的意思是说，是月光让那些人自杀的吗？"

"是的，有一半是月光的罪过。但是，并不是月光直接让人自杀的。否则，如今浑身沐浴在月光下的我们，岂不是也要去上吊了？"

青年仿佛镜中倒影的苍白面孔上，露出了戏谑的笑容。我像个听鬼故事的孩子一样，不由得害怕了起来。

"那位性格豪放的职员，第四天晚上也是在那间鬼屋睡的。不幸的是，那天晚上的月光非常明亮。

"我躺在地下室的被窝里，半夜突然惊醒，看到从天窗照进来的月光，不由得心头一惊，慌忙起身下床。我穿着睡衣，从电梯旁的狭窄楼梯冲向五楼。半夜的大楼与白天的嘈杂景象完全不同，当时有多寂静、多恐怖，您恐怕无法想象。那里就像有好几百个房间的巨大墓地，像传闻中的罗马地下墓穴 ①。大楼内并不是一片漆黑，走廊的关键位置亮着灯，可是那昏暗的光线反而更加恐怖。

"终于跑到五楼那个房间，我忽然对像个梦游症患者似的在废墟般的大楼里游荡的自己感到恐惧，一边疯狂敲门，一边呼唤那位职员的名字。

"然而，里面没有任何回应。只有我的叫喊声在走廊上回荡，然后消失在寂静中。

"我拧了下门把手，门一下子就开了。屋内角落的大桌子上，蓝色伞形台灯孤零零地亮着。我借着灯光环视四周，一个人也没看到，床上空空如也，那扇窗户却大敞着。

"窗外的那栋大楼，从五楼中间到楼顶都笼罩在即将溜走的最后一缕月光下，闪烁着朦胧的银光。这扇窗户的正对面，有一扇一模一样的窗户也打开了，张着黑洞洞的大口。在诡异的月光照耀下，看起来与这扇窗户愈发相似。

"我心头浮现出可怕的预感，不禁浑身颤抖。为了确认那个预感，我将头探出窗外，却没有勇气立刻往旁边看，于是我先望向遥远的谷底。月光只照亮了对面大楼的上半部分，两栋大楼间的峡谷漆黑一片，深不见底。

"随后，我强行把自己不听话的脑袋慢慢扭向右边。大楼的墙

---

① 罗马地下墓穴：早期基督教徒的地下墓群，位于意大利罗马城内和郊外。

虽然在背阴处，但是借助对面墙体反射的月光，倒也不是看不清东西的形状。我缓缓移动视线，果然看到了一个意料之中的东西。那是身穿黑色西装的男子的双脚、耷拉下来的双手、完全绷直的上半身、紧紧勒在绳子上的脖颈，以及呈九十度角无力垂下的头。那位豪放的职员果然也中了月光的妖术，在窗外的电线横木上吊死了。

"我急忙将脑袋从窗外缩了回来，大概是怕自己也中了妖术吧。然而，就在我缩回脑袋时，无意中看向对面，发现在那扇同样敞开的窗户里，在那漆黑的四方形洞穴里，竟然有张人脸，正在往这边窥视。有月光照着，那张脸鲜明地浮现在黑暗中。哪怕在月光下，那张脸也蜡黄、枯槁，是一张畸形而恶心的脸。那家伙正直勾勾地盯着我。

"我顿时毛骨悚然，僵在原地。我实在是太意外了。至于为什么意外，我可能还没有告诉您，因为对面那座大楼的所有者和担保银行正在打官司，当时整栋楼都是空的，无人居住。

"三更半夜的空房间里居然有人，而且在总是有人上吊的窗户对面，居然有个黄脸怪物在偷看。这件事非同寻常。难道是我产生了幻觉？在那个黄脸家伙的妖术下，我是不是马上也会上吊？

"我后背一阵发凉，像是被人浇了盆冷水，视线却始终没有离开对面那个黄脸家伙。仔细一瞧，那家伙是个骨瘦如柴、身材矮小、五十来岁的老头。那老头直勾勾地盯着我这边，突然意味深长地咧嘴笑了一下，旋即消失在漆黑的窗户里。那张笑脸无比惹人讨厌，整张脸都扭曲了，变得皱巴巴的，只有嘴巴猛地向左右两边扯开，仿佛要裂开似的。"

四

"第二天，我问了下同事和其他公司的勤杂工大爷，得知对面的大楼的确是一栋空楼，晚上甚至没有人守夜。难道真的是我出现了幻觉吗？

"针对连续三次毫无缘由的离奇自杀事件，警方也进行了调查，但自杀一事没有任何疑点，只好不了了之了。但是，我却无法相信这么玄乎的事情。在那个房间睡觉的人都疯了，这种荒诞无稽的解释无法令我信服。那个黄脸的家伙很可疑，肯定是他杀害了那三个人。刚好在有人上吊的晚上，那家伙从对面的窗户偷看，脸上还意味深长地狞笑着。其中一定隐藏着什么可怕的秘密，我对此深信不疑。

"大概一周之后，我有了个惊人的发现。

"有一天，我出门办事回来，走在那栋空楼正面的大马路上。那栋楼旁边是一幢老式长屋^①风格的红砖建筑，叫作三菱几号馆，是个小型出租事务所。这时，有位绅士健步如飞地登上其中一间事务所的石阶，他的身影引起了我的注意。

"那是一位穿着晨礼服、身材矮小、有些驼背的老绅士。他的侧脸给我一种似曾相识的感觉，我不禁停下脚步，死死盯着他。绅士在事务所入口擦鞋时，突然回头看向我。我吓得差点停止了呼吸。为什么呢？因为那位派头十足的老绅士，居然和那天晚上从空楼窗户里往外窥视的黄脸怪物一模一样。

---

① 长屋：一种日本特有的建筑形式，由一大片屋檐下的土墙隔出多个小隔间，户户相连，共用一堵墙。

"绅士消失在事务所后，我看了一眼那里的金字招牌，上面写着'目罗眼科、医学博士目罗聊斋'。我抓住附近的一个人力车夫，确认刚刚走进去的人就是目罗博士本人。

"堂堂医学博士，居然大半夜潜入空旷的大楼，望着上吊的男子露出怪笑，这种匪夷所思的事情该如何解释？我不由得产生了强烈的好奇心。自那之后，我经常不露声色地找尽可能多的人打听目罗聊斋的经历或者日常生活的情况。

"目罗虽然是一位老博士，但名不见经传，也不擅长经营，一把年纪了，还只能租这种事务所营业。而且他性格古怪，对待患者也非常冷漠，有时甚至像个疯子。我还了解到他没有娶妻生子，至今独身。他把这间事务所当家，生活起居都在这里。另外，听说他十分爱看书，除了专业书籍，还收藏了许多哲学、心理学和犯罪学的书籍。

"'诊疗室的里间有一个玻璃柜，里面摆着一排排各式各样的义眼，上百颗玻璃眼珠直勾勾地盯着我。那么多义眼摆在一块儿，实在令人毛骨悚然。除此以外，房间里还摆着两三具骸骨、等身大的蜡像等等，也不知道眼科为什么需要那些玩意儿。'

"我工作的大楼里，有个商人向我讲述了他到目罗那里看病时的奇妙遭遇。后来，只要有空我就会留意目罗博士的动静。另外，我还经常从这边偷看对面五楼的那扇窗户，但并没发现任何异常。那张黄脸再也没有出现过。

"目罗博士怎么看都很可疑。那天晚上从对面的窗户偷看的那个黄脸人绝对就是他。但是，他究竟哪里可疑呢？假设那三次上吊不是自杀，而是目罗博士策划的杀人案，那他的杀人动机是什么？又是用什么方式杀人的呢？一想到这里，我就没有任何思路了。即便如此，我还是怀疑目罗博士就是那些案件的始作俑者。

"我每天都在思考这件事。有一次，我甚至爬上博士事务所后面的砖墙，透过窗户偷看博士的私人房间。那个房间里摆放着商人提到的骸骨、蜡像以及摆满义眼的玻璃柜等。

"但是，我怎么都想不通，隔着峡谷，他是如何在对面大楼随意操控这个房间里的人呢？我百思不得其解。用催眠术？不，这行不通。听说死亡这样的重大暗示，催眠术是完全无效的。

"不过，最后一次上吊事件发生后大概过了半年，我终于等到了一个可以解开疑惑的机会。那间鬼屋迎来了新租客。那位租客是从大阪来的，完全不知道关于那个房间的恐怖传言，大楼的事务所也希望多赚一笔租金，所以绝口不提那些传言，就把房间租给了他。估计是觉得已经过去了半年，不会再发生同样的事了吧。

"但是，只有我仍旧坚信这个租客也会上吊。无论如何，我都要尽我所能防患于未然。

"从那天起，我就将工作搁在一边，一心一意地盯着目罗博士的动静。然后，我终于嗅出了端倪，发现了博士的秘密。"

五

"那个大阪人搬来后的第三天傍晚，我正在监视博士的事务所，发现他避开别人的耳目，连出诊包都没拿就徒步外出了。我当然立刻就跟了上去。出乎意料的是，博士竟走进附近大楼里的一家有名的西装店，在众多成衣中选购了一套西装，接着就直接回了事务所。

"诊所生意再怎么不好，堂堂博士也不可能穿那种成衣。若是买给学徒的衣服，也不需要身为主人的博士偷偷摸摸去买。太不对劲了。那套西装到底有什么用途？我憎恨地盯着博士的身影消失在事务所门口，站了一会儿后，突然想到可以爬上后面的围墙，偷看博士的私人房间，说不定能看到他在那个房间做什么。想到这里，我立刻向事务所后面跑去。

"我爬上围墙，偷偷往里面一瞧，博士果然在那儿。而且，可以清楚地看到他正在做一件诡异的事。

"您猜那位黄脸医生在房间里做什么？他正在给蜡像，就是刚刚说到的等身大的蜡像穿上刚买的西装。上百个玻璃眼珠直勾勾地看着这一幕。

"身为侦探小说家的您听到这里，想必已经什么都明白了吧？我当时也茅塞顿开，为那位老医生的奇思妙想惊叹不已。

"您能想到吗？他给蜡像穿上的成衣西装，从配色到花纹居然和那间鬼屋的新租客的西装一模一样。博士在众多成衣中特意选购了这一套。

"我不能再磨蹭下去了。这晚正好是个月夜，说不定会发生可怕的事情。我必须做点什么，必须做点什么。我急得直跺脚，搜肠刮肚地想办法。忽然，我灵光一闪，想到了一个连自己都惊叹不已的妙招。如果我说出来，您肯定也会拍案叫绝的。

"我做好万全的准备，一到晚上就抱着一个大包裹，去了那间鬼屋。新来的租客傍晚就回自己家了，房门上了锁，但是我用备用钥匙打开门进了房间。我走到书桌旁，佯装要熬夜加班。那盏蓝色伞形台灯，照亮了扮成租客的我。衣服是从我的一位同事那里借来的，他有一件花纹和那租客的衣服相似的衣服。发型我也特意梳得跟那租客的一样。接着，我背对着窗户静静等待。

"不用说，我这样做是为了告诉对面那个黄脸家伙我在这儿，但我坚决不能回头看，尽量为对方创造机会。

"大概过了三个小时吧。我的猜想是对的吗？计划能不能奏效？那三小时的等待当真无比煎熬，我心头惴惴不安。该回头了吗？该回头了吗？我好几次差点忍不住回过头去。不过，时机终于到来了。

"手表的指针指向十点十分。我听到咕咕、咕咕两声猫头鹰的叫声。哈哈，这就是信号吧，他想利用猫头鹰的叫声吸引人看向窗外。在丸之内的正中央听到猫头鹰的叫声，任谁都会想要瞧一瞧吧。我想明白了这一点，便不再迟疑，从椅子上起身，走过去打开了窗户。

"对面的大楼完全笼罩在月光下，闪烁着银灰色的光。我前面也说过，对面那栋楼的构造与这栋楼完全相同。您知道我当时的心情多么古怪吗？只是这么描述，您可能很难理解那种精神错乱般的心情。就像眼前突然出现了一面大得离谱的镜子墙，将我所在的这栋大楼原封不动地映照了下来。相似的构造再加上月光的妖术，使我产生了这样的感觉。

"我在对面看到我站立的窗户，玻璃窗同样是打开的。还有我自己……咦，这面镜子好奇怪，为什么独独没有照出我的身影……我突然产生了这样的想法，连我自己都无法控制，这就是令人毛骨悚然的陷阱所在。

"咦，我去哪儿了？我应该就站在窗边啊。我不由自主地东张西望，在对面的窗户里寻找起来。

"突然，我发现了自己的身影。但是，并不是在窗户里，而是在外面的墙上。我看到了被细绳吊在电线横木上的自己。

" '啊，原来如此，我原来在那儿啊。'

"我这么说听起来可能有些滑稽。那种心情无法用言语来描述。那是场噩梦。是的，就像在噩梦里，我明明不打算那么做，却不由自主地那么做。如果照镜子的时候眼睛是睁开的，镜子里的自己却闭着眼睛，您会怎么做？您自己也会忍不住闭上眼睛吧？

"也就是说，为了让自己和镜中的影子保持一致，我也必须上吊。对面的自己上吊了，真正的自己也不能悠闲自在地站在原地。

"上吊的样子一点也不可怕，也不丑陋，我只是觉得很美。

"那是一幅画，我也产生了想要成为那种美丽画作的冲动。

"如果没有月光妖术的帮助，目罗博士这个奇幻的诡计或许就起不了任何作用了。

"我想您肯定已经明白了，博士的诡计，就是给蜡像穿上和这个房间的租客相同的西装，再在和这个房间的电线横木同样的位置装上一根横木，用细绳将蜡像吊上去给人看，就这么简单。

"构造一模一样的建筑和妖异的月光，赋予了这个诡计绝佳的效果。

"这个诡计的可怕之处在于，即便是早有心理准备的我也在恍惚中一脚踩上窗框，随后才陡然惊醒。

"我像是从麻醉中苏醒一样，一边对抗着恐惧，一边打开提前准备好的包袱，死死盯着对面的窗户。

"那短短的几秒是那样漫长……我的预测果然没错。为了观察我的情况，那张黄色的脸，也就是目罗博士，突然出现在对面的窗户里。

"我早已做好准备，怎么能错过这一刹那的机会？

"我双手抱起包袱里的东西，让它坐在窗框上。

"您知道那是什么吗？也是一个蜡像。我从那间西装店借了个人体模型。

"我给人体模型穿上晨礼服，就是目罗博士常穿的那种款式。

"当时月光已经快要照进谷底了，因为反光，这边的窗户也微微泛白，足以让对面看清物体的形状。

"我怀着决一死战的心情，盯着对面窗户里的怪物，内心咆哮着：畜生，放马过来，放马过来！

"您猜怎么着？人类果然被神明赋予了和猴子同样的宿命。

"目罗博士最终栽在了他亲自想出的诡计里。那个身材矮小的悲哀老头踉踉跄跄地跨上窗框，跟我的人体模型一样坐到上面。

"我是傀儡师。

"我站在人体模型后面，抬起它的手，对面的博士也抬起手。

"我晃了晃人体模型的脚，博士也晃了晃脚。

"您猜我接下来做了什么？

“哈哈哈……我杀人了哟。

“我将坐在窗框上的人体模型，用尽全力推了下去。模型哐啷一声消失在窗外。

“几乎与此同时，身穿晨礼服的老头也和这边的影子似的，从对面的窗户上飘落，飞快地坠入遥远的谷底。

“接着，我隐约听到砰的一声，像是东西摔扁的声响。

“……目罗博士死了。

“我的脸上浮现出那晚在那张黄脸上见过的丑陋笑容，将右手握着的绳索拉了回来。借来的人体模型随着绳索越过窗框，三两下就回到了房间里。

“如果它掉下去了，我就要背上杀人的嫌疑，那可就麻烦了。”

故事讲完后，青年像那个黄脸博士一样，脸上浮现出令人毛骨悚然的微笑，直勾勾地盯着我。

“目罗博士的杀人动机吗？这就不用对您这位侦探小说家解释了吧？即便没有任何动机，有的人也会为了杀人而杀人，您一定深谙这个道理。”

青年说着站起来，对我的挽留充耳不闻，大步流星地走向远方。

我目送他的背影消失在雾霭中，沐浴着倾泻而下的月光，恍恍惚惚地坐在石头上，一动不动。

与青年的相遇、他的故事，甚至是青年本身，莫非也都是他所谓的“月光的妖术”制造出的奇异幻觉？我诧异地想着。

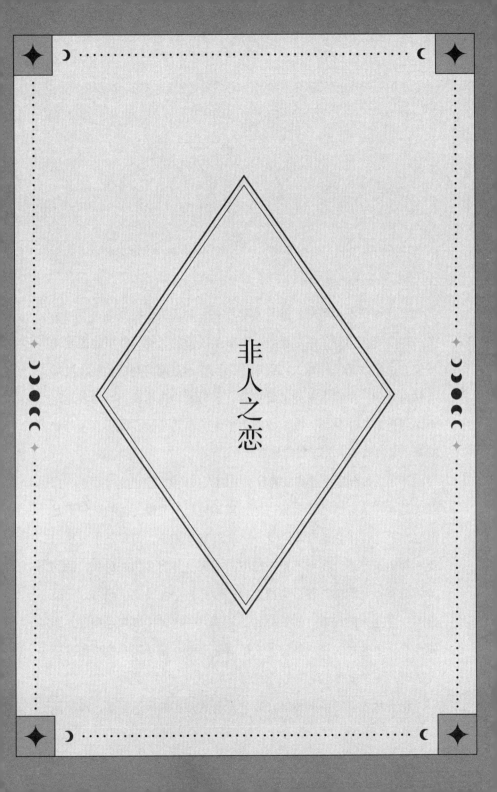

非人之恋

一

　　您应该认识门野吧？他是十年前去世的先夫。时间过去了这么久，如今提起门野，就跟提到一个陌生人似的，连那件事也像是一场梦。说起我是怎样嫁入门野家的，当然不是婚前两情相悦，没那么伤风败俗，是媒人来向家母提亲，家母再转告给我。当时我还是个未经世事的小姑娘，哪里好意思拒绝？我用手指在榻榻米上画着圈圈，最终点头应允了这门婚事。

　　不过，提到那个即将成为我丈夫的人——我们那儿是个小镇，门野家是大户人家，所以我见过他，只不过听别人说，他的脾气不是很好。不过，毕竟他仪表堂堂……或许您也知道，门野是个容貌出众的美男子，不，我可不是在炫耀。或许是体弱多病的缘故，他的美中总有点儿阴郁、苍白剔透之感，因此显得尤为出尘脱俗，让他更添几分迷人的气质。他长得如此俊美，一定有红颜知己相伴，即便没有，我这样的丑八怪又怎么可能让他爱一辈子呢？我不由得杞人忧天，留意起朋友或仆人们是如何谈论他的。

　　综合从各处听到的传闻，完全没有我担心的风流韵事，却渐渐了解到门野的坏脾气非同一般。他可以说是个怪人，朋友很少，大多数时候都窝在家里，最糟的是，有传言说他厌恶女人。若是因为他不爱出去社交倒也无妨，但他似乎真的厌恶女人，就连与我的婚事也是他父母的意思。媒人说，说服门野同意这门婚事，比说服我还费口舌。其实，我听到的传言并没有那么确切，只是有人随口说了几句，也许是待嫁的姑娘太敏感，才会一厢情愿地把别人随口说的话当真。不，嫁过去后，遭遇那种事前，我一直在宽慰自己是我想多了，努力把事情往好的方面想。这种想法也多多少少有点自负吧。

回想起那时的少女情怀，连我自己都觉得天真可爱。即便心中有着许多不安，我仍去邻镇的绸缎铺挑选衣裳，动员全家为我缝制新衣，筹备生活用品和各种琐碎的随身物品。其间对方送来了丰厚的聘礼，我也逐渐习惯了朋友的祝福、羡慕和打趣，心里又羞涩又甜蜜。家中充满了喜气洋洋的气氛，我这个十九岁的小姑娘简直被幸福冲昏了头脑。

这一方面是因为，无论门野性格多么古怪，我都已经为他出众的外表深深地着迷。而且，也许他这种个性的人反而会用情至深呢？说不定他会全心全意呵护我，将所有感情倾注在我身上，永远爱我呢？当时的我实在太天真了，居然还有这样的想法。

起初我觉得出嫁还很遥远，没想到转瞬就只剩下屈指可数的日子。随着婚期临近，甜蜜的幻想逐渐被现实的恐惧取代。婚礼当天，迎亲的队伍聚集在门前。说起那支队伍，不是我自吹自擂，在我们这个十几里大的小镇上，真可谓蔚为壮观。当我在簇拥中登上婚车时，简直差点昏厥过去，那种心情每个人应该都会经历，就像屠宰场待宰的羔羊。不仅精神上极其恐慌，体内也隐隐作痛，真不知该如何形容……

二

　　婚礼在恍惚中结束了，接下来的一两天，我也不知道晚上有没有睡着，公公婆婆是什么样的人，家中有几名仆人，尽管互相打过招呼，我的脑海中却几乎没有印象。第三天回门时，我坐在丈夫后面的车上，望着丈夫的背影，仍然分不清这是梦境还是现实……哎呀，我只顾着讲这些了，真抱歉，都把重点给忘了。

　　就这样，婚礼那些乱七八糟的事告一段落，该说是船到桥头自然直吗？门野并非传言中的怪人，反而性格比一般人更加温和，对我也十分温柔体贴。我终于如释重负，一直以来紧绷到痛苦的神经也松懈了下来，忍不住感叹人生怎会如此幸福。公公婆婆也都是和善的人，出嫁前母亲叮嘱我的那些话几乎派不上用场，而且门野是独生子，没有姑叔之类的，我甚至有些失望地想，原来嫁人并没有那么多烦恼。

　　说到门野的俊美相貌，不，我没有偏题，这也是故事的一部分。与他一起生活后，他不再是我远观的对象，而是我这辈子第一个也是唯一的爱人，这也是理所当然的。随着时间的推移，他的相貌越看越出众，我开始觉得他的俊美简直无与伦比。不，他不只是相貌俊美而已。爱情的力量是多么不可思议啊，门野那异于常人之处虽

174

然算不上怪异，但他总是显得有些忧郁，常常在专注地思索着什么，什么话都憋在肚子里，用现在的话来形容，他就是一个纯洁剔透的美男子。这一点具有难以言说的魅力，令我这个十九岁的小姑娘神魂颠倒。

我的世界发生了翻天覆地的变化。如果将在父母身边度过的十九年比作现实世界，那么婚后的那段时间——不幸的是仅维持了半年时间——就像是生活在梦境的世界里，或者说童话的世界里。说得夸张一点，就像是浦岛太郎①在公主的宠爱中生活在龙宫一样。现在想想，那时的我真的像浦岛太郎一样幸福。人们常说当媳妇如何痛苦，我的情况则完全相反。不，或许应该说在那份痛苦来临之前，我们的关系就以一种可怕的方式破裂了。

那半年的时间我是如何度过的呢？除了快乐的感受以外，具体的细节我已经忘光了，而且那些琐事与我要说的事不太相关，我就不再显摆似的回忆那段往事了，总之门野对我的爱护是这世上任何一位丈夫都比不过的。我当然感到非常庆幸，并且陶醉其中，丝毫也没有产生怀疑，但后来想想，门野对我过分的爱护，其实隐藏着恐怖的含义。不过，我并不是说门野对我过分的爱护是我们夫妻关系破裂的根源。他只是想真心实意地努力爱护我罢了。他绝对不是存心想要欺骗我。所以他越努力，我越当真，越是由衷地依赖他，将全部身心都托付给了他。那么，他为什么会如此努力爱我呢？直

---

① 浦岛太郎：日本古代传说中的人物。此人是名渔夫，因救了龙宫中的神龟被带到龙宫，并获得龙女的款待。临别时，龙女赠送他一个宝箱，告诫他不可打开。太郎回家后，发现人间已过去好几十年，自己身边的一切都变得陌生了。好奇心作祟，他还是打开了宝箱，结果瞬间变成了一个白胡子老头。

到很久以后我才终于明白，这当中有着无比骇人的理由。

三

我察觉到"好奇怪"时，结婚刚满半年。如今想来当真可悲，当时门野为了努力爱我，想必已经精疲力竭了，而另一种诱惑乘虚而入，将他拉到了另一个世界。

男人的爱情到底是什么样的？像我这样的小姑娘是搞不懂的。很长一段时间，我都坚信门野爱我的方式胜过所有男人。然而，即使是如此深信不疑的我，没多久也察觉到门野的爱中似乎掺杂了某种虚伪的成分……

他身体的快感不过是形式上的，他的心却仿佛在追逐某种遥远的东西，让人感到莫名的冰冷空虚。在他看着我的爱抚目光的深处，还有另一道冰冷的目光凝视着远方。即使是在对我说甜言蜜语时，他的声音也无比空洞，像是机械发出的声音。但当时的我完全没有想到，他的爱情从一开始就是假的。我最多也只是怀疑那是不是他移情别恋的前兆。

疑心一旦冒头，就会像积雨云那般，以惊人的速度蔓延开来。他的一举一动，无论多么微小的细节，都化为浓厚的疑云，在我心中不断累积。他那时说的话，肯定有这样的含意；他那天不在家，到底去了哪里？这也不对劲，那也不对劲，一旦开始怀疑，就再也无法止住。就像人们常说的，仿佛脚下的地面突然消失，裂开漆黑的大洞，将我吸入深不见底的地狱。

然而，尽管我如此怀疑，却无法掌握任何确凿的证据。门野即使外出，时间也极短，而且我大抵知道他的去向。我还偷偷查看过他的日记本、信件和照片，但完全没有找到能够确认他内心想法的线索。难道只是我那肤浅的少女心思在作祟，一切都是我无端猜疑，自寻烦恼？我无数次反思自己。但是怀疑一旦产生，就无法消除，每当看到他忘记我的存在，呆呆地望着某处沉思时，我就会想，他果然有什么事情瞒着我，绝对不会有错。那么，有没有可能是这个原因？我前面提到过，门野的性格非常忧郁，自然也孤僻内向，大多数时候都关在房间看书。他说在书房看书容易走神，所以经常去后院的仓库二楼。那里收藏着许多祖传的古籍，在那个昏暗的地方，晚上他会点燃一盏旧式的纸罩灯，独自看书，这是他年轻时便养成的习惯。但我嫁过来的这半年，他似乎将这个习惯忘记了一般，再也没有去过仓库。可是，最近他又开始频繁地往仓库跑了。这件事是不是意味着什么呢？我突然间想到了这一点。

四

在仓库二楼看书虽说有些与众不同，但不是什么值得指责的事，也没有什么好大惊小怪的。我虽然这么想，但还是尽量留意门野的一举一动，还检查过他的随身物品，却没有发现任何蛛丝马迹。然而，他那徒有其表的爱情、空洞的眼神以及偶尔把我的存在忘在脑后的沉思，让我除了怀疑仓库二楼，再也没有别的办法了。而且奇怪的是，他总是在深更半夜前往仓库，有时还会确认我睡着了，才悄悄溜下床。我以为他是去解手，可他很久都不回来，到走廊一看，只见仓库的窗户透出朦胧的灯光。这屡屡让我产生一股难以形容的恐怖感。我刚嫁过来时，去那间仓库参观过一次，除此以外，就只有在换季时去过一两次。虽然门野经常窝在那里，但我根本想不到那里有什么让他疏远我的理由，所以也从来没有跟踪过他。因此，只有仓库二楼不在我的监视范围之内。但是现在，我不得不以怀疑的目光看待那里了。

我嫁过来时是春季中旬，开始怀疑丈夫不对劲恰好是中秋佳节。直到现在，我仍然觉得不可思议，那天门野面对走廊蹲坐着，沐浴在皎洁的月光下，久久地陷入沉思。我望着他的背影，不知道为什么，心口倏然一悸，那便是我起疑的契机。从此以后，我的疑心越来越重，终于不知廉耻地尾随门野进入仓库。那是秋末的事。

我们之间的缘分真是短暂啊。丈夫那令我忘乎所以的深情（我前面也说过，那绝非真正的爱情），短短半年的时间便已冷却。我就像打开宝箱的浦岛太郎，从有生以来初次经历的醉人梦境中猛然惊醒，而前方等待着我的，是张开血盆大口、充满猜疑与嫉妒的无尽地狱。

但是，起初我并不确定仓库中有鬼，只是不堪疑虑的折磨，偷窥了独自待在那里的丈夫，如果有可能，我想要消除自己的疑虑。我一边盼着能够在那里看到可以让我放心的事物，一边又对这窃贼般的行为感到恐惧。但是既然已经下定决心，事到如今又终止，总让我有些不甘心。那是一个晚上，身穿一件夹衣已经有些寒意，连一直在庭院中鸣叫不休的秋虫也安静了下来，而且刚好没有月亮，我穿着木屐走在通往仓库的路上，抬头看了一眼夜空，星星很美，给人的感觉却遥不可及。在那个格外凄冷的夜晚，我终于忍不住悄悄进入仓库，想要偷偷看看二楼的丈夫在做什么。

主屋里，公婆和仆人们早已入睡。这是一座乡下的大宅子，所以刚刚十点便已万籁俱寂。去仓库要穿过一片漆黑的草丛，一路上让人心惊胆战。而且即使是天气晴好时，这段路也十分湿滑，草丛中还有只大蛤蟆，不时呱呱、呱呱地发出惹人讨厌的叫声。我终究克服恐惧走到仓库，但那里同样一片漆黑，一股樟脑味混杂着仓库特有的阴冷霉味朝我袭来，笼罩了我的全身。若非心中燃烧着熊熊的嫉妒之火，一个十九岁的小姑娘怎么可能做到这种事？当真没有比爱情更可怕的事物了。

我在黑暗中摸索着走近二楼的楼梯，悄悄往上窥探，发现梯子顶端的吊门紧闭着，难怪这里一片漆黑。我屏住呼吸，蹑手蹑脚地一级一级爬上去，试着轻推吊门，但是门野实在太谨慎了，竟从里面锁住了门，根本推不开。只是看个书而已，又何必锁门呢？连这种小事都引起了我的怀疑。

怎么办呢？要敲门让他开门吗？不行不行，深更半夜做这种事，只会让他看穿我龌龊的心思，更加疏远我吧？可是，我又实在无法忍受继续这么不明不白下去。反正仓库远离主屋，不如干脆请他开门，今夜便将平日的怀疑向丈夫坦白，将他的心思问个明白？正当我站在吊门下犹豫不决时，发生了一件无比恐怖的事。

五

　　那天晚上，我为什么要去仓库呢？照常理来看，深更半夜，在仓库的二楼应该不会发生什么事，可我出于心中那荒谬透顶的猜疑，还是不由自主地去了那里。难道是有某种用道理无法解释的感应吗？还是俗话中的预感？在这个世界上，常常会发生一些常理无法判断的意外事件。当时，我听到二楼传来窃窃私语的声音，而且是男女两人的说话声。男方自然是门野，可那名女子到底是谁呢？

　　亲眼看到自己一直以来不肯相信的怀疑变成了明晃晃的事实，我这个涉世未深的小姑娘无比震惊。比起愤怒，我的心中更多的是恐惧，恐惧和无尽的悲伤让我想要放声大哭，但我咬紧牙关，克制住了这股冲动，整个身体都瑟瑟发抖。尽管如此，我仍然忍不住竖耳偷听楼上的说话声。

　　"继续幽会下去，我……实在对不住您的夫人。"

　　女子的声音太微弱，几乎听不清楚，听不清的地方，我只能用想象力填补，才勉强猜出她的意思。从声音推断，这名女子应该比我大三四岁，但肯定不像我这么胖，想必她身材纤细，就像泉镜花①小说中那种如梦似幻的美人。

　　"我也并不是不愧疚。"门野的声音响起，"正如我经常对你说的那样，我已经努力去爱京子了，但可悲的是我还是做不到。我多少次劝自己回头，但是始终放不下自幼相识的你。我知道自己对

---

① 泉镜花（1873—1939）：日本小说家，原名镜太郎。主要作品有《夜间巡警》《外科室》《歌行灯》等。他的作品风格浪漫怪奇，被誉为幻想文学的先驱。

不起京子，可我实在无法忍受哪天晚上见不到你。请你也体谅我内心的痛苦吧。"

门野的声音无比清晰，语调抑扬顿挫，像是在念台词，深深地刺痛我的心。

"我好高兴。您这般俊美的郎君，竟抛下那样秀外慧中的夫人，如此钟情于我，我上辈子是修了多大的福分啊。我真是太高兴了。"

紧接着，我变得极度敏锐的耳朵，听见女子依偎在门野膝头的动静。

请您想象一下我当时的心情吧。如果是现在这把年纪，我肯定会无所顾忌地敲开门，冲到两人面前，将满腹怨气发泄出来。但当时我只是个小姑娘，根本没有那样的勇气，只能紧紧攥着衣角，拼命克制住涌上心头的悲愤，痛不欲生地站在原地，连仓皇离开都做不到。

不久后，我忽然听到在地板上行走的脚步声，有人接近吊门。在这里碰上，我和他都尴尬，于是我急忙走下楼梯，离开仓库，悄悄地躲到附近的暗处。我瞪大燃烧着恨意的眼睛，想仔细瞧一瞧那女子的模样。吊门打开的声音传来，那里骤然亮了。那个单手提着纸罩灯、蹑手蹑脚下楼的人正是我的丈夫。我怒气冲冲地等着那名女子出现，他却"咔嚓"一声关上仓库大门，从躲藏着的我面前经过，直到他的木屐声逐渐远去，我也没有看到那名女子下楼。

仓库只有一扇门，虽然有窗户，但都装着铁丝网，此外应该没有其他出口。我等了半天，仓库门一直没有打开，实在是匪夷所思。最重要的是，门野不可能把他如此珍惜的女子单独留下，自己一个人离开。莫非他们打算长期私通，在仓库某处挖了密道？想到这里，我的眼前立刻浮现出一名为爱疯狂的女子，为见心上人，忘记恐惧，在漆黑的洞穴中匍匐前进的幻影，甚至仿佛能听到那窸窸窣窣的声音，我立刻害怕起来，不敢独自待在黑暗中。另外，我也担心丈夫发现我不在而起疑，于是那晚便暂且作罢，返回主屋。

六

此后，我在晚上偷偷去过许多次仓库，在那儿偷听我丈夫与那名女子的种种甜言蜜语，内心不知有多煎熬。每次我都费尽心思，想要看一眼那名女子，但都和最初的那个晚上一样，只有我丈夫门野从仓库出来，从来没有见过那女子的身影。有一次，我准备了火柴带去，在丈夫离开后偷偷爬上仓库二楼，借火柴的光四处搜索，发现那女子根本没有躲藏的时间，却凭空消失。还有一次，我趁丈夫不在，白天溜进仓库，仔仔细细地搜索了每一个角落，猜想有密道，又或是铁丝网上有破洞，但是连可供一只老鼠逃跑的缝隙都没找到。

多么匪夷所思啊。确认这件事后，我感到更多的是难以言喻的恐惧，而不是悲伤和委屈。第二天晚上，那名女子不知道是从哪里溜进仓库的，又用那娇滴滴的声音和我丈夫说甜言蜜语，然后又像幽灵般消失得无影无踪。莫非是什么人的鬼魂缠上了门野？门野天生忧郁，有些异于常人之处，气质像蛇（我对他如此神魂颠倒，或许就是这个缘故），莫非是因为这个，他才特别容易被鬼魂之类的妖魔鬼怪缠上？想到这里，连门野自己看起来也像是某种魔物，我顿时感到难以形容的诡异。干脆回娘家，一五一十地向父母坦白？还是把这件事告诉门野的父母？我太害怕，太恐惧，好几次按捺不住这种念头。但是如此不着边际的鬼故事，随意说出来肯定会遭人耻笑，反而丢人现眼。所以我极力按捺住这种冲动，一天天地拖延做决定的时间。现在想想，那时候我爱逞强的性格就已经初露端倪。

有天晚上，我突然注意到一件奇怪的事。在仓库的二楼，门野结束幽会下楼的时候，我听到啪嗒一声轻响，像是合盖的声音，然后便是咔嗒咔嗒的上锁声。仔细想来，这个响声虽然非常微弱，但我好像每天晚上都能听到。仓库二楼能发出这种声音的，只有堆放在那儿的几个衣箱。那么，那名女子会不会藏在衣箱中？活人不可能不吃不喝，也不可能那么长时间藏在无法呼吸的衣箱中。但是不知道为什么，我认定她就躲在里面。

意识到这点后，我再也按捺不住了。无论如何我都要偷出衣箱的钥匙，打开箱盖，瞧一瞧那女子的真面目，否则我无法罢休。哼，万一她反抗，无论是咬是抓，我绝不可能输给那种女人。我心中已经认定那名女子就藏在衣箱中，咬牙切齿地等待天亮。

第二天，没想到我轻而易举便从门野的文件匣中偷出了钥匙。当时我已经被气昏了头，但是对于一个十九岁的小姑娘来说，这仍然是一项难以承受的任务。在此之前，我已经连续好几晚辗转难眠，肯定脸色苍白，身体消瘦吧。好在我们的起居室离公婆的房间很远，丈夫门野也沉浸在自己的世界中，所以半个月来没人发觉我不对劲。当我拿着钥匙，偷偷溜进白天也无比昏暗、飘荡着阴冷土腥味的仓库时，那种心情该怎样形容呢？现在想来实在不可思议，我居然有那样的胆量。

不过，可能是在偷出钥匙之前，也可能是爬上仓库二楼的时候，我思绪万千的脑海中突然冒出一个滑稽的念头。虽然无关紧要，但我就顺便说一说吧。我怀疑前几天听到的那些对话，是门野自己在演独角戏。虽然这个想法很荒谬，但他会不会是为了写小说或者演话剧，才在不会有人听到的仓库二楼偷偷练习台词呢？衣箱中藏着的会不会也并不是女子，而是戏服？呵呵呵呵，我已经昏头昏脑了，我意识混乱，以至于脑子里竟突然产生了这种一厢情愿的幻想。为什么？只要想想那些甜言蜜语的内容，就知道这世上不可能有人会用那种滑稽的腔调讲那种话。

七

门野家是镇上远近闻名的世家望族，仓库二楼像古董店一样摆放着各种祖传的古董。三面墙边摆着一溜前面提到的朱漆衣箱，一个角落堆着五六只古色古香的纵长形书箱，书箱上还堆着几本放不下的黄表纸、青表纸①，书脊已经被虫蛀了，上面积了一层厚厚的灰尘。架子上还摆放着老旧的卷轴盒子、刻着家徽的大行李箱、藤条箱、古朴的陶器等物品，其中格外引人注目的是形似大木碗的漆器和漆

---

① 黄表纸、青表纸：日本传统书籍依其封面的颜色，可分黄表纸、青表纸等。黄表纸多为日本江户时代后期流行的带插图的娱乐小说，面向成人的幽默、讽刺内容居多；青表纸多为儒学经典、净琉璃剧的剧本等等。

盆，据说是用来染黑牙齿①的工具。这些物件虽然全部因为年代久远变成了红色，但上面的金漆家徽都是莳绘②。最诡异的是楼梯口摆着的两副装饰用的铠甲，犹如活人般坐在铠甲柜上，其中一副是威严的黑丝甲，另一副大概是叫绯甲，整体已经有些发黑，并且有多处开线，但从前想必是一副通红如火、威风凛凛的铠甲吧。两副铠甲都戴着头盔，还戴着铁皮面具，罩住鼻子以下的部分，看着十分骇人。这间仓库，大白天的也很阴森，盯着它们看久了，感觉护臂、胫甲马上就会动起来，伸手取下悬挂在头顶的长枪一样，吓得我差点尖叫一声落荒而逃。

虽然有淡淡的秋光透过铁丝网，从小窗户照射进来，但是窗户太小，仓库角落仍然像晚上一样暗，只有莳绘与金属物件等如同魑魅魍魉的眼睛，泛着诡异的幽光。置身其间，想起先前那番关于鬼魂的猜想，我一个女人家不知有多恐惧。我之所以能够克服恐惧，打开衣箱，大概是因为爱情的强大力量吧。

尽管不相信会有那种事，可是当我提心吊胆地打开一个个衣箱时，仍然浑身冒冷汗，险些喘不上气。然而，当我掀开箱盖，怀着看棺材一样的心情，鼓起勇气把头伸进去一看，发现跟我预期的一样，或者说正好相反，箱内尽是一些旧衣服、被褥、精美的文集等等，并没有任何可疑物品。但是，那次次都能听到的合盖声、上锁声究竟是怎么回事呢？就在我纳闷的时候，突然看见最后打开的那个衣

---

① 染黑牙齿：日本成年妇女会将铁浸泡在酒或茶水中，使其氧化制成浆液，用以染黑牙齿，中古时代公卿及武氏家族的男人也染，江户时代则成为已婚女子的标记。

② 莳绘：也称泥金画，日本独特的漆器工艺装饰技法之一。用漆画好图案后，再用金、银、锡等颗粒及色粉涂在上面以表现图案。

箱中叠放着几个白木盒，表面以雅致的御家流^①书法写着"公主""五人乐队^②""三人杂役^③"等字，是装女儿节^④人偶的盒子。或许是因为我已经确认仓库内没有可疑之物，提着的心稍微放了下来，这种情况下，我出于女人家的好奇心，竟突然产生打开箱子瞧一瞧的念头。

我将人偶一个接一个取出来，这个是公主，这个是左边的樱花树^⑤，这个是右边的橘树^⑥。看着看着，感觉这些物件除了樟脑的味道，还散发出古色古香的怀旧气息，昔日人偶那细腻的肌肤纹理，不知不觉间将我带入梦幻的世界。我痴痴地望着这些人偶，很久才回过神来，突然发现衣箱的一侧放着个与众不同的、超过三尺的长方形白木箱，看起来是一件非常贵重的物品。箱子上同样以御家流书法写着"拜领"两个字。这是什么？我轻轻取出箱子，打开一瞧，顿时心口一震，不由得扭过脸去。大概这就是所谓的灵感吧，那一瞬间，我这些日子以来的所有困惑都解开了。

---

① 御家流：日本书法流派之一，由尊圆法亲王创始的尊圆流发展而来。

② 五人乐队：日本女儿节人偶中的五名乐手，分别为唱师、横笛手、小鼓手、大鼓手、太鼓手。

③ 三人杂役：日本女儿节人偶中的三名杂役，分别做出怒、哭、笑的表情。

④ 女儿节：三月三日为日本女儿节，又称人偶节，家里有女孩的家庭会摆放"人偶"，饱含对女儿的美好祝愿。

⑤ 左边的樱花树：日本皇宫紫宸殿正面台阶左侧栽种的樱花，和下文的橘树均为女儿节人偶的饰品。

⑥ 右边的橘树：日本皇宫紫宸殿正面台阶右侧栽种的橘树。

八

如果说让我如此震惊的只是一个人偶，您或许会笑话我大惊小怪。但是，那是因为您不了解真正的人偶，没见识过昔日的人偶名匠呕心沥血制作的艺术品。请问您可曾在博物馆的角落邂逅古老的人偶，为它栩栩如生的模样感到难以言喻的战栗？当那是女孩或稚儿人偶时，您可曾为它那超凡脱俗、如梦似幻的魅力惊叹不已？您可知那些御土产人偶①有多巧夺天工？或者您可知道过去男风盛行时，某些好色之徒会让人制作与相好的男妓肖似的人偶，日夜爱抚的奇事？不，就算不说那么久远的事情，如果您了解与文乐②的净琉璃人偶有关的神秘传说，或者近代名匠安本龟八的活人偶，我想您便能理解当时我为什么看到区区一个人偶就那般惊讶了。

后来，我偷偷向门野的父亲打听，才得知在衣箱中发现的人偶是主公赏赐的物品，据说是安政③时期的人偶名匠立木制作的，俗称京人偶④，但实际上似乎是叫浮世人偶⑤。身长三尺多，十来岁孩童大小，手脚完整，头上梳着传统的岛田髻⑥，身穿传统染法的大花纹

---

① 御土产人偶：京都制作的幼儿人偶，在皮肤上涂胡粉使皮肤变白，头很大，可以给人偶换衣服，是江户时代的大名或其家臣从京都归国时作为礼物带回的，故名"御土产（礼物）人偶"，又称御所人偶。

② 文乐：日本专业的傀儡戏，又叫作木偶净琉璃。

③ 安政：日本的年号，1854 年到 1860 年。

④ 京人偶：日本京都制作的人偶的总称。

⑤ 浮世人偶：日本元禄时期流行的模仿少男少女的人偶。

⑥ 岛田髻：日本妇女发型之一，主要为未婚女子梳整。

友禅①和服。我也是后来听说的，这似乎是人偶名匠立木的独特风格。尽管是古代制作的，但意外的是，这名女性人偶的面容却颇为现代。鲜红饱满的嘴唇仿佛在渴求着什么，两颊丰满，双眼皮的大眼睛仿佛会说话，弯弯的浓眉带着笑意。最让人惊叹的是她的耳朵，如同被白绸包裹的红棉般透着薄绯，有一种迷人的魅力。那张艳丽而充满情欲的脸，因年代久远有几分褪色，嘴唇之外的其他部位都格外苍白。也许是长时间把玩沾染上了手垢，它光滑的肌肤黏糊糊的，反而愈发娇艳动人。

我在阴暗且飘荡着樟脑味的仓库中见到这具人偶时，它丰满美丽的胸脯仿佛在随着呼吸起伏，嘴唇也似张未张，那栩栩如生的模样令我不禁浑身战栗。

啊，怎么会有这种事？我的丈夫竟然爱上了一具没有生命、冷冰冰的人偶。看到这具人偶不可名状的魅力后，已经没有其他答案。丈夫孤僻的性格、仓库中的甜言蜜语、合盖关箱的声音、从不现身的女子，种种迹象都指向一个结论，那名女子便是这具人偶。

这是我后来向两三个人打听后总结出来的，我推测门野生来就有喜欢幻想的怪癖，在爱上人类女子之前，因为偶然的契机发现了衣箱中的人偶，被其强烈的魅力俘获。从一开始，他就不是在仓库看书。有人告诉我，自古以来人类爱上人偶或者佛像的事例就不在少数。不幸的是，我的丈夫便是这种男子。更加不幸的是，丈夫家中恰好收藏着稀世的人偶名作。

---

① 友禅：也称友禅染，指友禅印花，是一种染色花纹的样式及其技法。在丝绸等上面用写实的手法染出色彩绚丽的山水、花鸟等图案。

这是场非人之恋，也是不属于这个人世的恋情。陷入这种恋情中的人，一方面沉醉在正常人无法想象的像噩梦又像童话的奇妙欢愉中，另一方面又时时刻刻承受着罪恶感的折磨，苦苦挣扎着想要逃离这个地狱。门野娶我，拼命地爱我，都只是他徒劳的挣扎罢了。如此想来，那句夹杂在甜言蜜语中的"对不起京子"的意思，也就不言而喻了。毋庸置疑，那个女声也是丈夫为了人偶在模仿女人的声音。啊，我的命为什么会这么苦？

九

至于我要忏悔的事，其实与接下来的这件可怕事情有关。说了这么久无聊的话，竟然还有下文，想必您已经不耐烦了吧？不过，您不必担心，我会只挑重点，很快讲完。

您不要惊慌，我要说的可怕事情，实际上就是我犯下的杀人罪。如此罪大恶极的人为什么可以逍遥法外，过着平静的生活呢？那是因为我并没有亲自动手杀人，而是间接害死了对方。所以就算我当时供认一切，也不至于被定罪。但是，虽然我没有受到法律上的惩罚，可我的确是将他逼上绝路的凶手。只是我这个浅薄的小姑娘，被一时的恐惧吓到了，最终没有说出真相。我怀着深深的愧疚，至今没有睡过一个安稳觉。如今像这样对您忏悔，也算是对先夫的一种赎罪吧。

但是，当时的我应该是被爱情蒙蔽了双眼吧。我的情敌不是活人，

189

而是一具冷冰冰的人偶，就算是名作，终究是没有生命的泥偶，可我居然会输给那种东西，我实在是太愤懑了。而比起愤懑，更多的是对丈夫的下流行径感到不齿，又觉得要是没有那具人偶，他肯定不会变成现在这种样子，最后甚至恨上了那位名叫立木的人偶师傅。好，我倒要看看，如果我把那人偶娇艳的脸蛋砸烂，扯断她的手脚，门野要怎么继续这场没有对象的恋情。想到这里，我一刻也不再犹豫。当天晚上，慎重起见，我再次确认了丈夫和人偶幽会，第二天一早就冲到仓库二楼，把人偶大卸八块后，又砸得面目全非。之后只要留意丈夫的神色，就能验证我的猜测是否正确，尽管我知道不可能有错。

看到人偶如同被车轮碾死一般身首分离，变成一具与昨日截然不同的丑陋尸骸，我终于出了胸中的一口恶气。

十

那天晚上，一无所知的门野又在确认我睡着后，提着纸罩灯消失在走廊外的黑暗中。不用说，他又赶去与人偶幽会了。我假装睡着，静静地目送他的背影远去，有些痛快，又有些莫名的悲伤，心里五味杂陈。

当他发现人偶的尸骸时，会是什么样的反应呢？是会为那畸形的恋情而感到羞耻，默默地收拾人偶的残骸，装作若无其事？还是会找出凶手，怒斥对方？若他气急之下打我或者骂我，我不知会有多开心。因为如果门野生气，那就意味着他并不爱那具人偶。我心神不定地竖起耳朵，凝神倾听仓库那边的动静。

不知道等了多久，丈夫始终没有回来。既然看到被破坏的人偶，他在仓库里应该没有别的事要做了。可是，已经过了他平日回房的时间，他为什么还不回来？难道说他幽会的对象并非人偶，而是活人吗？一想到这里，我再也按捺不住，立刻跳下床，提着另一盏纸罩灯，穿过漆黑的草丛奔向仓库。

我爬上仓库的梯子，发现吊门居然是敞开的，上面的纸罩灯还亮着，红褐色的光朦朦胧胧地倾泻到楼梯下方。我心里突然生出不祥的预感，慌忙爬上去，口中大声呼喊着"老爷"，举起纸罩灯一瞧，啊啊，我那不祥的预感成真了。我的丈夫和人偶相拥倒在血泊中，旁边躺着一把沾满鲜血的家传名刀。人类与泥偶殉情的这一幕，非但不滑稽，反而莫名的庄严肃穆，令我心脏骤然缩紧。我发不出声音，也流不出眼泪，只是茫然地伫立在原地。

仔细一看，人偶被我砸烂半边的唇畔挂着一条血痕，仿佛是它自己吐出的血沫，滴落在抱着它的头的丈夫手臂上，脸上还挂着一抹濒死前的诡异笑容。

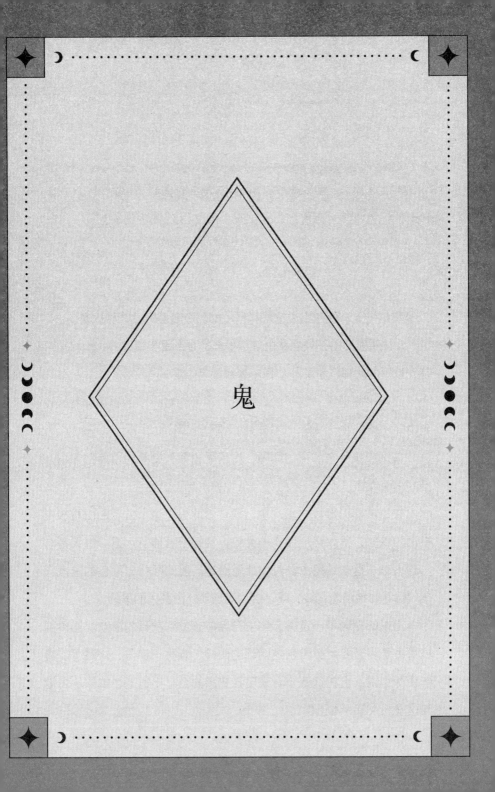

鬼

断臂

那年夏天，侦探小说家殿村昌一回到故乡长野县 S 村探亲。

S 村四面环山，只靠梯田维持生计，是个贫穷荒凉的小山村。可是，这里的阴郁气氛却让侦探小说家颇为中意。

比起平原地区，这里的白天只有半天左右。早上晨雾弥漫，直到中午才能见着点阳光，但转眼间太阳就已落山。

在锯齿状分布的梯田间隙，有着无论如何勤勉的百姓都无力开垦的幽深森林，千年巨木张牙舞爪地伸出黝黑的触手。

在层层梯田形成的土沟中，横亘着两根与这个古老的山村极不搭调的铁轨，犹如奇形怪状的大蛇，蜿蜒着延伸至远方。每天都有八趟火车从这条铁路上驶过，伴随着地震般的呼啸，黑色的蒸汽火车气喘吁吁地爬着斜坡，噗、噗、噗地喷吐出骇人的黑烟。

山里的夏天早已过去，早上已经能感觉到秋日的凉意。必须回城里去了。又要短暂告别这阴郁的山岭、森林、梯田、铁路了。青年侦探小说家走在这两个月来已经熟悉的乡村小道上，依依不舍地与这里的一草一木道别。

"你一走我又要寂寞了。你什么时候走啊？"

一起散步的大宅幸吉在身后问道。幸吉是本村首富大宅村长的儿子。

"明天或后天，反正待不了几天了。虽然也没什么人等我，但毕竟还有工作嘛。"

殿村一边用山竹拐杖无聊地扒拉着被朝露打湿的杂草，一边回答。

小道沿着铁路的路堤，穿过梯田边缘和幽暗的森林，远远地伸向村外隧道旁的看守人小屋。

那是从五里外的繁华高原城市 N 市驶出的火车，进入山区时通过的第一条隧道。从此处开始，火车会逐渐驶入深山，前方还有好几个隧道口。

殿村和大宅平时经常散步到隧道口，与看守人小屋的仁兵卫大叔聊聊天，或者往漆黑的隧道里走五六间远，吼上一嗓子，再晃悠回村里。

看守人小屋的仁兵卫大叔二十来年都没换过工作，耳闻目睹过各种可怕的铁路事故。比如：蒸汽火车的大车轮上黏着被轧死者血糊糊的肉片，怎么洗都洗不掉；死者的身体已经被碾得四分五裂，断肢却还在痛苦地抽搐；有人在长长的隧道中，遇见了被轧死者的怨灵；等等。除此以外，大叔的肚子里还储备着无数恐怖的铁路奇谈。

"听说你昨天晚上去 N 市啦，回来得很晚吗？"

不知道为什么，殿村的语气带有一些顾虑。小道钻进了昏暗的深林中。

"嗯，有点儿……"

大宅像是被戳到了痛处，有些惊慌，但还是强装镇定。

"昨晚十二点之前，我一直在听你母亲念叨，她很担心你啊。"

"嗯，没有汽车了，我是走着回来的。"

大宅辩解似的答道。

N市和S村之间仅有一辆公交车在运行，一过晚上十点司机就下班了，N市只是个山区的小城市，出租车一共只有四五辆，如果全部出车的话，就没有别的交通工具了。

"怪不得你气色不太好，没睡好吧？"

"嗯，不，倒也不至于。"

大宅用手掌搓着异常苍白的脸颊，像是掩饰难为情一样地笑了。

殿村大概知道些情况。大宅厌恶自己的未婚妻——同村有名的大财主家的千金，一直在与住在N市的地下情人幽会。用大宅母亲的话来说，这个情人是个"来历不明的外乡人生的臭丫头"。

"你还是让你母亲放心一下吧！"

殿村生怕会伤害到对方的自尊心，小心翼翼地给了一句忠告，就当是临别赠言了。

"嗯，我知道。不过，你就别瞎替我操心了，我自己捅的娄子自己会收拾。"

大宅并不领情，语气非常不快，殿村便不再说话。

二人在昏暗潮湿的森林中默默前行。

前方隐约可以看到铁路，说明这片森林不算深，但是铁路另一头通往深不可测的群山，周围伫立的大树都是一两个人才能环抱的老树，因此感觉像是置身于大森林中。

“喂，等等！”

走在前面的殿村突然发出一声惊叫，拦住了大宅。

“有不好的东西。回去，我们赶紧回去。”

殿村极度惊恐，即使是在昏暗的森林中，也能看出他的脸色已经变得铁青。

“怎么了？有什么东西啊？”

大宅也被对方非比寻常的样子吓到，仓皇反问。

“那个，你看那个！”

殿村作势要逃，指着前方五六间远处的大树根部。

猛然看过去，在那巨大的树干后面，有一头神秘的怪物正在窥视他们。

狼？不，就算是山区，这里也不可能有狼出没。肯定是山里的野狗。可是，它的嘴是怎么回事？嘴唇上、舌头上乃至雪白的獠牙上，都沾着鲜血，闪烁着凛凛寒光。全身的褐色兽毛上都是黑色的血斑。脸部也血淋淋的，闪烁着鬼火般的圆眼睛死死盯着这边，血珠还在沿着它的下颚往下滴落。

“是山里的野狗。肯定是吃了鼹鼠什么的！最好别跑，跑了反而更危险。”

大宅到底是山里人，已经对野狗见怪不怪了。

“嘬、嘬、嘬。”

他一边咂嘴，一边朝怪物靠近。

“嘿，这只狗我认得啊。它经常在这一带转悠，挺温顺的。”

狗儿似乎也认出了大宅。过了会儿，浑身是血的野狗慢吞吞地从树荫后走出来，在大宅脚上嗅了一会儿，转身跑进了森林深处。

"可是，就算吃了鼹鼠，也不会搞得浑身是血啊。真怪。"

殿村仍旧脸色铁青。

"哈哈哈……你胆子也太小了！在这种地方，怎么可能有吃人的猛兽嘛！"

大宅笑着让他不要说傻话，但没多久他就发现事情没那么简单。

两人走出森林后，沿着杂草丛生的小道往前走，草丛中突然又钻出一只浑身是血的大狗，大概是被人吓到了，一溜烟儿地跑远了。

"喂，这只跟刚刚那只毛色不一样啊！这个村子的狗怎么全在吃鼹鼠啊？太奇怪了！"

殿村扒开野狗出现的草丛，想看看里面是不是躺着什么大型动物的尸骸，但是战战兢兢地找了一圈，并没有找到任何能够成为猛犬美餐的东西。

"感觉有点可怕，咱们回去吧。"

"嗯，不过，你看那儿。又来了一只。"

大约百米开外的草丛里，又出现了一只毛色不同的野狗，沿着铁路的路堤缓缓走来。它的身形在杂草丛中若隐若现，无法看清全身，看上去是一头体形庞大的动物，或者是野狗之外的其他生物，恐怖至极。

小道早已离村子很远，周围是杳无人迹的山野，狭窄草地两侧的森林黑压压的，两条刀刃般闪着寒光的铁轨通往遥远的隧道口，四周昏暗寂静，宛若梦中的场景。草丛中的妖犬正窸窸窣窣地朝他们靠近。

"喂，那家伙嘴里叼着什么呢？血糊糊的、白色的东西。"

"嗯，是叼着呢，是什么啊？"

两人停下脚步，定睛望去，随着野狗走近，叼在它嘴里的东西也逐渐清晰起来。

好像是根白萝卜。但是，如果是白萝卜，颜色又有些不对劲。那东西像铅一样青白，说不上来是什么颜色。啊，前面还有几个分叉。有长着五根手指的白萝卜吗？是手！原来是人类的断臂！那是一条铅灰色的人类断臂，还维持着垂死挣扎时的状态。从肘关节处被咬断，断面还黏着红色棉絮一样的肉块。

"啊，你这畜生！"

大宅一边大喊一边捡起小石块，猛地砸了过去。

"汪！汪！"那只食人犬发出哀嚎，箭也似的落荒而逃。看来是被小石块砸中了。

无面尸

"果然没错，就是人类的手臂。从手指的形状来看，好像是个年轻女子。"

大宅走近妖犬丢下的东西，提心吊胆地观察了一番，如此下了判断。

"是不是谁家的女儿被咬死了？还是饿极了的野狗刨了坟？"

"不会，村里最近应该没有年轻女子去世。不过，野狗应该不会把人活活咬死，这种事太荒谬了。喂，阿昌，你说得果然没错，这事儿有点蹊跷啊。"

就连大宅神色也变了。

"你刚刚也看到了。猎杀鼹鼠之类的，不可能搞得浑身是血啊。"

"总之，我们先调查一下吧。既然有一条手臂，身体的其他部位肯定还在附近。咱们过去看看吧。"

两人极度紧张，感觉自己仿佛变成了侦探小说中的人物，匆匆朝刚刚妖犬出现的方向追过去。

黑洞洞的隧道口宛如怪物的血盆大口，越来越近了。能看见仁兵卫大叔正在看守人小屋中编织东西贴补家用。

仔细一看，距离看守人小屋不到半町的地方，在紧挨着铁路路堤的一片格外深的草丛中，有三根或黑或白的牛蒡模样的东西正在生龙活虎地晃动着。这光景当真是诡异极了，过了一会儿，虽然看不清草里的身躯，但他们总算发现，那三根牛蒡原来是埋头享用美餐的三只野狗的尾巴。

"就是那边！那边有什么东西！"

大宅像刚才那样，先扔了两三颗小石子过去，三只野狗从草丛中齐刷刷地抬起头来。六只猩红的眼睛瞪过来，血水从它们呲着獠牙的血盆大口中滴落。

"畜生，畜生！"

见到那可怖的模样，两人都吓了一跳，又捡起小石子丢过去。野狗们招架不住，终于恋恋不舍地逃之夭夭。

两人急忙跑上前去，拨开草丛一看，发现一具血淋淋的尸体倒在湿漉漉的草地上，黑发凌乱，艳丽的铭仙绸和服前襟敞开着。

只消一眼，就知道这具尸体被六只大狗啃食过，看起来刚死不久，肋骨裸露，内脏被拽出，脸部一片血肉模糊，玻璃珠大小的眼珠子瞪着虚空。

殿村和大宅有生以来从未见过如此荒唐诡异、恐怖骇人的场景。

从没有被狗牙撕咬过的皮肤来看，死者体态丰腴，可见并不是病人。除了刚刚被野狗叼走的那条手臂，躯干和其他肢体都在，由此可见也不是被火车轧死的。这么说，是六只野狗把一名健康的女子活活咬死了吗？不不不，这不可能。如果一个人被活活咬死，肯定会闹出很大动静，旁边看守人小屋里的仁兵卫大叔不可能听不到，他听见惨叫声后不可能不跑出来救人。

"你怎么看？这名女子应该不是被野狗活活咬死的，而是遇害后被野狗当成了美餐吧？"

大宅幸吉沉吟良久，才开口说话。

"当然是这样，我正想这么说呢。"

青年侦探作家答道。

"也就是说……"

"也就是说，这是一桩可怕的谋杀案。有人杀了这名女子，比如毒死或者勒死等，然后把她搬到这个荒无人烟的地方，悄悄地弃尸在草丛中。"

"嗯，好像只能这么想了。"

"看她的穿着挺像乡下人的，估计是附近的村民吧。这个村子连车站都没有，旅客应该不会误闯到这儿来。你见过这名女子吗？我觉得她八成是S村的村民。"殿村问道。

"你问我见没见过，这也没法看啊。脸都没了，已经是一个红色的肉块了。"

这话倒也没错，虽然头部还在，但是名为脸的部位已经不见了，看起来像是一个红秃头。

"我是问你和服和腰带之类的。"

"嗯，好像没见过，我一向对女人的衣服不太注意。"

"好吧，那我们先去问问仁兵卫大叔吧。他离得这么近，但是好像什么都没注意到呢。"

于是，两人跑到隧道口的看守人小屋，叫出挥旗人仁兵卫，把他拖到现场。

"哇！这是怎么了？太残忍了……南无阿弥陀佛，南无阿弥陀佛。"

大叔一看到那摊红色尸块，就吓得魂飞魄散，惊叫出来。

"这名女子在被野狗啃食前就被人杀死了。凶手杀死她后又将她扛到这里抛尸。大叔，你想到什么怪事没？"

大宅如此询问，大叔歪着头思考了一会儿。

"我什么都不知道啊。要是知道的话，就不会让野狗啃尸体了。哎呀，小少爷，这肯定是昨天夜里发生的事儿！因为我昨天在这附近走了好几趟呢。傍晚的时候丢了点东西，对了，正好是在这附近丢的，我找了好几圈呢。要是有这么大一具尸体，我不可能看不到。这肯定是昨天半夜发生的事！"

他斩钉截铁地说道。

"你说得很有可能。就算这里人迹罕至，那么多只野狗聚集在这里，你不可能一整天都没有发现。对了，大叔，你见过这身和服吗？我觉得可能是村里的姑娘。"

"我看看，要说会穿这种绸缎和服的姑娘，村里只有四五个吧……啊，对了，问问我家的阿花吧，好歹是个年轻丫头，肯定会留意同龄女孩穿的和服，说不定会有印象。喂，阿花啊……"

听到大叔的吼声，少女阿花很快从看守人小屋中跑了出来。

"什么事啊，爸爸？"

少女一看到草丛里的尸体，就尖叫着想跑，但是被她父亲拽住了。她只好战战兢兢地看向和服的下摆，立刻判断出和服的主人。

"哎呀，这个花纹，是山北鹤子小姐的衣服呀。村里只有鹤子小姐有这个花纹的和服。"

听到这句话，大宅幸吉的脸色瞬间变了。这也是人之常情，这位山北鹤子正是被大宅厌恶至极、从小与他订下婚约的未婚妻。恰好在两家因为结婚问题争执不下的节骨眼上，鹤子以如此惨烈的方式离奇死亡，大宅会脸色发青也不足为奇。

"可别搞错了啊，你想好了再说。"

经仁兵卫提醒，少女逐渐壮起胆子，仔细将整具尸体观察了一遍，斩钉截铁地说：

"肯定是鹤子小姐。这条腰带我见过，掉在那边的镶嵌着玉石的发夹，也只有鹤子小姐才有。"

不在场证明

　　根据阿花的证词，众人得知惨死者乃是富农山北家的千金，于是赶紧遣人去山北家报信，自行车风驰电掣地奔向派出所，报警电话的尖锐铃声也在警署中响起。家家户户都有人神情紧张地赶到现场，没多久，坐满警员的警车也从总署赶了过来，现场乱作一团。

　　警方对现场进行过缜密的勘查之后，将尸体运到 N 市的医院进行解剖。为了向相关人员进行侦讯，作为临时措施，警方破例借用了村小学的接待室。于是，鹤子父母山北夫妇、山北家的仆人、发现尸体的大宅与殿村、仁兵卫大叔和女儿阿花等人，相继被传唤进去问话。

　　虽然侦讯花费了很长时间，但除了被害者鹤子的母亲提交的一封书信，警方并没有问出任何有用的线索。

　　"我在女儿抽屉里的信件中发现了这个，摆在最上面，像是刚刚放进去的，肯定是她出门前刚刚收到的，是男人约她出去见面的信。"

　　母亲说着，递来一封没有贴邮票的信。

　　"这是请人送过来的吧？您有没有找仆人问过，是谁把这封信交给您女儿的？"

　　预审法官国枝亲切地问道。

　　"有，我已经一个个问过他们了。奇怪的是，他们都说自己不知道这回事。说不定是我女儿出门的时候，那个人亲手交给她的。"

"嗯，也有可能。对了，您对写这封信的人有什么头绪吗？"

"没有。做父母的这么说可能有点不妥，但我女儿绝不可能做出那种伤风败俗的事情，跟写这封信的男人也绝不可能是旧相识，她肯定是被对方的花言巧语给骗出去的。"

这封约会信的内容非常简单，如下所示：

> 今晚七点，我在神社的石灯笼旁等你。请一定要来。不要告诉任何人。我有非常非常重要的事情要跟你说。
>
> K

"您对这个笔迹有印象吗？"

"完全没印象。"

"听说鹤子小姐跟大宅村长的儿子幸吉订过婚，对吗？"

国枝法官若无其事地刺探道。因为寄信人 K 和幸吉的日语读音的首字母一致。如果信是从未婚夫那里收到的，鹤子立刻前去赴约也在情理之中。

"是的，我们也这么怀疑过，所以刚刚问了一下阿幸。但是他说：'叫她出去的人不可能是我，因为我当时在 N 市……最重要的是，伯母您也知道，我写不出那么难看的字。更何况，如果我想见鹤子小姐，根本不必大费周章地写信约她，大可以直接去找她啊。'法官大人，我在想，会不会是哪个坏人假装阿幸，把鹤子给骗出去的？"

法官和被害者母亲之间的问答就这么多，没有更多进展。国枝觉得有必要把最早讯问过的大宅幸吉再次叫进侦讯室，旁边的警察署长等人也表示同意。

大宅幸吉看完那封约会信后，说辞跟刚刚鹤子母亲的回答大体相同。

"听说你昨晚去了 N 市，这是明确的不在场证明。那么，你在 N 市见过什么人吧？我并不是怀疑你啊，只是事关重大，按照程序我们必须找你见过的人问话。"

预审法官若无其事地问道。

"我没见过什么人，也没跟谁说过话。"

幸吉苦着脸说道。

"那么，你是去买东西的喽？如果是的话，店长或者老板说不定记得你。"

"不，我也不是去买东西，只是想去城里走走，在 N 市的中心大街上逛了逛就回来了。要说买了什么东西，也就是在路过的香烟店买了包金蝠烟①。"

"哦，这就麻烦了。"

国枝用怀疑的目光盯着对方的脸，思考了一会儿后，突然想起来什么似的，中气十足地说："算了，这些都无所谓。你应该坐了往返 N 市的公交车吧？司机肯定见过你，只要找司机问问就好了。"

法官松了口气似的说道，不料幸吉脸上却浮现出狼狈之色，脸色苍白，连话都说不出来了。

法官唇畔浮现出一抹古怪的微笑，眼神却锐利得仿佛要刺穿对

---

① 金蝠烟：金蝙蝠牌香烟，日本历史最久的香烟品牌。

方的心脏，他静静地观察着幸吉的表情。

"是巧合，真是可怕的巧合。"

幸吉嘴里嘟囔着奇怪的话，求救般望向站在国枝预审法官身后的人。

幸吉的好友兼侦探小说家殿村昌一伫立在那里，脸上挂着怜悯的表情。他之所以出现在这里，而且是站在侦讯人员那侧，是因为昌一和国枝预审法官是高中时代的同学，现在也是维持书信往来的朋友。作者为了不影响故事进度，故意省略了这两人邂逅的场面。

因为这层关系，有殿村在场，法官更好开展侦讯工作；对于侦探作家殿村而言，这也是一个观摩现实罪案的好机会。他作为案件的证人，也接受了预审法官朋友的问话，但是结束后并未离席，而是在众人的默许下留在了现场。

言归正传，刚刚大宅幸吉被问到往返 N 市的汽车后脸色骤变，还嘟囔了一些奇怪的话。听见那些话，殿村猛然意识到一件事。他大抵猜到了幸吉左右为难的原因。昨晚他一定是去见了住在 N 市的情人。幸吉为了隐瞒这件事，甚至打算牺牲自己的不在场证明。

"你该不会没有坐公交车吧？"

国枝觉得他的犹豫非常可疑，便带着嘲讽的口吻催促道。

"我的确没有坐。"幸吉痛苦地说完，整张脸莫名涨得通红。原本苍白的脸上突然泛起潮红，让在场众人吃了一惊。

"或许我的话听起来像是在撒谎，但我说的都是真的。昨晚我碰巧没有坐上公交车。我走到村子的车站时，开往 N 市的最后一班公交车刚刚开走，也没有别的车了，我只好走着过去。步行不同于搭车，要是抄近道的话，只有一里^①半左右的路程。"

"你刚刚说，你去 N 市没有任何目的，只是想去热闹的城里散散步。没有任何目的，就算只有一里半的路程，有必要特意走着去 N 市吗？"

法官的逼问越来越有压迫感了。

"是的，因为对于我们乡下人来说，一二里的路程根本算不了什么。很多村民去 N 市办事，都会为了省车费走着过去。"

可是，幸吉是村长家的少爷，看上去也不像是能轻轻松松走一二里路的体格。

"那回来的时候呢？该不会往返都是走路吧？"

"回来也是走路。毕竟很晚了，已经没有公交车了，本来想坐出租车回来，但不巧都出车了，索性走了回来。"

读者已经通过幸吉和殿村在早上发现鹤子的尸体之前的对话知道这件事了。

"嗯，这么说来，你的不在场证明就彻底没有了。凶手作案的那天晚上，没有任何证据可以证明你不在 S 村啊。"

法官的态度越来越冰冷了。

"连我自己都觉得奇怪。至少在往返的路上碰到个认识的人也好啊，可偏偏没有碰到。"幸吉像是在抱怨自己不走运，"但是，你们应该不会因为我没有不在场证明，就凭那封伪造信怀疑我吧，

---

① 里：日本传统尺贯法的距离单位，1 里约 3.93 千米。

哈哈哈……"

他看起来很不安，手足无措地强颜欢笑。

"你说那封信是伪造的，可是没有任何证据显示它是假的。"法官冷淡地反驳道，"虽然跟你的字迹不像，但字体是可以故意改变的。"

"太可笑了，我何必改变字体呢？"

"不，我并没有说你改变了字体，只是说字体是可以改变的……好吧，你可以走了。不过，请你回家后尽量不要外出，说不定还有事情要问你。"

幸吉离开后，国枝和警察署长交头接耳了一阵。没多久，一名便衣刑警在署长的命令下离开房间，不知道去了哪里。

稻草人

"殿村兄，今天到这里就告一段落了。办案跟小说不一样，一点也没意思吧？"

闲下来的国枝预审法官将昔日校友兼侦探小说家叫到走廊说道。

"告一段落？你这么说是打算赶我走吗？哪里告一段落了，这不是才刚刚开始吗？"

"哈哈哈……不，我不是这个意思，今天已经没有什么要调查的了。明天解剖结果才出来，一切都得拿到结果之后再说。我在 N 市订了旅馆，这几天就从那儿来村子。"

"你真热心啊。办什么案子都这样吗？交给署长不就得了？"

"嗯，但我觉得这个案子挺有意思的，准备稍微跟进一下。"

"你好像在怀疑大宅兄……"

殿村为了朋友，试探了一下法官的想法。

"不，我并不是怀疑他。正如你经常在小说中写的那样，主观臆断是非常危险的。若说怀疑，倒不如说我怀疑所有人，可能连你也怀疑。"

法官开玩笑似的说着，拍了拍殿村的肩膀。

"你现在要是有空的话，我有东西想给你看。要不要一起去隧道旁边的看守人小屋走走？"

殿村没理会对方的玩笑，说出了刚刚就想说的话。

"是仁兵卫大叔的看守人小屋吗？那里有什么？"

"稻草人。"

"什么？"

国枝吓了一跳，望着殿村一本正经的脸。

"在勘查现场时，我就对你说过这件事，但是你没放在心上，还说稻草人啥的回头再说。"

"是这样吗？我倒是一点儿也不记得了。好吧，那个稻草人怎么了？"

"你就别问这么多了，跟我过去看看就知道了，说不定会成为解决这个案子的关键呢。"

国枝并不想理会这个古怪至极的要求，但是也没有理由拒绝殿村的热情劝说。他一边嘟囔着"小说家就是这点烦人"，一边跟在殿村身后走出了小学校门。

两人抵达看守人小屋后，刚刚从小学回来的仁兵卫父女以为又要接受调查，诚惶诚恐地将他们迎进屋里。

"大叔，我想让他看看刚刚的那个稻草人。"

殿村说完，仁兵卫大叔纳闷地说着"啊，那个啊"，把他们带到后面的小储物间。

打开嘎吱作响的板门后，只见在堆满柴火和木炭的昏暗储物间的角落，威风凛凛地立着一个真人大小的稻草人。

"什么嘛，这不就是个普通的稻草人嘛。"

国枝失望地说道。

"不，这可不是普通的稻草人。哪有这么精致的稻草人啊？还挺重的呢，应该是个诅咒人偶。"

殿村非常严肃地说道。

"那么，这个稻草人跟这次的杀人案有什么关联呢？"

"我也不知道有什么关联，但能够确定不会毫无关联……大叔，能请您再跟他讲一遍发现这个人偶时的情况吗？"

于是，仁兵卫大叔对预审法官欠了欠身，打开了话匣子：

"正好是五天前的早上，我去村里办事，路过那个'大拐弯'……哦，就是发现鹤子小姐尸体的铁轨拐弯处，我们都把那儿叫'大拐弯'。路过那里的时候，我看见这个稻草人，就躺在铁轨旁边的草地上。"

"正好是鹤子小姐的尸体附近吧？"

殿村插嘴道。

"是的。不过，鹤子小姐的尸体倒在铁路路堤的正下方，而这个稻草人倒在距离铁路十间多远的草地上。"

"胸前还插着东西，对吧？"

"是的，就是这里。稻草人的胸膛位置，插着一把这样的小刀。"

大叔走进小屋，将稻草人抱了出来。仔细一看，胸膛附近的稻草果然被扎得乱七八糟，有把白色刀柄的小短刀插在那儿，仿佛要把心脏挖出来。

"这是个诅咒人偶……而且，碰巧在杀人案的四天前，被扔在现场附近，这难道没有什么特殊含义吗？"

"嗯，原来如此。"

就连国枝也不能忽略这两起杀人案（人偶和人类）之间不可思议的一致性。不，更加不能忽略的是，心脏被挖出的稻草人的尸体给人一种说不上来的诡异、令人不寒而栗的感觉。

"接着呢，你是怎么做的？"

"哦，我以为是村里小孩的恶作剧，就没怎么放在心上，打算把它当成柴火烧，就先收到这间小屋里了。短刀也忘记拔了，一直在上面插着。"

"所以，这个稻草人的事情，你没有对任何人说过？"

"是的，我实在没想到它会成为这个案子的前兆。啊，对了对了，只有一个人见过它。不是别人，正是山北鹤子小姐。碰巧是在我捡到稻草人的第二天，她突然来看守人小屋玩，我闺女对她说起这件事，她就说让她看看，我闺女便打开小屋让她看了一眼。这可真是孽缘啊，大小姐恐怕也没想到自己会遭遇和这个人偶同样的厄运吧。"

"哦，鹤子小姐来过你家……她经常过来玩吗？"

"不，她很少来。那天她说有东西想送给我闺女阿花，就拿着东西过来了，距离上次来隔了挺久的。"

问完话后，国枝说稍后会让警员把稻草人取走，交代大叔好好保管，然后就离开了看守人小屋。

"只是个巧合吧。就像大叔说的那样，估计是村里小孩的恶作剧。凶手在实际杀人之前，先用稻草人做实验本来就很荒谬，还把人偶丢在同一个地方，实在是太愚蠢了。"

务实的预审法官，对于喜欢故弄玄虚的侦探小说家的意见无法苟同。

"你要是这样想的话，确实看不出来它跟本案有什么关联。但是也不能说没有另外的思路。我觉得自己好像有点明白了。尤其是鹤子小姐为什么要来看稻草人，这一点非常有趣。"

"她不是特意来看的吧？"

"不，或许就是特意来看的。从大叔的语气判断，鹤子小姐好像并没什么要紧事，她来找阿花的真正目的，说不定就是为了看稻草人。"

"你的想法太天马行空了。可是实际问题跟耍把戏可不一样啊！"

对于殿村的胡思乱想，预审法官一笑置之，而那究竟是不是胡思乱想，答案不久就会揭晓。

恐怖的陷阱

第二天，国枝法官与警察署长一同来到小学的临时搜查总部。当他走进昨天的那间侦讯室时，刑警们已经通过彻夜奔波，找到了重要的物证。

案情因为证物的出现而逆转，很快就看到了结案的曙光。恐怖的杀人凶手浮出水面，确凿的证据出现了。

不久，大宅幸吉被叫到侦讯室的桌子前，和昨天一样与国枝法官相对而坐。

"请你说实话，那天你根本没去 N 市吧？就算去了，七点前你也已经回到了村子，之后就一直待在村子的什么地方吧？那天晚上你是十二点左右回家的，在那之前，你应该一直躲在神社里或者森林中吧？"

预审法官的态度不同于昨日，自信而冷静地开始了审问。

"无论您问几遍都一样。我离开 N 市后直接走路回家了，不可能躲在神社里或者森林中。"

幸吉镇定地回答，苍白的脸色却无法掩饰他内心的痛苦。因为他已经意识到预审法官手中掌握的物证，正在搜肠刮肚地思考该如何解释那件不容争辩的铁证。

"啊，有件事要提前跟你说一声。"法官从别的角度切入。

"鹤子小姐是被细长的利器刺中心脏而亡，凶器多半是一把短刀。解剖结果刚刚出来。也就是说，这个案子非常血腥，被害者是失血过多而死。因此，我们理所当然地认为加害者的衣服上可能沾有血迹。"

"是……是吗？果然是他杀吗？"

幸吉表情绝望地喃喃自语。

"如果加害者的衣服上沾有血迹，他会怎么处理呢？如果是你的话，会怎么办？"

"别问了！"

幸吉突然疯了似的狂叫起来。

"请别再用这种方式问我了。我都知道，刑警从我房间的地板下面爬出来的时候被我看见了。虽然我什么都不记得，但是他们肯定在地板下面找到了什么东西吧？请您有话直说，请把那东西拿出来吧！"

"哈哈哈……你可真会演戏啊。你说你不知道藏在你房间地板下面的东西是什么？好，那我就让你看看吧。就是这个。我们已经调查过了，这是你常穿的浴衣。说吧，这上面的血迹是怎么回事？你敢说这不是鹤子小姐的血吗？"

法官盛气凌人地说着，从桌子下面拿出一件揉成一团的浴衣，递到幸吉面前。只见浴衣的袖子和衣摆上，都沾有斑斑点点的黑色血迹。

"我什么都不知道，这种东西为什么会出现在我房间的地板下面。浴衣的确是我的，但我对这些血迹完全没有印象！"

幸吉像是被逼到绝路的野兽，眼睛充血，情绪激动地叫道。

"别想靠一句'不记得'撇清关系。"法官不慌不忙地说道，"首先是署名 K 的约会信，其次是匪夷所思的不在场证明，最后是这件浴衣。你一条可以反驳的证据都拿不出来，不是吗？这么多证据摆在这里，你又无法辩解，几乎已经可以确定你就是凶手了。我只能以涉嫌杀害山北鹤子的罪名拘捕你。"

法官说完，署长递了个眼色，两名刑警毫不客气地走到幸吉身侧，一左一右抓住他的手臂。

"请等一下！"幸吉露出令人不寒而栗的狰狞表情大喊道，"请等一下！你们搜集到的证据只不过是巧合！怎么能凭那种东西就给我定罪？首先，我根本没有动机！我为什么非要杀掉与我无冤无仇还与我定了亲的少女呢？"

"动机？别狂妄了！"署长忍不住怒吼道，"你不是有个情妇吗？就是因为你不想跟她分手，才会将婚期一拖再拖不是吗？可是，现在你拖不下去了。由于你家和山北家的复杂关系，婚期是一天也延误不得了。如果这个婚结不成的话，你们家不光无颜面对山北家，在整个村子里也将抬不起头来。你被逼得走投无路，最终产生了只要除掉鹤子小姐就万事大吉了的荒唐念头。你还敢说自己没有动机吗？我们已经全都调查清楚了！"

"啊，这是陷阱！我被人陷害，掉进恐怖的陷阱里了！"

幸吉突然不再反驳，只是半疯癫地扭动着身体。

"阿幸，振作一点儿。你忘记了吗？都到这种时候了，你就说实话吧。你有不在场证明啊！让住在 N 市的女人帮你证明不就行了吗？"

殿村昌一从众人身后冲出来喊道，他再也不忍看朋友痛苦下去了。

"对啊！法官大人，请去 N 市 × 町 × 番地调查一下。我的情人住在那里。案发当夜我一直待在她那里。我说去散步什么的都是谎言。她的名字叫绢川雪子，请问一下雪子吧！"

幸吉终于无法隐瞒情人的名字了。

"哈哈哈……你在说什么啊，你情妇的证词怎么靠得住？那女人搞不好是你的共犯。"

署长付之一笑。

"不过，找那女人求证也不算什么麻烦事。既然他都这么说了，不妨用警方专线打电话给总署，命他们紧急调查一下并给予答复，如何？"

在国枝的斡旋下，警方决定先去审问一下这位名为雪子的女性。毕竟她也是迟早要进行调查的对象。

经过漫长的一个小时的等待，一名刑警带着派出所的电话回复赶了过来。

"绢川雪子说，前天晚上大宅一次也没来过，是不是哪里搞错了。问了她好几次，答案都一样。"

刑警如此报告。

"那么，雪子当晚一直在家吗？"

"据雪子楼下的房东婆婆说，雪子当晚的确在家。"

如果雪子当晚外出，她就也有杀害鹤子的嫌疑，因为她也有和幸吉一样的杀人动机。但是，雪子并没有外出的迹象，又提供了对情人幸吉最不利的证词，可见她什么都不知道。可以认为她跟这个案子毫无关联。

国枝再次将幸吉叫到面前，将刑警的报告传达给他。

"好了，我能为你做的都已经做了，你应该没有异议了吧？就连你的情妇都不肯帮你做不在场证明，我看你还是死心吧。"

"胡说，雪子不可能这么说！请让我见见她，让我见见雪子！她没道理说出那种荒唐的话。肯定是你们在胡说八道，想要陷害我！快，带我去 N 市！让我和雪子当面对质！"

幸吉一边跺脚，一边大喊大叫。

"好好好，让你见她，会让你见她的，你老实一点儿。"

警察署长一边放缓语气安抚他，一边用锐利的目光给部下使眼色。

两名警员抓住踉踉跄跄的幸吉的手臂，粗暴地将他拖出门外。

大宅村长的儿子幸吉真的是可怕的杀人犯吗？他会不会是掉进了某个人的陷阱中而无法脱身了呢？那么，真凶究竟藏在何处？侦探小说家殿村昌一在这个案件中将会发挥何种作用？他那么重视的稻草人又有着什么样的意义呢？

雪子的消失

S 村村长之子大宅幸吉被视为残忍杀害其未婚妻山北鹤子的嫌疑人，遭到警方拘捕。

幸吉坚称自己无罪，但是警方却握有染血的浴衣这个铁证，他在犯罪当晚的不在场证明也不成立，再加上他还具备杀害未婚妻的合理动机。

幸吉对鹤子厌恶至极。他在 N 市有个名叫绢川雪子的地下情人，想要维持这段恋情，向他逼婚的未婚妻就是最大的绊脚石。而且，幸吉一家碍于道义，也不能和鹤子家取消婚约。如果幸吉不同意结婚，父亲大宅就要丢掉村长这个光荣的职位，并且离开 S 村。

另一方面，山北家仗着自己理直气壮，不断逼他们早日定下婚期。所以，大宅夫妇苦口婆心地劝说幸吉。为爱痴狂的年轻人陷入这种境地，憎恶、诅咒未婚妻，最终产生杀意，岂不是很有可能吗？这就是预审法官和警方的看法。

有动机，有证据，没有不在场证明。幸吉的罪行俨然已经坐实，没有任何人可以推翻了。

但是，这里除了幸吉的父母大宅夫妻之外，还有一个人不相信他会犯罪。这个人就是幸吉的好友——回 S 村探亲期间偶然碰到这个案子的侦探小说家殿村昌一。

他和幸吉自幼就是好友，对幸吉的秉性非常了解。就算幸吉被爱情冲昏头脑，他也无论如何都不相信幸吉会杀害无辜的未婚妻鹤子。

对于这次的案子，昌一有个不可思议的想法。在命案发生的四天前，在几乎相同的地方，躺着一个胸前插着短刀的真人大小的稻草人，这件事让他产生了一个极为荒诞的想法。他知道，倘若将这个想法告诉国枝法官等人，他们肯定会将其视为小说家的空想一笑置之，所以他什么也没有说。但是，好友幸吉坚称自己无罪，却还是遭到拘捕，为了帮助好友洗清罪名，他决定基于自己的空想调查一下这个案子。

那么，从哪里开始呢？没有经验的殿村有些找不到方向，但他觉得自己首先要去 N 市拜访一下绢川雪子，别的都可以先放一放。

幸吉说他在犯罪当晚去找过雪子，雪子却对警方明确否定了这件事。这奇怪的矛盾究竟从何而来？他觉得当务之急就是要解开这个谜题。

于是，在幸吉被逮捕的第二天早上，他坐上了前往 N 市的公交车。这自然是他第一次和雪子见面。有关这位情人的事情，幸吉没有对任何人说过，别说是 S 村的人了，就连幸吉的父母也不知道雪子的存在。殿村也是在预审法官询问的时候，才从幸吉的坦白中得知对方的住址和姓名。

殿村抵达 N 市后，直接奔向离火车站不远的雪子的住处。那是一栋夹在杂乱无章的小工厂之间的脏兮兮的两层长屋。

他叫门之后，一位六十来岁的老婆婆睡眼惺忪地走了出来。

"您好，我找绢川雪子小姐。"

殿村告知来意后，老婆婆把手放在耳朵上，伸长脖子问："什么？你是哪位？"

看来她眼神不好，耳朵也有点背。

"您家二楼住着一位名叫绢川的姑娘吧？我想找一下她，我姓殿村。"殿村把嘴巴凑到老婆婆的耳边，扯着嗓子喊道。

大概是声音传到了二楼，玄关里面的楼梯上探出一张苍白的脸。

"请上来吧。"对方说道。

这名女子一定就是绢川雪子。

殿村登上被烟熏得黢黑的楼梯，只见二楼有两个房间，分别为六叠大和四叠半大。六叠大的那间应该是雪子的房间，布置得非常漂亮，一看就是女孩子住的房间。

"冒昧登门，打扰你了。我姓殿村，是Ｓ村大宅幸吉的朋友。"

寒暄过后，雪子礼貌地行了个礼，说："我是绢川雪子。"

说完，她就腼腆地低下头，沉默不语。

仔细一瞧，雪子的模样有些让人意外。在殿村的想象中，让幸吉那么迷恋的女子，肯定是个非常漂亮的人，可如今呆坐在面前的雪子，不仅称不上漂亮，甚至有种娼妓的气质。

她梳着不伦不类的西式发型，卷曲的刘海儿从额头上垂落下来，几乎盖住了眉毛，脸上涂着厚厚的白粉和腮红，不知道是不是牙疼，右脸上还贴着一块大大的膏药。

殿村不禁怀疑幸吉是否有什么特殊癖好，才会爱上如此奇怪的女子，但还是向她讲述了幸吉被拘捕的始末，问她案发当天幸吉是不是真的没来找过她。

多么冷漠的女子啊！听到情人被拘捕，她并未表现出丝毫难过的样子，只是惜字如金地表示那天幸吉一次也没来过。

在与雪子谈话的过程中，殿村的感觉越来越怪异。他甚至觉得这个名叫雪子的女子像个没有感情的假人，情不自禁地萌生出一股诡异的恐惧感。

"所以，你对这个案子是怎么看的？你觉得大宅兄会杀人吗？"

殿村有些生气，语气中带着一些责备，对方却依然态度冷漠，模棱两可地回答："我觉得他应该做不出那种无法无天的事……"

这名女子究竟是因为羞耻在压抑自己的感情呢，还是说她压根就是一个冷血动物？或者说她就是唆使幸吉杀害鹤子的罪魁祸首，因为害怕自己的罪行败露才故意表现得这么冷漠？着实令人摸不着头脑。

可以确定的是，她在害怕着什么东西。这栋房子后面正好是火车站，火车往来的声音不绝于耳，窗外还时不时传来尖锐的汽笛声。每当听到那些声响，雪子都会吓得浑身一颤。

雪子似乎独自租住在这栋房子的二楼。从家里的各种日用器具来看，她应该是职业女性。

"请问，你是不是在哪里上班？"

他试着问道。

"嗯，前不久还在给别人当秘书，现在嘛……"

她含糊不清地回答。

殿村又问了许多问题，设法让她说出实话，但是雪子沉默寡言，令他束手无策。她始终低垂着眉眼，即使是开口时也不直视殿村，像是在跟榻榻米说话。

面对雪子固执的沉默，殿村无计可施，只好暂时告辞。他下楼的时候，雪子也一直低着头坐在那里，没有下楼送他的意思。

走到玄关的三合土地面时，那位老婆婆倒是出来送他了，慎重起见，殿村将嘴巴凑到她耳边问道："三天前，也就是大前天，有没有一位男客人来找过绢川小姐？跟我差不多年纪。"

他一边留意着不让二楼的雪子听见，一边重复了两三遍，终于得到老婆婆的回答："这我哪儿清楚啊！"

他继续打听，得知老婆婆独自生活，把二楼租给了雪子，由于她身体不便，不会每次都出来招待客人，因此雪子的客人都是自行上楼。晚上，如果客人回去得太晚的话，也都是由雪子自己下楼锁门。也就是说，二楼和一楼几乎像是两间独立的公寓，就算那天幸吉真的来找过雪子，这个老婆婆也不一定知道。

殿村极度失望，离开了那栋房子，然后一边沉思一边盯着脚下往前走。

"嘿，您也在这儿啊？"突然有人跟他打招呼。

他吓了一跳，抬头一看，原来是在 S 村小学的侦讯室认识的 N 警署的警员。他心道糟糕，但也不好说谎，只好告诉对方自己来拜访雪子。

"这么说，她在家是吧？那太好了。其实是上头要找她问话，我正要去传唤她。时间紧迫，我就先失陪了。"

警员撂下这句话，便向前方五六间远的雪子的住处跑去。

不知道为什么，殿村并不想马上离开，他仍旧伫立在原地，目送警员的身影消失在格子门中。

被警员带出来的雪子会是什么表情呢？他稍微有些好奇，等了一会儿后，格子门再次被打开，警员出来了，却不见雪子的身影。不仅如此，警员一看到殿村还站在原地，立刻怒气冲冲道："您胡说八道是会给我们造成麻烦的，绢川雪子根本不在家嘛！"

"什么？不在家？"殿村非常惊慌，"怎、怎么可能？我刚刚才见过她啊！我才走出她家门五六间远，她怎么可能出门呢。她真的不在吗？"

殿村一脸难以置信。

"真的不在。我问过那里的老婆婆，她什么也说不清楚，所以我上二楼看了看，房间里一只猫崽都看不见。搞不好她从后门跑掉了吧。"

"不知道啊。说起后门，这房子后面不是火车站吗？总之我也一起回去看看吧，她不可能不在。"

于是，两人再次打开格子门，询问老婆婆，去屋里搜了一遍，结果只是确认绢川雪子像烟一样消失得无影无踪。

适才警员进去时，老婆婆刚刚送走殿村，还站在玄关的楼梯口，就算她再眼花耳背，也不可能注意不到雪子下楼。

为慎重起见，他们还检查了鞋子，但是别说是雪子的鞋，连老婆婆的鞋也一双没丢。

毋庸置疑，雪子并未外出。他们想再搜查一遍二楼，于是上了楼梯，将壁橱和天花板也检查了一遍，同样没有发现藏人的迹象。

"她会不会从这扇窗户翻出去，沿着屋顶逃跑了？"

警员望着窗外喃喃说道。

"逃跑？她有什么理由逃跑？"

殿村震惊地反问道。

"如果那女人是共犯的话，听到我的声音难保不会逃啊。可是，即便如此……"

警员张望了一下附近的屋顶。

"这种屋顶，好像跑不掉啊。而且，下面的铁轨上还有很多工人。"

窗户下面正好是火车站，排列着好几条火车轨道，其中一条轨道好像正在维修，四五名工人正挥舞着丁字镐在干活。

"喂，请问刚刚有没有人从这扇窗户跳到轨道上啊？"

警员大声询问工人们。

工人们惊讶地抬头看窗户，回答说什么也没看到，雪子当然不可能跳到如此引人注目的地方。如果雪子是沿着屋顶逃跑的，工人们也不可能注意不到，所以这种可能性也不存在。

也就是说，那个脸上涂着白粉、形如鬼魅的女孩子像气体一样人间蒸发了，除此以外根本无从解释。

殿村的心情说不上来的奇妙，既像是被狐狸迷住了心智，又像是在做梦，目光空洞地眺望着窗外。

他的脑海中仿佛有无数微生物在蠕动，在这乱糟糟的思绪中，有几样事物飞快地闪过：胸前插着短刀的稻草人、雪子涂抹得犹如白墙的脸、从血肉模糊的鹤子的脸上掉下来的圆眼珠……

随后，他的脑中变得一片漆黑，伸手不见五指。在那片黑暗中，有个诡异的影子缓缓浮现。是什么呢？似乎是一根棒状物。散发着微弱光泽的棒状物，而且还是两根并排出现。

殿村苦苦思索，想要弄清那棒状物的真面目。

突然间，他的脑海中亮如白昼。谜题解开了。像是奇迹一般，所有的谜题都解开了。

"是高原疗养院。啊，我知道了！我知道凶手在哪里了！国枝兄还在这里吗？还在警署吗？"

听到殿村疯了似的大叫，警员不知所措地回答说国枝预审法官刚刚正好到警署。

"太好了。那么请你马上回去，告诉国枝兄让他等我一下。你就说我要把谋杀案的凶手交给他。"

"咦，凶手？凶手不是大宅幸吉吗？您在胡说八道什么啊？"警员错愕地喊道。

"不，不是的。凶手另有其人，我刚刚才想明白。真是令人难以想象的邪恶。啊，好可怕。总之，请你先这么告诉国枝兄，我等会儿就过去跟他解释。"

殿村像是疯了一样，反复不停地拜托。警员感到一头雾水，但还是匆匆赶回警署。毕竟殿村是国枝法官的好友，不能断然拒绝他的请托。

中途与警员分开后，殿村立刻冲去火车站，抓住站务员问了一个奇怪的问题：

"请问今天上午九点出发的上行货运列车上，有没有装木材啊？"

站务员有些诧异，目不转睛地盯着殿村的脸，然后不知道是怎么想的，和蔼可亲地回答他："装了。我记得有三节敞篷车厢装的是木材。"

"那么，这辆货运列车会在下一站 U 站停车吗？"

U 站位于 S 村相反方向，是 N 市的下一站。

"是的，会停车的，会在 U 站装卸一些货物。"

听了这个回答后，殿村立刻跑出车站，冲进站前的自动电话亭，打给位于 U 町郊外有名的高原疗养院，连续询问了几个关于住院患者的问题。这一次，他似乎也得到了满意的答案。通话一结束，他就气势汹汹地奔到警署。

国枝独自坐在署长办公室，殿村突然不经通报就闯进来，吓了他一跳，忙站起来。

"殿村兄，你想一出是一出，真让人头疼啊！政府的事情就交给政府去办吧。小说家想过把刑警瘾，是不可能成功破案的。"

国枝不痛快地斥责道。

"不，别管我是想过把瘾还是什么，要是我掌握了真相却选择沉默，那才叫犯罪呢！我找到真凶了，大宅兄是无辜的。"

殿村过于亢奋，不顾场合地大声喊叫起来。

"你安静一点儿。在我面前也就罢了，若是被警方的人看到你这副德行，总归有些不妥。"

国枝十分困扰地安抚着疯子般的殿村，然后问道："所以，你说的真凶究竟是谁啊？"

"这就得有劳你亲眼去看看了。只要去一趟 U 町就行了。凶手是在高原疗养院住院的患者。"

殿村的说法越来越离谱了。

"是病人吗？"

国枝惊讶地反问。

"嗯，算是病人吧。凶手本人大概想要装病，但实际上就是个无药可救的精神病患者，是个疯子。若非如此，怎么可能想出如此可怕的杀人方式？就连我这个侦探小说家都如此惊讶，你知道有多可怕了吧？"

"我完全搞不懂你在说什么……"

国枝开始担心，殿村会不会才是疯了的那个。

"你搞不懂就对了。这个案子在任何国家的警方卷宗中都找不到先例。听好了，你们犯了一个天大的错误。如果继续这样审理下去，你会在你的职业生涯中犯下一个无法挽回的错误。你就当是被我骗了，跟我一起去高原疗养院看看吧。你要是不相信我的话，不以预审法官的身份去，以个人的名义去就行了。就算我的推理是错误的，你顶多也就浪费两个小时而已。"

争论半天，国枝最终被老朋友的热诚打动，怀着照顾一名精神病患者的心情，同意与他一起前往疗养院。当然，他并没有对其他同事吐露这件事，而是以出门办点私事为由，请警署帮忙准备了一辆车。

真凶

前往高原疗养院，走国道需要驱车四十分钟左右。在雪子家搜查花了一个多小时，说服国枝法官也费了一番工夫，当他们抵达疗养院时已经过了中午。

疗养院在车站前面不远，位于风景优美的半山腰，是一栋像画卷一样的白色建筑。两人驱车进入大门，对接待处表明来意，立刻被带到院长室。

院长儿玉博士除了医学专业，在文学方面也颇有造诣，与殿村他们都是熟人。接到殿村刚刚的来电后，他一直在等他们过来。

"刚刚您在电话中描述的女子，是用北川鸟子的名字住进医院的。我已经按照您的吩咐，暗中将她看住了。"

寒暄过后，院长说道。

"那女子过来时大概是几点？"

殿村问道。

"这个嘛，今天早上九点半左右吧。"

"那么，她是什么病症呢？"

"嗯，应该是神经衰弱。她好像受到了什么刺激，非常亢奋。她的病情并不是非住院不可，但是您也知道，这里与其说是医院，其实更像是温泉旅馆，只要本人有意愿，就可以安排住院……那名女子做了什么坏事吗？"

院长还什么都不知道。

"她是个杀人犯。"

殿村压低声音说道。

"啊？杀人犯？"

"是的，就是 S 村那桩杀人案的凶手，您应该也有所耳闻吧？"

院长非常震惊，慌忙叫来护工，带他们去北川鸟子的病房。

即将打开房门时，无论是国枝还是殿村，心脏都忍不住怦怦直跳。

两人下定决心，猛地拉开房门，立刻看到绢川雪子，她站在那里，惊恐地圆睁着双目。北川鸟子不是别人，正是绢川雪子。不，应该说是自称绢川雪子的女子。

她不可能忘记今天早上才见过的殿村。虽然她不认识殿村身后的国枝预审法官，但也明白他们如此匆忙地闯进来，肯定来者不善。她立刻明白了一切。

"啊，住手！"

殿村突然冲向雪子，从她手中夺下一个蓝色小玻璃瓶。那是她为了以防万一准备的毒药，不知道是从哪里弄来的。

毒药被夺走的女子力气耗尽，瘫倒在地上，号啕大哭起来。

"国枝兄，今天早上绢川雪子在房间里消失的事，想必你已经听说了吧？这名女子从那个房间消失后，迅速伪装成了这间疗养院的住院患者。"殿村解释道。

"但是，且慢，这有点儿奇怪啊！"

国枝似乎还是想不通，低头看着哭得上气不接下气的女子，说道："绢川雪子在案发当日应该一次也没有出过门。而且被害者山北鹤子对她来说根本算不上情敌，因为大宅的心思都在她身上啊。雪子何必豁出性命去杀人呢？这也太奇怪了！这名女子会不会是因为神经衰弱，产生了奇怪的幻觉吧？"

国枝一脸纳闷。

"对，问题就在这儿！你在这里犯了一个非常严重的错误！凶手设计了一个出色的圈套。你认定凶手是大宅幸吉，这是错误的。你认定被害者是山北鹤子，更是大错特错。你根本没有搞清楚被害者和凶手的身份。"

殿村说出一些莫名其妙的话。

"啊？啊？你说什么？"

国枝惊讶得险些跳起来。

"你是说被害者不是山北鹤子？那么被杀的人究竟是谁？"

"那具尸体被野狗啃食之前，恐怕脸部已经遭到严重的破坏，变得面目全非。接着，凶手又给这具已经分辨不出容貌的尸体穿戴上鹤子的和服和首饰，将其丢弃在那里。"

"但是，鹤子的失踪你又该怎么解释？乡下姑娘不跟父母打招呼，三四天都不回家，这不符合常识啊。"

"因为鹤子小姐绝对不能回家啊。我听大宅兄说过，鹤子小姐非常喜欢看侦探小说，甚至还喜欢收集英美的犯罪学书籍，连我的小说都一本不落地读过。她可不是你想象中的那种单纯的乡下姑娘哦。"

殿村特意提高音量，像是在讲给国枝以外的人听。

国枝越来越诧异了，反问道：

"这话怎么听起来像是在责备鹤子小姐啊？"

"责备？岂止是责备，她可是杀人凶手啊，是个穷凶极恶的杀人魔！"

"啊？啊？你是说……"

"是的。山北鹤子并不像你想象中那样是被害者，而是加害者。她不是死者，而是凶手啊！"

"谁？她杀了谁？"

预审法官被殿村的兴奋情绪感染，慌忙问道：

"杀了绢川雪子啊。"

"喂喂，殿村兄，你在说什么啊！绢川雪子不是正趴在我们面前哭吗？可是，啊，还是说，她才是……"

"哈哈哈……你明白了吧？眼前的这个人是戴着绢川雪子面具的山北鹤子本人。鹤子深爱大宅兄，逼父母催婚的人也是鹤子。她是何等怨恨独占大宅兄之心的绢川雪子，又是何等憎恨彻底背叛自己的大宅兄，这一点不难想象。于是，她对这两人动了可怕的复仇之心。她设计杀害情敌雪子，给尸体穿上自己的和服，并将杀人的嫌疑嫁祸给大宅兄。杀掉其中一人，再诬陷另一个人是杀人犯，让他接受可怕的刑罚，这是多么彻底的报复啊。而且，她的手段是如此复杂巧妙，真不愧是侦探小说和犯罪学的研究者！"

殿村走到伏在那里哭泣的鹤子身边，把手搭在她肩膀上说道：

"鹤子小姐，你听到了吧？我说的有错吗？不可能有错。我是侦探小说家，非常了解你出色的诡计。今天早上在绢川雪子的房间见面时，我被你巧妙的变装欺骗了，不小心上了你的当，但是和你分开之后，我突然就想起来了。我在S村曾经跟山北鹤子说过一次话，她的容貌，从那不伦不类的西式发型和厚厚的白粉底下，清晰地浮现了出来。"

鹤子大概已经心如死灰，一边抽泣，一边凝神听着殿村的话。她的反应仿佛印证了殿村的推测分毫不差。

"你是说，鹤子杀害了绢川雪子，又伪装成了被害者？"

国枝努力控制住错愕的表情，插嘴道。

"是啊，因为她必须这么做。"殿村立刻接过话茬，"就算特地毁掉雪子的脸，伪装成鹤子，可要是雪子本人失踪的话，同样会惹来怀疑。不仅如此，若想制造鹤子被杀的假象，鹤子本人就必须隐藏行踪。因此，只要鹤子暂时假扮成雪子，就能同时解决这两个难题，不是吗？此外，她还必须假扮成雪子来否定大宅兄的不在场证明，不容分说地将脏水泼到他身上。这可真是一个绝妙的诡计啊！"

原来如此，原来如此，怪不得雪子当初要否定情人大宅的不在场证明，这么解释就说得通了。

"还有，"殿村继续说明，"雪子的住处对于她的计划来说，着实无可挑剔。楼下只有一个眼花耳背的老婆婆。只要自己不出门，就不用担心易容被识破。就算被认出自己不是雪子，可谁又猜得到她就是已经被残忍杀害的山北鹤子呢？毕竟在偌大的 N 市，认识鹤子的人寥寥无几。

"也就是说，这名女子宁愿一辈子隐姓埋名，不与父母联系，也要向背叛自己的情人复仇。当然，她不可能永远假扮绢川雪子，我想她肯定是打算在大宅兄被定罪之后，就远走他乡。啊，这是何等的深仇大恨啊！爱情当真可怕，竟然把这个年纪轻轻的姑娘变成了疯子。不，应该说变成了魔鬼，一个被妒火冲昏头脑的魔鬼。这场犯罪绝不是人类所为，而是从无间地狱爬出来的恶鬼所为！"

无论殿村如何唾骂，悲哀的鹤子都趴在地上一动不动，像块石头。看来她是因为打击太大失去了思考能力，神经麻痹，没有力气动弹了。

小说家不着边际的猜想一一命中，令国枝感到非常震惊，甚至有种莫名的恐惧。但他仍然觉得有很多地方难以理解。

"殿村兄，照你这么说，大宅幸吉根本没有必要说谎，或者他根本没有说谎啊。你回忆一下，大宅声称在案发当晚，他很晚才离开绢川雪子家。也就是说，雪子那天晚上至少十一点之前都在 N 市。可是，她却在同一天晚上在遥远的 S 村遇害，这岂不是完全不合逻辑？就算她叫到了出租车，一名年轻女子，这么晚前往那么远的山里，实在是太奇怪了。就算那位老婆婆再怎么年迈糊涂，雪子深更半夜出门，肯定会跟她打声招呼，她总不至于忘了吧？但是，老婆婆却说那天晚上雪子绝对没有出门。"

不愧是国枝，一下子就戳中要害。

"对，就是这点。我所说的无论哪个国家的警方卷宗中都找不到先例，指的就是这一点。"

殿村仿佛正等着他问这个问题似的，劲头十足地说了起来："这实在是一个异想天开的诡计。是只有杀人狂才能想到的惊人计划。前几天，我提醒你注意过仁兵卫大叔捡到的稻草人，就是那个胸前插着短刀的人偶。你觉得，那是什么东西？那是凶手为了验证那个奇思妙想所使用的道具。也就是说，她想验证一下，如果将那个稻草人放在货运列车上，它会在哪里从车厢上被甩下来。"

"啊？你说什么？货运列车？"

国枝忍不住又露出诧异的表情。

"简单点说，是这么回事——身为侦探小说爱好者的凶手非常清楚，无论作案时多么小心翼翼，必然会在现场留下某种线索。所以，她企图策划一场乍一看完全不可能的犯罪，即自己远离现场，只让被害人的尸体留在那里。

"若问鹤子为什么会有如此的奇思妙想，是因为这名女子凭借着恋爱之人的敏感，偷偷查出了绢川雪子的住址，甚至趁雪子外出期间溜进过二楼的房间。没错吧，鹤子小姐？然后，她有了个无比惊人的发现。如你所知，雪子的房间正对着火车站，窗户下方就是货运列车的专用轨道。每当有列车经过，由于铁轨的地基较高，货物车厢就会与雪子的房间擦身而过，与窗户只有咫尺的距离。这是我今天早上去那个房间时亲眼所见。而且，因为是在站内，货运列车为了更换车厢，有时会恰好停在雪子房间的窗外。鹤子小姐，你应该也看到了吧？所以，你才会决定执行这可怕的犯罪计划。"

殿村一边时不时地和哭倒在地的鹤子说话，一边继续进行复杂的说明。

"接着，这名女子又趁雪子外出时，将那个稻草人带进房间，悄悄放在恰好停在窗户下方的敞篷列车的木材上（经过这一带的敞篷列车运的都是木材）。由于没有被捆绑住，随着列车的晃动，稻草人肯定会被甩落到什么地方，她想大致估算一下那个地点。

"因为货运列车很长，而且到 S 村的隧道之前都是上坡，所以车速很缓慢，人偶基本上不会被甩落。但是行驶到那个隧道附近时，坡度消失，速度会有所提升。这时，列车驶入俗称'大拐弯'的弯道，车身剧烈晃动，人偶自然也会被甩下去。

"得知人偶掉落的地方恰好是 S 村的荒郊野外，凶手愈发坚定了杀人的决心。于是，她耐心等到大宅兄去找雪子那天，尾随其后，待他与雪子道别后，立刻闯入二楼的房间，趁雪子不备，轻而易举地刺死了她，随后毁掉尸体的脸，换上自己的和服，等到提前查好时间的货运列车在窗外停下时，再顺着屋脊将尸体抛下去。这就是行凶的过程。鹤子小姐，我说的没错吧？

"尸体一如凶手的预期，被甩落到隧道旁边。更幸运的是，那一带的野狗将尸体啃食得体无完肤。另一方面，凶手鹤子则继续留在雪子的房间，改变发型，涂上白粉，往脸上贴上膏药，换上雪子的和服，模仿雪子的声音，完全扮成了雪子。

"国枝兄，对于你们这些务实的人而言，这是难以想象的空想。但是，对于身为侦探小说狂的年轻姑娘而言，却绝不是空想。这名女子不计后果地执行了这个计划，成年人根本无法完成这样的诡计。

"还有，她今天从二楼消失的秘密，我想应该不用对你解释了吧？她还是用同样的方法，只不过这次是搭乘敞篷货车，去了与S村相反的方向。好了，鹤子小姐，如果我的推理哪里有错的话，请你指正，估计没有什么需要指正的吧？"

殿村说完，再次走近鹤子，把手搭在她的肩膀上，想将她扶起来。

就在那一瞬间，趴在那里的鹤子像是触电一般重重地抖了抖，随即发出令人毛骨悚然的惨叫声，猛地跳起来，垂死挣扎般疯狂地跳起舞来。

看到这可怖的一幕，殿村和国枝都不禁惊叫出声，往后退了好几步。

鹤子脸上厚厚的白粉因为眼泪而斑驳脱落，眼睛充血，头发纠缠在一起。看呐，她的嘴像夜叉一样裂到耳边，从咬得嘎吱作响的牙齿间汩汩涌出鲜红的血。鲜血将她的嘴唇染上狰狞的色彩，呈网状顺着下颚滴落到亚麻油毡的地板上。

鹤子咬断了舌头。她居然试图咬舌自尽。

"喂，来人呐！不好了！她咬舌了！"

面对这意外的结果，殿村惊慌失措地冲到走廊上，声嘶力竭地喊人过来帮忙。

就这样，S 村的杀人事件宣告结束。可悲的是，咬舌自尽的山北鹤子没有死成，成了疗养院永远的累赘。即使伤口已经愈合，神志却无法恢复清醒，变成了一个除了口齿不清地大喊大叫、哈哈大笑以外，什么都不会的疯女人。

不过，这是后话了。那天，国枝预审法官将咬舌的鹤子托付给院长，给鹤子老家发了一封长电报，在返回 N 市的火车上，他向好友殿村问了这样一个问题：

"不过，我还是有一点想不通。鹤子是藏在敞篷货车中逃走的，这个我明白了，可你是怎么推测出她的目的地是高原疗养院呢？"

历经千辛万苦终于破案的愉悦，被鹤子的自杀闹剧破坏殆尽，殿村苦着张脸，生硬地回答："那是因为我知道，上午九点的货运列车出于调度方面的原因，刚好会在疗养院前停车啊。如果躲在木材之间到达 U 站的话，有可能被卸货的工人发现。鹤子小姐无论如何都必须在到达 U 站之前，从货运列车上跳下来。在疗养院前停车时，不就是跳车的绝佳时机吗？而且，下车的地方刚好有一所高原疗养院。医院这种地方，对于犯罪者而言，绝对是一个稳妥的藏身之处。身为侦探小说迷的鹤子小姐不可能没意识到这一点。我就是这样推测出来的。"

"原来如此，听你这么一说，确实都是些不起眼的小事。但是，这些不起眼的小事，我和那些警察却想不到。嗯……我还有一个问题。鹤子留在自家抽屉里的那封署名为 K 的约会信，毋庸置疑，肯定是鹤子伪造的，但是另一样证据，也就是在大宅兄房间地板下发现的染血浴衣，似乎有点不好解释啊。"

"这也没什么不好解释的。鹤子小姐和大宅兄的父母关系非常亲近，大宅兄不在家时，她肯定也能自由来访。趁着去玩的时候，伺机将大宅兄穿旧的浴衣偷出来并不难。在那件浴衣上抹上血，团成一团，在犯罪前一天塞到地板下面，这对她来说根本没有难度。"

"原来如此，原来如此，不是在犯罪之后，而是在犯罪之前先把证据伪造好，是吧？原来如此，原来如此。但是，她是从哪里搞到那么多鲜血的呢？为慎重起见，我找人化验过，那确实是人血。"

"关于这一点，我也不能给出正确答案。不过，想要获取那么多鲜血，也不是多么困难的事。比如，只要有一支针管，就能从自己手臂的静脉中抽出一茶杯的血量。只要把那些血仔细抹开，就能轻而易举地制造出那件浴衣上的血迹。可以去检查一下鹤子小姐的手臂，说不定还残留着针眼呢。她应该不可能去偷别人的血，所以估计就是用了这种办法吧。这种手法在侦探小说中也经常会使用。"

国枝深感钦佩，频频点头。

"我必须向你道歉。之前我还一直瞧不起你的推理，以为只是小说家的妄想，看来是我错了。对于这种空想型犯罪，我们这些务实的人毫无办法。今后，遇到实际问题，我也会更加尊重你的意见。从今天起，我也要成为一名侦探小说读者。"

预审法官天真地脱帽致敬。

"哈哈哈……那可太难得了！如此一来，侦探小说读者就又多一位啦！"

殿村也露出更加天真的表情，爽朗地笑了。

带着贴画旅行的人

倘若我的这段经历不是梦，或一时精神错乱出现的幻觉，那个带着贴画旅行的男子无疑是个疯子。可是，就像梦有时能让我们窥见与现实世界略有不同的另一个世界，又如疯子能够感知到我们完全感知不到的事物，或许我也通过神奇的大气透镜装置，在一刹那间窥见了另一个世界的一隅吧。

　　我忘了具体的时间，只记得那是一个温暖的阴天，当时我在特意去鱼津看海市蜃楼的归途当中。每当我说起这个故事，好友总是奚落我："你小子不是没去过鱼津吗？"如此说来，我确实拿不出何月何日去过鱼津的确凿证据。难道说那果真是场梦吗？可我从未做过如此色彩浓郁的梦。梦中的景色通常和黑白电影一样，可是当时火车中的情景，却以那幅光怪陆离的贴画为中心，带着姹紫嫣红的色彩，似蛇瞳般鲜明地烙印在我的记忆里。真的有彩色电影一样的梦吗？

　　当时是我生平第一次看到海市蜃楼，本以为会看到美丽的龙宫浮现在大蛤蜊①的吐息中这一古典画面的我，见到真正的海市蜃楼时，

───────────

① 中国古代认为"海市"是"蜃"吐气所化，海市蜃楼中的"蜃"即为大蛤蜊之意。

内心受到巨大的震撼，那种感觉近乎恐怖，以至于我浑身都渗出冷汗。

鱼津海岸的松树下挤满了豆粒般的人，他们屏住呼吸，眺望着一览无余的天空与海面。我从未见过如此静谧、平静的大海。我一直以为日本海是波涛汹涌的，因此感到意外极了。那片海是灰色的，没有一丝涟漪，仿佛是无边无际的沼泽，并且和太平洋一样，没有水平线，大海与天空融在同样的灰色里，仿佛被深不可测的浓雾笼罩。我以为上方的雾霭中是天空，没想到竟是海面，一艘巨大的白帆船幽灵似的飘然滑向远方。

海市蜃楼就像巨幕电影一样。在乳白色胶片上滴上墨汁，自然晕染开来以后，再放大投射到天空上。

遥远的能登半岛上的森林透过错位的大气变形透镜，如同对不上焦的显微镜下的黑虫，在天空上被放大到离谱的程度，模糊不清地笼罩在观众的头顶，宛若一块奇形怪状的乌云。然而神奇的是，乌云所在的位置非常容易判断，海市蜃楼与观众间的距离却非常模糊，时而像是漂浮在遥远海上的大海妖，时而像是近在咫尺的奇形怪状的雾霭，时而又像是浮现在观众角膜表面的一点黑影。这模糊的距离感，使海市蜃楼给人一种超乎想象的恐怖、疯狂之感。

形状模糊、漆黑的大三角时而垒积成塔，时而在顷刻间坍塌，向左右延展，变成疾驰的火车，时而又坍塌成几根并排的侧柏，看似静止不动，却又会在不知不觉间变成截然不同的形状。

假如海市蜃楼的魔力能让人疯狂，那么至少在搭上回程的火车时，我都没能摆脱它的魔力。我足足站了两个多小时，眺望天空中的妖异景象，直到傍晚才离开鱼津，在火车中过夜。可以确定的是，直到此时我的心境都不同于平常。说不定那就像过路魔，会迷惑人心，让人陷入短暂的疯狂。

傍晚六点左右，我从鱼津站搭上前往上野的火车。不知道是奇妙的偶然，还是那一带的火车都是如此，我乘坐的二等车厢像教堂一样空旷，除了我，只有一位先上车的乘客，窝在对面角落的座椅上。

火车发出单调的机械声，永无止境地行驶着，寂寥海岸的陡峭悬崖和沙滩在窗外掠过。沼泽般的海上雾霭沉沉，浓雾深处露出一抹黑血般的晚霞。一艘大得诡异的白帆船如梦似幻地在其间滑行。这天没有一丝风，十分闷热，就连随着火车前进从窗外溜进来的微风，也像幽灵般见首不见尾。一条条短隧道和一根根防雪柱，将广袤的灰色天空和大海分割成无数块。

经过亲不知断崖①时，暮色笼罩下来，车内的灯光和外面的天色一样昏暗。这时，对面角落的那位唯一的同行者突然站起来，打开座椅上那个硕大的黑缎包袱，开始将立在窗边的两三尺大小的扁平物品裹进去。这让我产生一股奇妙的感觉，我也不知道是为什么。

那个扁平物品应该是个画框，大概是有什么特殊意义，他才会将画框的正面朝向窗玻璃。我推测，他是特意把本来裹在包袱中的东西取出来，面朝外立在窗边的。而且，在他重新打包时我隐约看见，画框里色彩斑斓的画面格外栩栩如生，看起来非比寻常。

我又仔细观察了一下这奇怪物品的主人，发现主人比那样物品更加怪异，不禁吓了一跳。

---

① 亲不知断崖：位于日本新潟县系鱼川市西端，全名为"亲不知子不知"，由于地势险峻，在这条路上行走，即使是父母子女也无法前后相顾照应，故而得名。

他身上是一件窄领窄肩的黑西服，款式非常旧，只有在父辈年轻时的老照片上才能见到，但是他身材高挑、四肢修长，穿起来格外合身，甚至显得气度非凡。他脸型瘦长，双眼炯炯有神，身材也非常匀称，给人一种风度翩翩的感觉。他乌黑浓密的头发也梳得干净利落，乍一看好像四十岁上下，但是仔细观察的话，会发现他脸上有很多皱纹，应该有六十好几了。那乌黑的头发和白净面孔上纵横交错的皱纹形成强烈的反差，我刚发现时吓了一跳，感到非常诡异。

他仔细地将东西包好后，突然转向我，我当时正在入神地看着他的动作，两人的视线碰个正着。随后，他有些难为情地勾起嘴角，冲我微微一笑，我也不由得点点头，回了个礼。

火车过了两三个小站，我们坐在各自的角落里，视线不时远远地交汇，随即尴尬地移开，反复数次。外面彻底黑了，即使把脸贴到玻璃窗上，除了偶尔能看到浮在遥远海面上的渔船的孤灯，一丝光也看不见。无边无际的黑暗中，只有我们所在的这个狭长车厢像是唯一的世界，晃动着驶向前方。我感觉好似只有我们两人被遗留在这昏暗的车厢中，全世界的所有生物都消失得无影无踪。

我们所在的二等车厢，哪一站都没有乘客上车，列车员和列车长也一次不曾露面。现在回想起来，当真是非常蹊跷。

我渐渐害怕起这个既像四十岁又像六十岁，气质像是西洋魔术师的男子。在没有其他事情分散注意力时，恐惧无限膨胀，蔓延至全身，最终充斥在我的每一根汗毛里。我再也无法忍受，索性站起来，大步走向他。越是厌恶、害怕他，我就越要接近他。

我静静坐到他对面，怀着一种奇怪、颠倒的心境，把自己想象成一个妖怪，眯起眼睛，屏住呼吸，直勾勾地盯着他近看愈发诡异的布满皱纹的苍白面孔。

男子从我离开自己座位的那刻起，就一直迎着我的目光，当我打量他时，他像是等候已久般，用下巴示意了一下旁边那个扁平物品，没有任何开场白，冷不防地寒暄道："是为了这个吗？"

他的口吻过于自然，我反而吓了一跳。

"您是想瞧瞧这个吧？"

见我沉默不语，他便又重新问了一遍。

"您愿意给我瞧瞧吗？"

我被对方的态度影响，忍不住提出奇怪的要求，尽管我不是为了看那样东西而来的。

"我当然很乐意。我刚刚就在想，您肯定会过来看它的。"

男子（不如称为老人更合适）这般说着，修长手指灵活地解开大包袱，将那个画框正面朝向我，竖放到窗边。

我刚扫了一眼，就不禁闭上眼睛。直到现在我也不知道是为什么，但我当时觉得必须这样做。几秒后，当我再次睁开眼睛时，面前出现了一个我从未见过的奇妙物品。话虽如此，我却找不到能够清晰描述它"奇妙"之处的辞藻。

画面上是几个相互连通的房间，像是歌舞伎舞台的宫廷背景，整幅画以蓝色为主色调，并用极端出色的透视法，绘制了榻榻米和格子状天花板延伸到远方的光景。左前方用黑色颜料草草勾勒出一扇书院风格的窗户，旁边则用无视角的技法绘有一张同色书桌。说得简明易懂一点，这是一种类似绘马板①的独特画风。

背景中浮现出两个一尺左右的人物，之所以用"浮现"一词形容，是因为只有人物是用布贴上去的。一位身穿老式黑色天鹅绒西装的白发老人拘谨地坐着（神奇的是，除了发色，他的容貌跟画框的主人一模一样，就连身上穿的西装款式都别无二致），还有一位十七八岁的娇艳欲滴的美少女，身穿一袭绯色纹缬振袖和服，扎着一条黑缎腰带，梳着结绵髻②，带着难以言喻的娇羞表情，依偎在那位西装老人的膝上，宛如歌舞伎表演中的艳情场景。

西装老人和美貌少女之间的反差自然非常怪异，但我觉得"奇妙"的地方并非这里。

相较于粗糙的背景，贴画的工艺无比精巧，面部用白色丝绸制作出凹凸感，就连每条细纹都纤毫毕现，少女的头发也是用真发一根根地植上去后，再绑成发髻，跟真人一模一样。老人的头发想必也是用真正的白发精心植上去的吧。西装的缝线工整，有的地方还贴有小米粒大小的纽扣。少女丰满的乳房、优美的腿部曲线、微微敞开的绯红色绉绸中若隐若现的白皙皮肤、手指上贝壳般的指甲，无一不栩栩如生，令人怀疑是不是用放大镜仔细观察，会发现连毛孔和汗毛都画了出来。

提到贴画，我只见过羽子板③上的歌舞伎演员肖像，尽管那上面

---

① 绘马板：供奉在神社的一种木制的五角形牌子，一面绘有马匹图案，另一面空白供信众书写姓名和心愿，以祈求神灵的庇护。

② 结绵髻：一种未婚女子的发髻，在岛田髻的中央绑一块花布。

③ 羽子板：一种长方形带柄的板，一般在过年时玩球类游戏时所使用，其表面用鲜艳的色彩绘上各种人像，多为传统的歌舞伎演员。

的贴画也有非常精巧的，可是面前这幅贴画巧夺天工，远不是那种东西能够比拟的，想必是出自名家之手吧。可是，这仍不是我所谓的"奇妙"之处。

画框整体似乎非常陈旧，背景的油墨颜料也处处有斑驳脱落的迹象，少女的绯色纹缬和服、老人的天鹅绒西装也已褪色严重，看不清本来的模样。然而哪怕斑驳褪色，仍旧保持着一种难以名状的冲击力，具有仿佛烙印在观赏者眼底的勃勃生机，着实是非常神奇。不过，我所说的"奇妙"指的也不是这一点。

如果硬要我说，我觉得"奇妙"在于贴画中的两个人物都是活的。

在文乐的木偶戏中，每日的演出中总会有那么一两次，被名家操纵的人偶仿佛突然被神吹了口气似的，在短短的一瞬间真的活过来。这幅贴画上的人物给人的感觉，就像是有人趁人偶活过来的瞬间，不给他们溜走的机会，猛地将他们按到画板上，从此永远维持栩栩如生的状态。

也许是看到我惊讶的表情，老人满怀希望地大喊：

"啊，或许您能理解我！"

老人边说边放下肩上的黑色皮箱，郑重地用钥匙打开锁，取出一副相当老式的双筒望远镜，递到我面前。

"喏，您用这副望远镜瞧一瞧吧。不，那里太近了。不好意思，请您再走远一点儿。对，那个位置应该正好。"

尽管这要求实在古怪，但我被无穷无尽的好奇心俘虏了，照老人说的站起来，往后退了五六步。为了方便我看，老人将画框举高到光线好的地方。现在回想起来，那情景着实诡异而疯狂。

那副望远镜大概是二三十年前的舶来品，像是我们小时候经常在眼镜店广告牌上看到的那种奇形怪状的双筒望远镜。由于经常被手摩擦，黑色表皮已经剥落了，露出斑驳的黄铜质地，它和主人的西装一样，是个无比怀旧的老物件。

我觉得稀奇，拿着这副双筒望远镜把玩了一阵儿，然后用双手将它举到眼前。就在我准备看的时候，真的非常突然，老人发出近乎尖叫的声音，吓得我差点将手里的望远镜给砸了。

"不，不可以，您拿反了！不能反着看，千万不可以！"

老人脸色煞白，双目圆睁，不停地摆手。把望远镜反过来看，后果有这么严重吗？我无法理解老人异常的举动。

"是的，是的，我拿反了。"

我只顾着看望远镜，没太在意老人可疑的表情，将望远镜的方向调整过来以后，匆匆把眼睛凑上去，看起贴画上的人物。

对准焦距后，两个圆形的视野渐渐重合为一，朦胧的彩虹般的景象越来越清晰，被放大了无数倍的少女胸脯以上的身躯占据了我的全部视野，仿佛全世界都展现在我眼前。

事物以这种方式出现，我这辈子就只见过那一次，所以很难给读者解释清楚。如果要打个比方的话，就像是从船上潜入海底的海女某个瞬间呈现的样子吧。裸体的海女潜入海中时，在海底湍急的水流中，身体会像海草一样不自然地扭动，轮廓也朦朦胧胧，仿佛一只白蒙蒙的妖怪。随着她慢慢浮向水面，海水的颜色越来越浅，她的身形也越来越清晰。当她突然跃出水面的那一刻，水中的白色妖怪立刻显现出人类的原形，这时观看者才如梦初醒。贴画中的少女就跟那种感觉一样，缓缓在望远镜中出现在我眼前，并且像个跟真人大小一样的、活生生的少女那般动了起来。

在十九世纪的老式双筒望远镜的球面彼端，有一个我们完全想象不到的世界。在那里，有个梳着结绵髻的娇艳少女和一个身穿老式西装的白发男子过着奇异的生活。魔法师让我看到了不应该看到的景象，我怀着这种无法形容的古怪心情，如同被鬼怪附身般出神地望着那个不可思议的世界。

那名少女并没有动，但她整个人给人的感觉却与用肉眼观看时截然不同，充满了生气，苍白的脸庞上泛着一抹桃红，胸口起伏（事实上，我甚至听到了心脏跳动的声音），妙龄少女身上的勃勃生机，仿佛透过绉绸的衣裳散发出来。

我借助双筒望远镜看遍少女的全身后，才将镜头转向她依偎着的幸福白发男子。

在双筒望远镜的世界里，老人也仿佛拥有生命，他用手臂揽着外表与他相差四十岁的年轻女子的肩膀，神情无比幸福。但奇怪的是，当我把焦距调到最大，对准他那布满皱纹的脸时，那无数道皱纹下方却透出苦闷的神情。这大概是因为在透镜的作用下，老人的脸近在咫尺，显得异常庞大吧。但是我越盯着那张脸看，就越感觉那是一种交织着悲痛与恐惧、令人毛骨悚然的异样表情。

看到这里，我仿佛遭到梦魇，无法继续看下去，不由得将眼睛从望远镜上移开，不安地环顾四周。我发现自己仍旧在孤寂的夜行火车上，那幅画和举着它的老人还是方才的模样。窗外一片漆黑，耳畔依旧响着单调的车轮声，我感觉自己像是刚刚从噩梦中惊醒。

"看您的表情，好像有点儿匪夷所思啊！"

老人将画框放回原来的窗边，回到座位后，一边招手示意我坐到他的对面，一边注视着我的脸说道。

"我的头好像有点不对劲，感觉好闷热啊。"

我掩饰地说完，老人突然弓起背，猛地凑近我，修长手指像是打暗号似的在膝盖上敲着，压低声音说道："他们都是活的吧？"

接着，他像是要吐露一个重大秘密似的，将身子探得更近，瞪着炯炯有神的双眼，死死地盯着我的脸，低声说道："您想不想听一听他们真实的身世？"

由于火车的颠簸和车轮声的干扰，我怀疑自己听错了老人低沉的声音。

"您刚刚是说身世吗？"

"是啊。"老人仍旧压低声音说道，"尤其是其中那位白发老人的身世。"

"是从他年轻的时候说起吗？"

那天晚上，不知道为什么，我也总是说出一些出格的话。

"对，是他二十五岁时的事。"

"那我可必须听一听。"

我像是想听活人的身世一样，若无其事地催促老人。于是，老人脸上的皱纹高兴地挤在一起，说着"啊啊，您果然愿意听"，便开始讲述这个极其神奇的故事。

"那是我人生中的重大事件，所以我记得非常清楚。明治二十八年①四月，家兄（说着，他指了指贴画中的老人）变成那样，是二十七号傍晚发生的事。当时，我和家兄尚未继承家业，住在日本桥三丁目，家父经营着一家绸缎铺。那时候浅草十二楼②刚刚竣工不久，家兄几乎每天都乐呵呵地登上凌云阁赏景。家兄非常喜欢洋玩意儿，很爱赶时髦。这副望远镜也是一位外国船长的东西，是家兄在横滨华人街的一家奇特的旧货店找到的，据说当时花了大价钱才弄到手。"

老人每次提到"家兄"时，都会看一眼贴画中的老人或者用手指一下他，仿佛他本人就坐在那里似的。老人似乎将记忆中的哥哥和贴画中的白发老人混淆了，仿佛贴画中的老人拥有生命，正坐在一旁听他讲话似的。然而不可思议的是，我竟然完全不觉得奇怪。在那一瞬间，我们仿佛超越了自然的法则，置身于与我们所在的世界不同的另一个世界。

"您登过十二楼吗？啊，没有登过？那可真是太遗憾了。那实在是一座奇怪至极的建筑，也不知道是哪里的魔法师建造的。外观好像是一个叫巴尔顿③的意大利工程师设计的。您试想一下，说起当时的浅草公园，名胜顶多是蜘蛛男戏法、少女剑舞、踩球、源水④的陀螺表演、拉洋片⑤，等等，最奇特的也不过是纸糊的浅间神社，以

---

① 明治二十八年：1895 年。

② 浅草十二楼：明治二十三年（1890）在浅草六区建造的十二层建筑，通称凌云阁。

③ 巴尔顿：威廉·巴尔顿（1856—1899），英国工程师，后文的"意大利工程师"系作者笔误。

④ 源水：松井源水，为街头艺人的名号，第四代开始以浅草为据点表演陀螺技艺。

⑤ 拉洋片：一种传统民间艺术，在装有凸透镜的木箱中挂上各种画片，表演者一面拉换画片，一面说唱画片的内容。观众从透镜里可以看到放大的画面。

及八阵隐杉①迷宫。在那种地方，忽然有座高耸入云的砖塔拔地而起，您说惊不惊奇？据说有四十六间高，半町多大，八角形塔顶像唐人的帽子一样尖尖的。只要登上高处，在东京的任何地方都能看见这座红色怪塔。

"我刚刚说过，明治二十八年春天，家兄得到这副望远镜不久，他整个人突然变得怪怪的。家父非常担心家兄精神失常，我也一样。您应该也感觉到了，我对家兄的感情非常深，所以对于他的怪异举止真是担心得不得了。这么说吧，家兄饭都不好好吃，也不跟家里人说话，在家的时候总是把自己闷在房间里想心事。他的身体日渐消瘦，跟患了肺病一样面色发黄，只有一双眼睛炯炯有神。他的气色平时就不太好，当时更是苍白憔悴，着实让人心疼。尽管如此，他仍旧每天出门，像是去上班似的，晃晃悠悠地不知道去了哪里，晚上才回来。就算问他去了哪里，他也不肯回答。家母很担心，千方百计地打听家兄闷闷不乐的原因，但是什么也问不出来。这种情况足足持续了一个月之久。

"由于实在太担心了，有一天我悄悄尾随家兄，想看看他究竟去了哪里。其实是家母让我这样做的。那天碰巧跟今天一样，是个让人讨厌的阴天。中午过后，家兄就穿上那件他自己设计定做的、当时算是非常时髦的黑天鹅绒西装，肩上挎着这副望远镜，晃晃悠悠地往日本桥大街的马车铁道②方向走去。我小心翼翼地跟在他身

① 八阵隐杉：明治初年流行的一种娱乐设施，八阵为中国古代的八种军事阵法，隐杉为用杉树篱笆围成的迷宫。
② 马车铁道：在马路上铺设铁轨，用马牵引客车的公共交通设施，源于美国，1886年输入日本，又称铁道马车。

后，谁承想，家兄等到前往上野的铁道马车后，突然上了车。那时的车和现在的电车不同，车辆很少，我无法坐下一趟车跟上去。没办法，我只好掏出家母给的零花钱，雇了一辆人力车。虽说是人力车，但只要车夫脚力好，追上铁道马车根本不在话下。

"家兄从铁道马车下车后，我也跳下人力车，继续亦步亦趋地跟着他。您猜怎么着，他的目的地竟然是浅草的观音寺。家兄穿过商店街和正殿，从正殿后面的杂耍小摊前的人群中挤过去，来到我刚刚说的十二楼跟前，走进石门付了钱，从挂着'凌云阁'匾额的入口消失在了塔内。我做梦也没有想到，家兄每天都来的地方居然是这里，不禁目瞪口呆。那时我还不到二十岁，幼稚地怀疑家兄是不是被十二楼的妖怪给蛊惑了。

"我只跟着家父上过十二楼一次，后来就再也没有去过了，总觉得里面有些可怕。但是家兄已经上去了，无奈之下，我也只好落后他一个楼层的距离，踩着昏暗的石阶拾级而上。塔里的窗户不大，砖墙很厚，像地窖一样阴冷。残忍血腥的油画在窗户透进来的昏暗光线下，油亮亮地泛着微光。夹在其间的阴森石阶像蜗牛壳一般，无穷无尽地向上旋转延伸，我当时真的觉得非常诡异。

"塔顶只有八角形的栏杆，没有墙壁，是个视野开阔的回廊。走到这里之后，四周一下子亮了，和刚刚那段又长又阴森的路形成强烈的反差，吓了我一跳。云低得仿佛触手可及，放眼望去，整个东京的屋顶像垃圾堆一样杂乱错落，品川的台场像是一个盆景。我忍住晕眩，俯瞰下方，就连观音堂都在非常低的地方，表演杂耍的棚屋像个玩具，路上的行人也只能看到头和脚。

"塔顶有十来名游客聚在一起，他们一边战战兢兢地眺望着品川方向的海面，一边窃窃私语。家兄则独自站在远处，举着望远镜在浅草寺内来回张望。我从后面看去，只能看见家兄身穿天鹅绒西装的身影鲜明地浮现在白蒙蒙的云朵中，完全看不见下面那些杂乱的景物，所以我虽然明知那是家兄，却又莫名觉得他像西洋油画中的人物那般神圣，不敢开口叫他。

"可是，想起家母的嘱托，我又不能就这么回去，只好走到家兄身后，问他：'哥哥，你在看什么呢？'家兄吓了一跳，回过头露出尴尬的表情，却什么也没说。我趁附近没人，在塔上劝说起家兄：'哥哥你最近的样子，爹娘都很担心，不知道你每天都去了哪里，原来哥哥跑这里来了啊。你就告诉我原因吧，只告诉平时最要好的弟弟，行吗？'

"家兄始终不肯开口，但架不住我不停地央求，总算对我说出这一个月来藏在心底的秘密。说起家兄烦恼的原因，这着实又是一件离奇之事。家兄对我说，大约一个月前，他登上十二楼，用这副望远镜眺望观音寺内时，偶然在人群中看到一位姑娘。那姑娘美若天仙，简直无法用语言来形容。就连一向不近女色的家兄，也被那个望远镜中的姑娘迷得神魂颠倒。

"当时家兄只看了一眼，就震惊得放下了望远镜，后来他想再看一眼，便举起望远镜拼命地搜寻同一个方位，却再也找不到那姑娘的身影了。从望远镜里看，她似乎离他很近，但实际上却离他很远，何况又是在熙攘的人群中，就算见过一次，也未必能再把她找出来。

"从那以后，家兄就一直对望远镜中的美丽姑娘念念不忘。他是个非常内向的人，所以害上了古人所谓的相思病。现在的人听了或许觉得好笑，但是那个时代的人真的非常循规蹈矩，对偶然遇到的女子一见钟情，从此害上相思病的男子不在少数。不用说，家兄拖着那茶饭不思的虚弱身体，每天像上班一样爬上十二楼，用望远镜苦苦寻觅那姑娘的身影，就是在痴痴地盼着她再次路过观音寺。爱情这东西真是不可思议啊！

"家兄向我坦白之后，又像患了热病似的举起望远镜。我实在同情家兄，明知他这种找法无异于大海捞针，希望渺茫，我却不忍心阻止他。我含着眼泪，久久凝视着家兄的背影。就在这时……啊，我永远忘不了那奇异美丽的光景。虽然是三十多年前的事了，但只要我闭上眼睛，那梦幻般的色彩就会清晰地浮现在眼前。

"我刚刚说过，站在家兄身后只能看见天空，家兄身穿西装的清瘦身姿如画般浮现在白蒙蒙的积云中，而缓缓移动的积云则让我产生了错觉，仿佛家兄的身体飘浮在半空中。就在这时，仿佛放烟花一般，五颜六色的彩球争先恐后地飞向白蒙蒙的天空。我这么说您大概无法理解，但当时的情景真的像一幅画，又像是某种预兆，我产生了一种说不上来的奇妙心情。究竟是怎么回事？我急忙往下看去，发现原来是卖气球的人粗心大意，把气球给放飞了。那个时代，气球这玩意儿比现在稀奇多了，就算明白过来是怎么回事，我还是感觉非常奇妙。

"更奇妙的是，家兄突然一副兴奋的样子，苍白的脸涨得通红，呼吸急促地走到我身旁，突然抓住我的手说了句'快走，不快点过去就来不及了'，然后拉着我狂奔起来。我被他拉着，一边跑下高塔的石阶，一边问他："怎么了？"他说："我好像看见那位姑娘了，她坐在一间铺着新榻榻米的大房间里，现在赶过去她肯定还在原地。"

"家兄发现她的地方就在观音堂背后，一棵大松树就是最显眼的标志。可是我们找过去的时候，那儿的确有棵松树，可是附近并没有任何房屋，简直像是中了狐狸的幻术一样。我想一定是家兄看错了，但他失魂落魄的样子实在让人于心不忍。为了宽慰他，我就把附近的小茶棚找了一遍，却还是没见到那姑娘的踪影。

"寻找的过程中，我和家兄走散了。我在附近的小茶棚转了一圈后，又回到刚才的那棵松树下。那边有一排露天小摊，其中有个拉洋片的小摊，老板正噼啪甩着鞭子做生意。我定睛一看，那个弓着腰、聚精会神地盯着窥孔看的人不是家兄吗？'哥哥，你在干什么呢？'我拍了一下他的肩膀，他吃惊地回过头来。他当时的表情我真是至今也忘不掉！该怎么说好呢，就像在做梦一样，神情呆滞，目光空洞，就连跟我说话的声音听起来也格外飘忽。他说：'喂，我们要找的姑娘在这里面呢！'

"听到他这么说，我也慌忙付了钱，往窥孔里看去。里面放的原来是八百屋阿七①的故事。那时正好放到吉祥寺的书院里，阿七依偎在吉三怀中的画面。我永远不会忘记，当时那对拉洋片的夫妇一边用鞭子打着拍子，一边用嘶哑的声音唱着：'伏在郎膝上，眉目传情意。'啊，那句'伏在郎膝上，眉目传情意'的古怪腔调仿佛

---

① 阿七：江户时代一名蔬菜商的女儿，因想见爱慕之人而故意纵火，败露后被处以死刑。她的故事被改编为众多文学、歌舞伎作品。

还萦绕在我耳畔。

"洋片画上的人物都是贴画工艺制作的，应该出自名家之手。阿七的脸栩栩如生，无比美丽，连我都以为她是活着的，也难怪家兄会说：'哪怕知道这位姑娘是个手工制造的贴画，我也无法死心。虽然可悲，但我就是断不了这个念头。一次就好，我也想像吉三那样变成贴画里的男子，和这位姑娘说说话。'说完，家兄便神情恍惚地杵在原地，一动也不动。仔细想想，为了采光，放洋片的箱子上面是敞开的，肯定是因为这样，家兄才能够从十二楼的楼顶斜着看到这幅画面。

"此时，天已经快黑了，行人渐渐稀少，拉洋片的小摊前也只有两三个小孩还流连忘返。从中午起就阴沉沉的天空，到了日暮时分更像是大雨将至，乌云沉甸甸地压下来，天气像是要发疯似的，耳边传来打鼓般轰隆隆的雷声。这个时候，家兄却死死地盯着远方，久久伫立在原地，我感觉足足有一个小时。

"天已经黑透了，远处踩球杂耍摊的彩灯璀璨地亮起时，家兄才大梦初醒般猛地抓住我的手，说出莫名其妙的话：'啊，我想到一个好主意！你能不能帮帮我，把这副望远镜反过来拿，用大透镜那边看看我？'我问他：'为什么？'他却不回答我的问题，只道：'别问这么多了，照我说的做吧。'我天生就不太喜欢眼镜这类东西，无论是望远镜还是显微镜，无论是把远处的东西拉近到眼前，还是让小虫子变得像野兽一样大，这些玄乎的功能都让我有些害怕。所以，我很少碰家兄的宝贝望远镜，越是用得少，就越是觉得这种仪器具有魔力。何况当时天色已晚，连人脸都看不清，在昏暗的观音堂后面，反着拿望远镜去看家兄，让我觉得既疯狂又恐怖。但是家兄不停地央求我，我只好照做。由于是反着用望远镜看的，所以站在两三间远处的家兄缩小到了二尺来高，因为缩小了，显得他浮现在黑暗中的身影更加清晰。其他景色都看不到，只有缩小的家兄穿着西装端正地立在镜头正中央。大概他还在倒着往后退吧，眼看他的身影越来越小，最终变成了一个一尺左右的人偶那般可爱的样子。接着，他的身影突然间浮空而起，转瞬间就融入了黑暗之中。

"我害怕极了（您一定会笑我这把年纪还说这种话吧，但是我当时真的不寒而栗），慌忙放下望远镜，喊着'哥哥'，跑向家兄消失的地方。可是，不知道为什么，我怎么都找不到家兄的踪影。按说那么点儿时间，他不可能走远，可我怎么都找不到他。您能想到吗？家兄竟然就这样从世界上消失了……从那以后，我就更加害怕望远镜这种有魔力的仪器了，尤其厌恶这副不知道原本属于哪国船长的望远镜。其他望远镜我不得而知，唯有这副望远镜，无论如何都不能反过来看。我深信一旦反过来看，就会发生不幸。您刚刚把它拿反的时候我慌忙阻止您，您现在知道是为什么了吧？

"话说回来，我当时找了很久，疲惫地回到刚才那个拉洋片的小摊前时，突然意识到一件事。家兄该不会是过于思慕贴画中的姑娘，借助望远镜的魔力把自己缩小到与画中人相同的尺寸，悄悄地进入贴画的世界去了吧？于是，我央求还没收摊的拉洋片的摊主，让我再看一眼吉祥寺那场戏，您猜怎么着？家兄果真变成了贴画，在煤油灯的火光中，代替吉三，喜滋滋地搂着阿七呢！

"可是啊，我并没有觉得悲伤，看到家兄达成心愿后幸福的模样，反而差点喜极而泣。我态度坚决地跟老板商量，无论开价多少，务必把那幅画转让给我（奇怪的是，老板丝毫没有发现穿西装的家兄已经取代侍从打扮的吉三坐在那里），然后飞奔回家，将事情一五一十地告诉家母。谁知家父和家母却斥责我：'你在胡说八道什么？你是不是疯了？'无论我说什么，他们都不肯相信。您不觉得好笑吗？哈哈哈哈哈哈……"

老人像是觉得很滑稽似的大笑起来。奇怪的是，我也跟老人有同感，一起哈哈大笑起来。

"他们都不相信人类会变成什么贴画。可是，后来家兄当真从这个世界彻底消失了，这难道不是他变成贴画的证据吗？但是家人仍然不肯相信，认为家兄是离家出走了，是不是特别可笑？最后，我不理会别人怎么说，死乞白赖地找家母要了些钱，到底还是买下了这幅画。我带着这幅画从箱根旅行到镰仓，因为我想让家兄完成一次新婚旅行。每当我坐火车时，就会忍不住想起那时的情景。那时我也像今天这样，把这幅画靠在窗边，让家兄和他的爱人能够看到外面的景色。家兄该有多幸福啊！而家兄的这颗真心，这位姑娘又怎么会讨厌呢？他们就像真正的新婚夫妇一样，羞涩地红着脸依偎在一起，互相诉说着说不尽的情话。

"后来，家父关掉东京的铺子，返回富山的老家，我也一直随父母住在那里。已经过去三十多年了，我想让家兄也看一眼阔别多年的东京，于是就又和他一起出来旅行了。

"可悲的是，姑娘虽然活着，但她原本就是人造的物品，年纪并不会增长，而家兄虽然变成了贴画，却只是强行改变形态，本质上还是有寿命的人，因此会和我们一样老去。您瞧，家兄原本是二十五岁的美少年，如今却已是白发苍苍，脸上也布满丑陋的皱纹。这对于家兄而言多么悲哀啊！对方永远年轻貌美，自己却逐渐年老色衰，未免太可怕了！家兄脸上的表情非常哀伤，从几年前起，他的脸上就一直挂着这种痛苦的表情。一想到这里，我就特别同情他。"

老人黯然地望向贴画中的老人，不久，像是突然回过神来似的说："啊，不好意思，我絮絮叨叨地讲了这么久。不过，您应该能理解我吧？您不会像其他人那样说我是个疯子吧？啊，我的故事也算值得了。哥哥，你们应该也累了吧？当着你们的面讲了这个故事，你们肯定很难为情吧？好了，马上让你们休息。"

老人说着，轻轻地将画框包进黑色包袱里。那一刹那，不知道是不是我的错觉，我仿佛看到贴画上的两个人偶表情变了，脸上露出羞涩的笑意，仿佛在跟我致意。老人没再开口，我也陷入沉默。火车依然发出"咣当咣当"的低沉声响，在黑暗中奔驰。

大概过了十分钟，车轮声变得迟缓，窗外隐约出现了两三盏灯火，火车停在了某个不知名的山间小站。只有一名站员孤零零地站在月台上。

"那么，我就先告辞了，我要在这里的亲戚家住上一晚。"

老人跟我打了声招呼，便抱着裹着画框的包袱下车了。我透过窗户，望着老人瘦高的背影（简直和贴画中的老人一模一样）停在简陋的栅栏处，将车票递给检票员后，融入黑暗中消失不见了。

芋
虫

时子从主屋告辞时，天色已经昏暗下来，她穿过杂草丛生、荒废不堪的大院子，朝他们夫妇居住的偏房走去。想起刚才主屋主人后备少将夸她的那套陈词滥调，她的心里非常不是滋味，像是咬了一口她最讨厌的软乎乎的酱烧茄子。

　　"须永中尉（后备少将至今还在用旧时的威风头衔称呼那种不人不鬼的残废兵，简直可笑）的忠烈无疑是我们陆军的骄傲，这是人尽皆知的事。可是，这三年来，你任劳任怨、无微不至地照顾那个残废，完全舍弃了自己的私欲，这份贞节实在难得！若说这是为人妻子应尽的本分，倒也没错，但这世间没几个人能够做到。我实在太佩服你了，这真是当今世界的美谈。但未来的日子还长，你可千万要恪守本心，好好照顾他啊！"

　　每次见面，鸳尾老少将总是要极力夸赞他的老部下，那个如今已经是个累赘的须永中尉和他的妻子，仿佛不夸几句就过意不去似的。时子听到这些话时的滋味，就跟吃了刚才提到的酱烧茄子一样。所以，为了避免碰到老少将，她总是趁他出门的时候，去找夫人或小姐聊天，她也受不了整日面对一个不说话的残废。

　　起初，这些夸奖倒是很符合时子的牺牲精神和罕见的忠贞，带着一种难以言喻的自豪快感撩拨着她的心。可是时至今日，她已经无法像以前那样坦然接受这些话了，反而很害怕听到这些夸奖。每次听到这些话，她都像是被人指着鼻子大骂"你躲在贞节牌坊底下，犯下了千夫所指的罪行"，内心惶恐不已。

仔细想想，连时子自己都没有料到，人的感情居然会有这么大的变化。刚开始，她不谙世事，性格腼腆，是个不折不扣的贞洁妻子。然而现在，她已经彻底变了，外表权且不论，她的内心居然盘踞着一只让人毛骨悚然的情欲之鬼，将可怜的残疾（用"残疾"这个词都不足以形容的悲惨的残疾）丈夫——曾经忠勇的国家军人，调教成只为了满足她的情欲而活的畜生或者工具。

这淫荡的恶鬼究竟从何而来？是那个黄色肉块不可思议的魅力所致？（实际上，她的丈夫须永中尉只是一个黄色肉块。而且，那个肉块像个畸形的陀螺，只是一个撩拨她情欲的物件）还是从她三十岁的肉体中喷薄欲出的某种神秘莫测的力量在搞鬼？说不定二者皆有。

每次和鹫尾老人说话，时子都会忍不住为自己近来明显臃肿起来的肉体以及那可能被其他人闻到的体味感到心虚。

"我怎么会像个傻子一样胖成这副德行啊？"

然而，她的脸色却格外苍白。老少将总是一边罗列那老一套的溢美之词，一边有些疑惑地打量她肥胖臃肿的身材，说不定这就是时子讨厌老少将的最大原因。

因为地处偏僻的农村，主屋和偏房足足相隔半町，中间是一大片连路都没有的荒地，经常有锦蛇窸窸窣窣地爬出来，稍微踏错一步，就有掉进被杂草掩埋的古井中的危险。宽敞的宅院外面只是象征性地围着一圈参差不齐的篱笆，篱笆外面是成片的水田和旱田，更远处是八幡神社的森林，他们居住的两层偏房便黑漆漆、孤零零地矗立在森林前方。

天上已有一两颗星星在眨眼，房间里估计已经一片漆黑了吧。如果时子不去点灯，她的丈夫连点灯的能力也没有，那个肉块现在要么在黑暗中斜靠在椅子上，要么从椅子上跌落，正躺在榻榻米上忽闪忽闪地眨巴眼睛吧。真可怜。一想到这里，厌恶、凄惨、悲哀就混杂着几分肉欲，让她的后背一阵发冷。

渐渐走近后，她看见二楼的纸拉窗仿佛预示着什么似的，呆呆地张着漆黑的大口，里面照例传来"咚咚咚"地撞击榻榻米的闷响。"唉，又在撞了。"一想到这儿，她就眼眶发热，心生怜悯。那是她的残疾丈夫发出来的声音。他仰躺在榻榻米上，无法像正常人那样拍手喊人，只能用头"咚咚咚"地撞击榻榻米，急躁地呼唤他唯一的伴侣时子。

"我马上就来，你饿了吧？"

时子明知对方听不见，还是习惯性地这般说着，急匆匆地跑向厨房入口，爬上旁边的楼梯。

在二楼那间六叠大的房间里，有一个徒有其表的壁龛，壁龛旁边的角落里放着油灯和火柴。她用母亲哄婴儿一样的语气，不停地说着："你等急了吧，不好意思呀。""马上，马上，就算你催我，这黑漆漆的什么也做不了呀。我这就把灯点上。再等一下，再等一下。"她自顾自念叨着（因为她丈夫的耳朵半点儿也听不见），点上灯后，再把它拿到房间一侧的桌子旁边。

桌子前面摆着一把新式的榻榻米椅子，上面绑着一个毛织友禅坐垫，但是上面空空如也，在离椅子很远的榻榻米上躺着一个奇形怪状的物体。那东西身上穿着破旧的大岛铭仙①和服，但是与其说是"穿着"，用"包着"来形容或许更加合适，或者说地上随便丢着一个大岛铭仙的大包袱，反正是个诡异的东西。而且，从那个包袱的一角还伸出一颗人头来，像是在捣米似的，或者说像个奇怪的自动机器似的"咚咚"地撞击着榻榻米。每撞击一次，大包袱就会在反作用力下改变一点位置。

"别发那么大脾气嘛，怎么了呀？是要吃饭吗？"时子说着，用手比画了个吃饭的动作。

"也不是？那么，是要这个吗？"

她又比画了一个动作。然而，她那不能说话的丈夫每次都摇头，然后更加使劲地用头"咚咚、咚咚"地撞起榻榻米。他的整张脸都被炮弹碎片炸毁了，左耳郭几乎没了，只剩下一个小黑洞，算是耳朵的痕迹。左脸颊上也一样，一道缝合线似的伤疤从左边嘴角斜着延伸到眼睛下方。右边的太阳穴到头顶则趴着一道丑陋的伤疤。喉咙像是被挖了个洞似的凹陷进去，鼻子和嘴巴都已看不出原来的形状。在那张怪物般的脸上，唯一完整的就是那双天真孩童般清澈的圆眼睛，与周围的丑陋完全不同，正在不耐烦地眨个不停。

"你有话要说吗？等等啊。"

---

① 大岛铭仙：一种丝绸染色的平纹织物。

时子从桌子抽屉里取出笔记本和铅笔，让那个残废歪斜的嘴咬住铅笔，又把摊开的笔记本放到他嘴边。因为她丈夫既不能开口说话，也没有可以握笔的手脚。

"你讨厌我了？"

残废像街头的残障艺人，在妻子递来的笔记本上用嘴写字。花了很长时间，才写下一行非常难以辨认的片假名^①。

"呵呵，你又吃醋了呀。不会的，不会的。"

她一边笑一边使劲摇头。

然而残废又焦躁地用头撞起榻榻米，时子猜到他的意思，再次将笔记本递到对方嘴边。接着，铅笔笨拙地动了起来。

"你去哪儿了？"

看到这句话，时子猛地从残废口中夺过铅笔，在笔记本的空白处写下"鸢尾先生那儿"，推到对方眼前。

"你不是明知故问吗？我还有别的地方可以去吗？"

残废又索要笔记本，写道："三小时。"

"你是说你孤零零地等了我三小时吗？对不起啦。"她露出抱歉的表情，向他鞠了个躬，摆摆手说，"再也不去了，再也不去了。"

包袱一样的须永废中尉自然还没说够，但他似乎厌倦了用嘴写字，脑袋疲惫怠地耷拉下来，却将千言万语倾注到那双大眼睛里，直勾勾地盯着时子的脸。

时子知道在这种情况下让丈夫高兴起来的唯一办法。语言无法

---

① 片假名：日语的一种表音文字，与平假名合称为"假名"。

沟通，她不能细细辩解，而除了语言，最能表达心中感情的微妙眼神，对于头脑迟钝的丈夫也行不通。所以每当因为他莫名其妙吃醋而拌嘴时，两人都会变得急躁，选择采取最简单的和解方式。

时子突然朝丈夫俯下身，在他歪斜的嘴边那道光滑的大疤痕上，如小鸡啄米般亲吻起来。残废终于露出放心的眼神，歪斜的嘴边浮出一抹哭泣似的丑陋笑容。时子跟平时一样，哪怕看到这抹笑容，也没有停止她疯狂的亲吻。她是想要忘记对方的丑陋，强行让自己进入甜蜜的兴奋状态，也是想要满足另一种不可思议的欲望——她想要随心所欲地虐待这个彻底失去行动自由的可怜残废。

但是，残废被她过分的示好弄得仓皇失措，因为窒息而痛苦地扭动着身躯，丑陋的脸也扭曲变形，痛苦不已。见到丈夫这副模样，时子如往常般感到体内有种感情控制不住地奔涌上来。

她疯了似的挑衅起残废，将大岛铭仙的包袱撕扯开，里面顿时滚出一团无法形容的诡异肉块。

变成这副模样，为什么还能保住性命？这在当时轰动了整个医学界，报社也竞相报道这桩旷古奇闻。须永废中尉形同四肢被揪掉的人偶，残缺不全，惨不忍睹。他的四肢几乎从根部被斩断，只剩下微微鼓起的肉块，表明那里曾长着手臂和大腿。这个仅剩躯干的怪物身上、脸上遍布着大大小小无数个伤疤，已然体无完肤。

尽管已经如此凄惨，不可思议的是，他的身体居然营养均衡，保持着残疾人应有的健康（鹭尾老少将将这归功于时子无微不至的照顾，在例行夸赞她时总不忘加上这一点）。大概是因为没有其他乐趣，唯有食欲尤为旺盛，他的腹部油光发亮，鼓胀得几乎破裂，在只有躯干的身体上尤其醒目。

他的样子简直像一条巨大的黄色芋虫，或者像时子总是在心中形容的畸形肉陀螺。有时候，那仅剩四肢残余的四个肉块（尖端的皮肤像手提袋一样被从四方勒紧，形成深深的褶皱，中央则凹陷成令人毛骨悚然的小坑）或者说四个肉瘤，会像芋虫的腿似的诡异地颤动着，以臀部为中心，借助脑袋和肩膀的力量，像陀螺一样在榻榻米上滴溜溜地打转。

此刻，被时子剥光衣服的残废并没有反抗，他像是已经预料到会发生什么事似的，直愣愣地向上翻着眼睛，盯着伏在他脑袋旁边的时子那野兽捕猎般细细眯起的眼睛，和她微微绷紧的皮肤细腻的双下巴。

时子能读懂残废眼神中的含义。在这种情况下，只要她再进一步，那种眼神就会消失。比如，她在他旁边做针线活，无所事事的残废就会直愣愣地盯着某个空间，此时他的眼神就会变得更加深沉，流露出内心的苦闷。

只剩下视觉和触觉，失去其他所有感官的残废，是个生来就没有读书欲望的莽夫。自从脑子受到打击变得迟钝以后，就更加与文字无缘。如今他和动物一样，只剩下物质的欲望，已经没有任何东西可以给他带来慰藉。可是，在这种宛如暗黑地狱一般不堪的生活中，那些他还是正常人时被灌输的军队式伦理观，有时会忽然在他迟钝的大脑中掠过，与他成为残废后更加敏感的情欲在心中交战，以至于他的眼睛里潜藏着让人捉摸不透的苦闷的阴影。时子是这样理解的。

时子并不讨厌在无力者眼中看到这种无措又苦闷的感情。她虽然特别爱哭，却有着欺凌弱者的嗜好。而且，这个可怜的残废的苦闷甚至会给她带来永不厌倦的刺激。此刻她也毫不体恤对方的心情，反而征服似的不断迫使异常敏感的残废产生情欲。

时子被一个可怕的噩梦魇住，发出凄厉的尖叫惊醒了，身上大汗淋漓。

枕边油灯的灯罩里堆积着奇形怪状的油烟，捻细的灯芯发出"滋滋滋"的响声。房间的天花板和墙壁看上去是古怪而朦胧的橙色，睡在身旁的丈夫脸上的疤痕也在灯光的反射下泛着油亮亮的橙光。他不可能听到刚刚的叫声，双眼却猛地睁开了，直勾勾地盯着天花板。时子看了一眼桌上的闹钟，刚过一点。

估计是做噩梦的缘故，时子一睁开眼睛，就感到身体有些不适。但她睡得迷迷糊糊，在清晰地感到那种不适之前，只是觉得有哪里不太对劲，就在这时，刚刚那场奇怪游戏的幻影骤然间浮现在她的眼前。幻影中有个滴溜溜地打转的活陀螺一样的肉块，与一个肥胖臃肿的三十岁女子丑陋的肉体纠缠在一起，犹如地狱绘卷的场景。何等恶心、何等丑陋啊！可是那恶心、丑陋的场景，却比任何事物更能勾起她的情欲，像毒品一样麻痹她的神经，这是三十岁的她活了半辈子都未曾想象过的事情。

"啊……啊……"

时子抱紧胸脯，发出不知是哀叹还是呻吟的声音，望向睡在身边犹如被摧残的人偶的丈夫。

直到这时，她才明白自己醒来时身体不适的原因。随后，她一边想着"好像比平常早了许多",一边起床下楼。

当她再次爬上床,看向丈夫的脸时,他依旧不看她,还是直勾勾地盯着天花板。

"你又在想事情了。"

一个除了眼睛没有任何器官可以表达意志的人,死死地盯着一个地方看的模样,在这样的深夜里,忽然让她毛骨悚然。尽管他的脑子已经不清楚了,但是在这种极端残废之人的头脑中,说不定有着与他们不同的另一个世界。此时此刻,说不定他就在那个世界游荡着。想到这里,时子的身体一阵发冷。

她彻底清醒过来,再也睡不着了,脑中仿佛燃烧着熊熊火焰,轰轰作响。随后,各种纷乱的幻想在脑海中浮现又消失,其中交织着让她的生活发生翻天覆地变化的三年前的那件事。收到丈夫负伤、被送回本土的通知时,她的第一个想法是庆幸丈夫没有战死。那时还与她有来往的丈夫同袍的夫人们甚至很羡慕她,说她幸福。不久,报纸就开始铺天盖地地宣扬丈夫的赫赫战功,时子从中得知丈夫伤势严重,但是并没有料到会严重到这种程度。

第一次去卫成医院见丈夫时的情景,她恐怕一辈子都忘不掉。丈夫惨不忍睹的脸从洁白的被褥中露出来,恍惚地望着她。医生用晦涩难懂的术语告诉她,她的丈夫因为负伤失聪了,发声功能出现不明原因的障碍,连话也不能说了。听说这番话时,她双眼发红、不停地抽泣,完全没想到之后会面临何等骇人的情景。

医生虽然严肃,却也露出怜悯的表情,一边说着"您可不要吓到啊",一边轻轻地拉开被褥给她看。那里躺着一个仿佛只有在噩梦中才会出现的怪物，完全看不到该有的胳膊和腿，只剩下被绷带绑得浑圆的躯干，仿佛是一个没有生命的石膏胸像摆在床上。

她只觉得天旋地转，一屁股蹲坐到床腿边。

直到医生和护士将她带到另一个房间，她才悲痛欲绝，不顾旁人的目光，号啕大哭起来。她趴在一张脏兮兮的桌子上哭了很久。

"真是一个奇迹啊。失去双臂和双腿的伤员并不是只有须永中尉一人，可是其他人都没能保住性命。这简直是个奇迹！这都要归功于军医正大夫和北村博士高超的医术！恐怕在任何国家的卫戍医院，都找不到这样的先例。"

医生在哭泣的时子耳边说着安慰的话，不断重复着"奇迹"这个让人不知该喜还是该悲的词。

不必说，报纸上除了对须永中尉的赫赫战功大吹大擂，也大肆报道了这一外科医学上的奇迹。

半年的时间恍如一梦，匆匆过去。在上官与同袍的陪同下，须永这具活着的尸骸被运回了家中，几乎与此同时，作为对他失去四肢的补偿，他被授予了军功五级的金鸱勋章①。时子流着眼泪照顾这个残废时，国人正在锣鼓喧天地庆祝军队凯旋。她也收到了来自亲朋好友和城里居民们雨点般的称赞。

不久，只靠微薄的年金难以维持生计的夫妻两人，承蒙战场上的长官鹫尾少将的善意帮助，免费借住在他家宅院的偏房里。大概是因为搬到了乡下，从那时起，他们的生活就一下子变得无比冷清。

---

① 金鸱勋章：日本曾经对陆军、海军的军人、军属授予的唯一勋章，共分七级，每个等级有数额不等的年金给付。

庆祝凯旋的热闹结束后，人情也渐渐冷漠，再也没有人像以前那样来探望他们了。随着时间的流逝，大战告捷的兴奋渐渐冷却下来，对战争功臣的感谢之情也越来越淡薄。须永中尉的事，再也无人提及了。

丈夫的亲戚们不知道是害怕这个残废，还是害怕物质方面的援助，几乎不再踏足他们家。时子这边也无父无母，兄妹们都是薄情之辈，可怜的残废和他忠贞的妻子，就像是被世间遗弃了一样，孤零零地生活在乡下的独栋小屋里。偏房二楼那间六叠大的房间，就是两人唯一的世界。而且，其中一人还是个耳不能闻、口不能言、生活无法自理的"泥偶人"。

残废像是异世界的人类突然被放逐到这个世界一样，为全然不同的生活方式不知所措，即使身体康复后，也有很长一段时间都神色呆滞、一动不动地躺在床上，而且经常不分昼夜地呼呼大睡。

在时子想到用嘴咬着铅笔交流的主意时，残废最先写下的两个词是"报纸"和"勋章"。"报纸"指的是用极大篇幅歌颂他军功的战争期间的剪报，而"勋章"自不必说，指的就是那枚金鸱勋章。他恢复意识时，鸢尾少将最先拿给他看的就是这两样东西，残废记得非常清楚。

残废常常写下同样的词，要求看这两样东西，时子拿到他面前之后，他就没完没了地盯着它们瞧。他反复阅读报纸时，时子常常忍受着手臂麻痹的感觉，怀着滑稽的心情望着丈夫心满意足的眼神。

可是，在她开始蔑视"荣誉"之后很久，残废似乎也开始对"荣誉"感到厌倦，不再像以前那样索要这两样东西了，于是就只剩下因为残疾而强烈到病态的肉体欲望。他就像恢复期的肠胃病患者贪婪无度地索要食物那样，不分昼夜地索要她的肉体。时子不配合时，他就会变成巨大的肉陀螺，疯狂地在榻榻米上滚动。

时子最初对此感到害怕、厌恶，但是随着岁月流逝，她也慢慢地沦为肉欲的饿鬼。对于幽居在荒野的独栋小屋中、几乎失去所有盼头的这对堪称蒙昧的男女而言，这就是生活的全部。他们就像两头一辈子都生活在动物园栅栏里的野兽。

所以，也难怪时子会将她的丈夫视为一个可以随心所欲玩弄的大玩具。而且，被残废那不知廉耻的行为同化的时子，原本就比常人健壮，如今她欲壑难填到让残废都吃不消的地步，也是极其顺理成章的结果。

她经常怀疑自己会不会变成疯子，一想到自己骨子里居然潜藏着如此龌龊的情欲，就止不住错愕，浑身震颤。

这个不能说话也听不到她说话，甚至无法自由行动的怪异而悲哀的工具，并不是木头或泥土做的，而是拥有喜怒哀乐的生物，这一点具有无穷的魅力。不仅如此，唯一能传达感情的器官——那双圆溜溜的眼睛对于她贪婪无度的索取，时而会诉说悲伤，时而会表达愤怒。而且无论多么悲伤，他都只能默默流泪，无论多么愤怒，他都没有反抗之力，最终总是经不住她压倒性的诱惑，陷入畸形而病态的兴奋之中。违背对方的意志，折磨这个没有丝毫反抗之力的生物，甚至能够给她带来极致的愉悦。

在时子紧闭的双眼里，这三年来的种种，只有激情的片段会断断续续、接二连三、层层叠叠地闪过。这些记忆的片段无比鲜明，在她的眼睑内如同电影画面般出现又消失，这是她身体出现异状时一定会发生的现象。并且，每当此时，她常常会变得更加野蛮，对可怜的残废的凌虐也变本加厉。她自己虽然意识到了这件事，但是对于这股从体内翻涌上来的凶猛力量，她却无法靠自己的意志控制。

恍然回神，房间里仿佛笼罩着一层雾霭，愈发昏暗，恰似刚刚的幻觉。幻觉之外还有一层幻觉，正在慢慢消失。这让神经亢奋的时子感到恐惧，心跳越来越剧烈。但是仔细想想，其实又根本没有什么。她从被窝里出来，捻了捻枕边油灯的灯芯。原来是睡前捻细的灯芯即将燃尽，火光快要消失了。

房间里立刻亮了起来，但仍然带着些许朦胧的橙色，让她感觉有点奇怪。时子借着光线，看了眼丈夫的睡脸，他依然保持着之前的姿势，还在盯着天花板上的同一个地方。

"哎，你要想到什么时候啊？"

她心里有些发毛，但更多的是觉得他这副样子可恶，明明是个面目全非的残废，居然还煞有介事地独自想事情！与此同时，那股虐待欲再次从她的体内翻涌上来，令她心痒难耐。

她突然扑到丈夫的被褥上，猛然抓住他的肩膀用力摇晃起来。

她的举动过于唐突，残废吓得浑身一颤，随后用饱含斥责的严厉眼神瞪着她。

"生气了？你那眼神是什么意思？"

时子大吼道，开始挑衅丈夫。她故意不看他的眼睛，强迫他与自己玩那一贯的游戏。

"气也没用，你只能任我摆布！"

可是这一次，无论她用尽多少手段，残废都没有像往常那样妥协。他刚刚盯着天花板，思考的就是这件事吗？抑或是他只是被妻子任性的举动惹恼了？他那双大眼睛始终瞪着，眼珠子都快迸出来了，目光如刺地盯着时子的脸。

　　"你那眼神是什么意思？"

　　时子尖叫着，用双手捂住他的眼睛，像个疯子似的不停地尖叫："是什么意思！是什么意思！"病态的兴奋让她变得麻木，就连两只手的手指用了多大力气都没有意识到。

　　当她如梦初醒般回过神时，残废正在她身下疯狂地扭动。虽然只有躯干，却依然非常有力，拼命地挣扎扭动，差点儿把臃肿沉重的她都掀翻下去。诡异的是，残废的双眼中突然喷涌出鲜血，布满疤痕的脸像煮熟的章鱼一样涨得通红。

　　时子此刻才清楚地意识到发生了什么。她在神志不清的状态下，残忍地弄伤了她丈夫唯一还能感知外界的窗口。

　　可是，她不能将神志不清作为借口，她自己很清楚这一点。最清楚的就是，她觉得丈夫那双能够说话的双眼，是他们彻底成为安逸野兽的最大障碍。偶尔浮现在那双眼睛里的道德观念令她憎恶至极。不仅如此，她感觉那双眼睛里除了可恶的障碍，还有更加恐怖、可怕的东西。

　　不过，这些都是谎言。难道在她的内心深处没有更异常、更可怕的念头吗？她不是想把她的丈夫变成一具真正的活尸吗？她不是想把他变成一个除了躯干部分的感觉，其他感官全部失去的生物吗？她不是想彻底满足那贪得无厌的虐待欲吗？残废全身上下只有眼睛还残留着人类的形态，她总觉得这样不够完美，不是真正属于她的肉陀螺。

这样的念头在时子的脑海中一闪而过。"啊！"她发出一声尖叫，留下疯狂扭动的肉块，连滚带爬地冲下楼梯，赤着脚冲进外面的夜色中。她像在噩梦中被恐怖的怪物追赶般，不顾一切地往前跑。她跑出后门，沿着村道向右跑。她知道自己要去的地方是距离此处三町远的医生家。

在时子的不断哀求下，总算将医生请到家中。这时，肉块仍旧和刚才一样在疯狂地扭动。村医虽听过传闻，但并没有见过实物，被残废的可怖模样吓破了胆，就连时子在一旁喋喋不休地辩解发生这种意外的原因，他似乎都没有听进去。打完止痛针，包扎好伤口，立刻匆匆地告辞了。

伤者终于结束挣扎时，天边已经泛白。

时子摩挲着伤者的胸口，扑簌簌地掉眼泪，不停地说着"对不起""对不起"。肉块似乎因为受伤而发起了烧，面部红肿，胸口剧烈地起伏着。

时子整日守在病人身边，连饭也不吃，不停地更换敷在病人额头和胸前的湿毛巾，嘴里疯疯癫癫地念叨着道歉的话，用手指在病人胸口反反复复地写"原谅我"，在悲伤与罪恶感中忘记了时间的流逝。

傍晚时分，病人的烧退了些，呼吸也平稳了下来。时子觉得病人的意识一定已经恢复如常，便再次在他胸前的皮肤上一笔一画地写下"原谅我"，观察他的反应。可是肉块没有任何回应。虽说失去了眼睛，但他也不是不能用摇头、微笑等方式回应她写的字，然而肉块纹丝不动，表情也没有任何变化。从他的气息判断，他应该并没有睡着。难道他连理解写在皮肤上的文字的能力都失去了？抑或是因为愤怒才一直保持沉默？时子完全捉摸不透。他现在只是个软绵绵、热乎乎的物体罢了。

时子注视着这个无法形容的静止的肉块，渐渐感到一股生平从未经历过的、发自内心的恐惧，不由自主地颤抖起来。

躺在那里的确实是一个活物，拥有肺脏和胃袋，却看不见东西，听不见声音，发不出一语。他没有可以抓东西的手，也没有可以站起来的脚。对他而言，这个世界是永恒的静止、持续的沉默、无尽的黑暗。古往今来，谁又曾想象过如此恐怖的世界呢？住在那里的人是什么样的心情，又该用什么来比拟呢？他一定想要声嘶力竭地呼喊"救救我"吧？无论是多么微弱的光明，他一定想要看一看事物的样子吧？无论是多么微弱的声音，他一定想要听一听事物的声音吧？他一定也想抱住什么、拼命抓住什么吧？可是，这些对他而言都是不可能的了。

时子突然"哇"的一声放声大哭。无法挽回的罪孽和无可救药的悲戚，令她像孩子般呜咽不止。她突然很想看看拥有正常模样的人类，于是丢下可怜的丈夫，奔向鹫尾家的主屋。

鹫尾老少将默不作声地听完她因为哽咽而含混不清的漫长忏悔，震惊得久久说不出话来。

"总之，我先去看看须永中尉吧。"
良久，他才怅然开口。

天已经入夜，家人为老人准备了灯笼。两人怀着各自的忧思，沉默地穿过黑黢黢的荒地，来到偏房。

"没人啊，这是怎么回事？"

先一步上二楼的老人惊讶地说道。

"不会的，他就在床上。"

时子越过老人，走向刚刚丈夫还躺着的被窝处，还真是怪了，被窝里居然空空荡荡。

"啊……"

时子叫了一声，怔怔地伫立在那里。

"他身体不便，不可能离开这个家，在家里找一找吧。"

过了好一会儿，老少将终于催促道。两人在楼上楼下找了个遍。可是不光没有找到残废的影子，反而发现了一个可怕的东西。

"啊，这是什么？"

时子盯着残废躺过的枕头边的柱子。上面用铅笔写着几个奇怪的字，像孩子的涂鸦一样歪七扭八，不仔细思考就难以辨认。

"原谅你。"

当时子辨认出那是这几个字的时候，心中一震，顿时明白了一切。残废拖着那行动不便的身体，用嘴摸索到桌上的铅笔，不知道耗费了怎样的力气，总算留下这短短三个字。

"他或许自杀了！"

时子惴惴不安地望着老人，失去血色的嘴唇颤抖着。

鸢尾家接到紧急通知后，仆人们手提灯笼，在主屋和偏房之间杂草丛生的院子里集合。

随后，他们分头在漆黑的院子里开始了搜索。

时子跟在鹭尾老人身后，借着他手中灯笼的微弱光亮，心绪不宁地向前走着。那根柱子上写着"原谅你"，那一定是残废对她之前在他胸前写的"原谅我"三个字的答复。他是在说："我要死了，但我不会记恨你做的事，放心吧。"

他的宽容让她更加心如刀割。她一想到那个没有手脚的残废不能正常下楼梯，只能一级一级从楼梯上滚下去，就因为悲伤与恐惧浑身发抖。

走了一会儿，她突然想到一件事，喃喃地问老人："再往前走一点儿，有个古井吧？"

"嗯。"

老将军只是点了点头，就往那边走去。

在空旷的黑暗中，灯笼的光只能微微照亮一间见方的范围。

"古井应该就在这附近。"

鹭尾老人自言自语般说着，举起灯笼，尽量让光照到更远的地方。

这时，时子心中突然产生某种预感，她停下脚步，竖起耳朵，听见不知从何处传来仿佛蛇在草丛中爬行的窸窸窣窣声。

她和老人几乎同时看到了那一幕。她自不必说，就连老将军也被那恐怖的一幕骇住，仿佛被钉子钉在了原地。

在灯笼的光勉强照到的昏暗处，茂盛的杂草丛中，有个黑黢黢的物体正在缓缓地蠕动着。那东西像是一只可怕的爬虫，抬着脑袋，目视着前方，默默地像波浪般扭动着躯干，借助躯干周围那四个肉瘤的力量，拼命地扒着地面往前拱，看起来非常焦急，但身体好像不听使唤，只能一点一点地往前挪动。

不久，抬着的脑袋倏然垂下，从视野中消失了。随后，伴随着比刚才更清晰的草叶摩擦声，那个生物的整个身体向后栽倒，像是被拽进地底似的，刺溜刺溜地不见了。紧接着，从遥远的地底传来沉闷的落水声。

前方有一个隐藏在草丛中的古井口。

即使目睹了那一幕，两人却没有力气立刻跑过去，他们神色恍惚地伫立在原地，久久未能回神。

说来实在奇怪，在那惊心动魄的一刹那，时子眼前竟出现了这样的幻影：在暗夜里，一条芋虫顺着一棵树的枯枝爬到树梢，由于身躯过于笨重，"扑通"一声坠入下方无尽的黑暗之中。